# G兵日記 I

新訓篇

皮卡忠 著

# 目錄

# 01 軍妓出發

當兵前一天，我在朋友房間裡滑著手機，等待晚上飯局。

「真的很煩欸，為什麼Gay也要當兵啦！」光翔扭著黝黑壯碩的身子，比著蓮花指，啾啊啾個沒完。

「聽朋友說體檢穿洋裝，就可以被驗退了。」我說。

「可是我比較想穿晚禮服。」光翔把黑色背心上的兩條帶，拉到肩膀兩旁。一件帥氣百搭的男用黑色「掉嘎」，一秒之內變成晚禮服。我想我最好的朋友，除了外表以外沒有一點適合當兵。

「我看你根本就很期待吧？」

「你怎麼知道！」光翔橢圓的臉愣住。

「你那個表情就是想當軍妓啊，完全是既期待又怕受傷害的心情。」

「哎喲我真的很緊張嘛！啾咪！」光翔展露出他黝黑的鎖骨。

「啾你媽，威廉到底為什麼會跟你在一起啊？」我翻了個白眼。威廉是光翔的男友，他們交往了將近兩年。

「你為什麼要這樣對我！」大學畢業後，我跟光翔剛好同時期當兵，只是他想當舒適的軍妓，申請替代役就抽中了，聽說這次中替代役的機率超過一半。反正Gay不是申請替代役就是把自己餓成骨感美人；把自己吃胖的倒是一個也沒碰過，寧願美美的餓死也不要肥死。

我則是毫無驚喜地抽到了陸軍，有點可惜不是海軍陸戰隊，海軍陸戰隊混出來的Gay還沒去自殺的，身價都會水漲船高。

毫無新意的西門町。

「啊啊啊！嘿！哇賽好可愛欸！」迎面跑來一個高高瘦瘦的男孩，雙眼皮大眼跟標準五官，超低的體脂率、濃濃的眉毛。小俊，我的男友，是個大學生。

「不好笑。」我戴著帽子，渾身的自信都隨頭髮而去。

「你幹嘛戴帽子啦。」小俊拍了一下我的帽子。

「很醜啊。」我搓了搓黑色帽子下的三分頭，簡直就是和尚。

「不會啊！我覺得這髮型滿好看的欸，很像黑道一哥。」

「會嗎？可是我覺得很醜。」

「真的你想太多了，沒有人看你啦！」小俊把我的帽子沒收。

我只好聽從小男友的話，放棄戴帽子的念頭。在人來人往的約會聖地穿梭，清涼的風兒直直撫摸過我的頭頂。

「真的沒有人在看我欸。」我走在路上。

「對吧！」

「不，我的意思是，**真的沒有人想多看我一眼**。」

「是這樣嗎？」

「沒錯。」

以前走在路上，多少有男孩女孩多看我兩眼，而現在絲毫沒有這些視線，我就像是空氣，或像一個宅男阿伯完全被忽略。我居然會相信男友覺得新髮型好看，根本沒有髮型可言，只是情人眼裡出西施。

「帽子還我！」「不要！我覺得很好看！」「還我！」「我覺得不錯啊！」

我們一路打鬧到旅館，關上房門。我恣意親吻小俊的身體，他卻只是不斷地摸著我的三分頭：「好像在跟別人……好刺激欸……」

「不准說什麼別人，你是我的，知道嗎？」

「嗯，還要……」那張神似張永政的帥臉露出迷濛眼神。

兩個多小時就這樣過去，甜言、呢喃、汗水、嘶吼跟撞擊聲，「蹂躪」彼此的身體，好像巴不得提前做完一個月的量。

「天啊……我快死掉了。」小俊從浴室出來，穿起內褲躺在床上，動也不動。

「抽筋好好笑，這次太誇張了……呼……到底在幹嘛……」我喘著氣。

「只有這次可以這樣！當兵大放送喔。」

「好啦……你會不會兵變啊？」我轉過去抱著他溫暖的身體。

「這才是我要問你的吧？」

「不用擔心啦！我已經有小傻傻了。」我說實話。

有人說，同志跟異性戀男子當兵最大的不同點在於：異男當兵，就只是異男當兵；而同志當兵，就像把異男丟進都是女孩的芭蕾舞特訓營，雖然練著自己痛恨的舞蹈，但是周圍都是女的，你還會被強迫抱著女孩的腰，每天看著女孩張開的雙腿，那個場面根本如魚得水啊（我猜的）。

回到家，整理好行李，隔天就要進入地獄。

我抱著既期待又怕受傷害的心情躺在床上，希望明天練芭蕾舞的同事都是帥哥。

一早六月中的大太陽，老爸把我送到停滿遊覽車的廣場。我背著黑色初心者大包包，遠遠就看到滿地和尚排排坐，這畫面就像國高中畢業旅行，只是沒有女孩可以調侃，也沒有人在自拍，只看到各種嘴角死命地往地心扯像要被集體槍斃。心情不好的和尚們就算有點姿色，也完全帥不起來。

「你叫什麼名字？黃曉飛？好這個給你。」一個小姐拿著點名板，發給我一張有號碼的國軍貼紙，不知道幹嘛用。

排隊的男孩們發著呆，很少有人交談，有一個憨憨老實臉的男孩坐在後頭，我就坐在他後面，看著他白皚皚的後腦勺。昨天我頂這這顆頭，小俊還能有性慾，他要不是光頭癖，不然就鐵定是真愛。

「現在在幹嘛？」我問。

「等唄。」老實男孩看了我一眼。

「嗯……他有說幾點出發嗎？」

「就等吧。」

連說話方式都像和尚了，但是長得有點可愛就原諒他。

「等等上車前要不要抽菸？聽說之後很難抽到。」他拿出一包萬寶路。

「喔，可以啊。」

就這樣，上車前找到夥伴，老實男孩說他國中畢業就休學去修機車，延到現在才當兵。

「唉……」老實男孩吐了一口煙。

這些異男的心情一定比我還幹吧，連個妹都沒有。我想像自己要是到了充滿素顏女人的地方，每個都一副要死的樣子又渾身女人騷汗，那真是不死也半條命。

上了車，和尚們不太搭理車上自爽的車掌小姐，一路上搖搖晃晃。進了新訓營門，大家貼著玻璃窗看著那些小兵，整齊排列的綠色人類聚集在某個遮陽棚下。

幹，這是來真的，完全沒有芭蕾舞的感覺啊。

下了車，檢查包包什麼的我根本不在乎，我只在乎拜託班長帥一點。從畢業那天開始，我每天都在祈禱班長是優菜，朝朝暮暮就一個願望。

「菜逼八！站好！幹什麼東西？」一個矮小的班長大吼。

「你看什麼？蛤？」他又對另一個人咆哮，彷彿吃了炸藥。

我漸漸感到絕望，因為班長就像瘋狗一樣亂噴很沒禮貌。直到有個更嚴肅的班長出來，那有點厚的嘴唇，深邃單眼皮，整體模樣有點像演化未完成的人類，看起來性慾很強。

等一下？這長得……

好像我第一個男友啊？

「這邊對折……然後兩邊……」神似第一任男友的班長，講解折蚊帳到一半，用殺意眼神盯著我看：「你不會站是不是？」

「呃……不是……」我發現我的三七步立刻站好，雙重否定問句也太難回答。

「你給我出來！」他身邊環繞黑色爆氣。是當初我先提分手，如今化身成惡魔要給我現世報了嗎？「我剛講解的時候，你怎麼站的？告訴大家！」

「三七步……」

「大聲一點!!」這張臉真的很像初戀男友。

「三七步！」我在眾人面前大吼。

「這麼小聲是要給誰聽？！」他像是巴不得一刀捅死我。

「**我站三七步!!**」我用盡力氣，對大家喊出羞恥的話。

當初還說什麼對不起我愛你，根本都是騙人的吧？根本就是對不起想殺我吧？

「回去！」他看都不看我一眼。

我立刻小跑步回到隊伍裡。

「回來！」他又大吼。

我只好小跑步回到眾人面前。

「回去！」

「謝謝班長！」我敬禮。

被幹還要說謝謝，到這裡每個人都成為大○號。連上最黑臉的班長像初戀情人，這要我怎麼活？

「洗澡，雖然我們有隔間，但是不要想太美，為了節省時間……」初戀班長冷笑了一下，繼續講解洗澡方式。「**統統給我兩個人一間！**」「吼——」怨聲四起。

「我懶趴會變大開始就沒有跟別人洗過澡了啊。」一個男人在我後面說著，他說他是夜店調酒師。

不要想得太美……要強制兩個人一間洗澡嗎？

這真是太過分了！根本是意圖讓Gay開心吧！根本是福利吧？我努力克制上揚的嘴角。三個人一間也可以喔，四個人也可以喔，最好擠到動彈不得喔，同志夜店都這麼幹喔。

「等等要試穿軍服，進去中山室之後，一次進去一班，給你們三十秒脫掉全身衣服！管你穿什麼內褲！」班長接二連三宣布好消息，根本是好消息電視台。

我要讚美主製造出服兵役的制度，自高中游泳課之後，就再沒看過大量同年齡男子的身體，這次還沒有素顏女人來鬧場，單純只有肉！就只有肉！（對素顏女人是多有意見？）

「下一個班！」一個戴眼鏡的小班長領我們進門先預備，上一班才正要開始試迷彩衣。

「脫光！三十秒開始！」班長對上一班大吼。就在他們脫衣服的途中，我發現了面前隊伍中有一個人，全身發著光。是天菜，是居住在白雲那端不食人間煙火的天菜。

健康的膚色，讓肌肉線條如虎添翼；渾圓的頭型，完全不像東方人後腦勺普遍被車輾過的形狀。那個臉型讓我直接想到王陽明，剛直的五官除了帥以外，還有幾分高傲的神情。

「立正！」前面的班長一喊。

一排人脫到只剩內褲跟手錶，他在其中挺著胸腹肌相當自信。

他穿著黑色ＣＫ內褲，臀部比所有人都翹；手上戴著黑色的ＣＫ的手錶，極致奢華——等一下，來當兵居然戴ＣＫ手錶？

雖然同一班裡還有些別的小菜，但是我怎麼也無法分心地看著這個富二代ＣＫ男孩。他的三角肌在肩膀上鼓起彷彿愛的鎧甲、背肌彷彿隨時可以振翅離開這充滿怨氣之地、帥氣的臉加上魔鬼的身材，是這營區裡的天使。

對，不會錯的，是天使！

「L！」一個小兵把衣服丟給我兩件。另一個小班長瞄了我一眼，丟給我三件白色針織內褲。連穿都還沒穿，我就能想像這內褲褲襠那裡即將堆積大量黃色汙漬，還有穿起來那極度阿公的姿態。不，我是死也不會穿的，實在太醜不時尚。

眼神目送走CK男孩，我也開始試起衣服，在有限的幾秒內大家都要穿好，緊張情緒讓整間中山室充滿香豔刺激的費洛蒙。

寫資料、整隊、量體溫、講解折棉被蚊帳什麼的就花了一天，學這些東西相當的痛苦，不過不打緊，因為等等就要洗澡了！

雖然說三分鐘戰鬥澡，但是誰在乎？對Gay來說就是鴛鴦戰鬥澡啊！什麼東西加上小鮮肉就可以被原諒，小鮮肉店員、小鮮肉警察，我覺得小鮮肉自己獨立建國也不會有人反對。

大家穿著短袖短褲，在浴室外排隊。

「等等我跟你洗喔！」「好啊。」「啊我咧？」「你跟他啊。」人潮聚集，大家開始隨意配對。

這怎麼可以！鴛鴦戰鬥澡怎麼可以這麼隨便？這可是露出彼此射精部位的時機啊！正當我相當著急之時，一個黑黑的胖子走向我，是我的鄰兵。

「67號，我跟你洗喔？」他開心地排在我後面。

「好……」我點點頭，指甲插入掌心。

幹。失敗。算了。他媽的。果然現實是殘酷的。難道跟同一班的感情開始好起來……我就沒有選擇朋友的權利了嗎？

排隊經過一個轉角時，我發現許多不願意排隊的人，就在洗手台洗起了澡。一個精實的男人出現，在遠方動作很大。

他比ＣＫ男孩還要白一點，眼睛小而銳利，臉比較方，像是活潑版的宥勝。

「哈哈哈冷齁!!」他跟著旁人嬉笑，身上抹著白色肥皂泡。

「幹你出的餿主意啊！」

「呼呼！喲呼！」小宥勝毫不遮掩的摸著自己，他的肌肉大塊大塊的。

我沒有特別想看，但是那東西很難不被注意到。

他的毛只有一小撮，懶蛋跟碩大的香腸在胯下狂傲地甩著，彷彿跳搖頭電音，不時還自己撥弄幾下揮灑青春的彈性。洗冷水澡也能有這種大小，如果脹熱起來，這絕對是天使的號角。

「你幹嘛？往前啦——」黑胖胖鄰兵把我往前推，隔間擋住了我的視線，天堂跟地獄只有一牆之隔。

「好啦，急屁喔。」我不耐煩地對著牆發愣。

走進隔間，脫衣服，我意興闌珊地洗自己的澡，黑胖胖那下垂的奶子跟兩坨腰間肉，讓我軟到不能再軟。

我沒辦法接受看完松阪牛跟霜降牛的菜單，還要我看特製牛排。曾經滄海難為水。

今晚的鴛鴦戰鬥澡，不能被原諒，我發誓下次一定要慎選鴛鴦，命運就該自己掌握。
第一天就看到了兩個造物主的傑作。

# 02 凱文男孩

沒有晨勃的第一日。

「嗶嗶嗶！嗶嗶嗶……」隔壁的鄰兵手錶響起。

「四點五十？」我小聲的拍了拍床友，要他按掉。難聽的打呼聲在這綠色蚊帳裡，被吵醒後就睡不回去了。我決定去廁所拉個屎，享受沒有人排隊的時光。結束一個排便的動作後，我壓了沖水。

「嘩嘩嘩嘩——」便便經過一些虛弱旋轉後依然飄在水上，驕傲地展示自己的健康。嘖，這馬桶的水力也太弱了。

「嘩嘩嘩嘩——」

便便依然無力的旋轉著，一大早就要跟馬桶奮戰實在很要命。

「嘩嘩嘩嘩——」依然故我。

雖然讓它飄在水上很不禮貌，但是總不能就在這裡乾耗著，或趁現在外面可能還沒有什麼人，逃離這個鬼馬桶吧？

從雞雞會變大以來，就從來沒有不沖水過。小時候曾是軍官的老爸抓到我忘記沖水，會用軍事教育找我過去訓話，叫我自己沖掉、體會什麼叫做恥辱。

我按壓沖了最後一次，沒等水下去就立刻衝出，在洗手台洗手。一個人影突然出現往隔間走去，他的汗衫有點小件，身材顯得凹凸有致，是ＣＫ男孩。他從鏡子裡看了我一眼，很有禮貌的點了一下頭，果然長得超像王陽明。

等一下！為什麼！誰都可以，唯獨你不可以啊！

不要進去那間！不！不！不要用坐式馬桶！

不要進去！我一邊洗手一面在內心吶喊。

「碰。」男孩關上門，進了那間廁所。

我這輩子從來沒有這麼恥辱的感覺，我讓天使看到了我的大便。

老天爺，我只希望他沒看清楚洗手的這個人是我。我衝回寢室，看到大家已經紛紛起床，我則是哀傷地趴在床上，手捏拳抓著枕頭邊角咬著牙。

好想死，我的心好痛。

以前是交往很久的老夫老妻才開始可以放屁給對方聽到。現在直接跳過所有過程，給對方看大便。

「喂，要一起折蚊帳嗎？」鄰兵黑胖胖把我從哀傷中喚起。

「好……」

「好煩喔！根本沒睡飽，好想死。」黑胖胖折著棉被。

我在床上像一攤死水。

「對啊，這棉被薄薄的好難折。」遠方的聲音也在抱怨。

「倒霉死了，到這麼硬的連！好痛苦……」睡隔壁長得像大根的同梯跟著唉唉叫，抱怨聲此起彼落。

而我從筆袋中拿出小刀，在左手上比劃著。

「是不是在這上面畫一刀……就可以解脫了？」我雙眼空洞。

「喂，也不至於吧？你來真的啊？」

「你們都不了解，我有多痛苦！」我回想起剛剛的畫面。

「你還好吧？狐臭男才是被電爆了，班長根本就是盯著他看啊。」黑胖胖說。

「問世間情為何物，直叫人生死相許……」我拿著小刀看著動脈。

「你割啊！你割了我們日子就好過了，班長會嚇死。」大根在一旁看好戲。不對，就算CK貴公子看到我的大便，還有陽光小宥勝啊！不，是大宥勝。飛機剩下一個引擎也可以飛的啊，腎少一個也活得很健康啊！少一個睪丸也可以射精的！

我從床上振作，跟黑胖胖兩人面對面開始折起了蚊帳。研究很久完成之後，我們到樓下集合做早操。

班長在前面，命令大家散開。

「高壓腿！」班長一喊，大家兩腳張開，兩手抓著膝蓋傾向一邊拉著筋。

「1、2、3、4、5、6、7、8！」

「低壓腿！」

所有人單腳蹲下，右腳往右邊伸直，伸展大腿底下的筋。

「1、2、3、4……」

等一下，這動作好像不對勁？

軍綠短褲根本是走光褲，褲襠開口超大，平常坐著就露出大腿內側了，何況張開其中的一腿蹲壓，這根本就是用來走光的吧？

我害羞地遮住短褲胯下的部分，像談話節目的女星，然後轉頭看看大家是不是同樣害羞，往左一瞄，謝謝班長、謝謝連長！所有人都使勁地張開大腿內側，讓四角褲內的懶蛋個個呼之欲出！完全不害臊！超自然露出！沒節操的早操！

「……4、5、6、7！8、換腿！」曬懶蛋活動也講求對稱。

上帝說，一邊懶蛋露出來了，你另外一邊也露給人家看。在激勵人心的伸展活動中，我找到了巨大小宥勝在隊伍中的位置——是在我的右邊那一班，而CK男孩就在我前面那一班，左前方。

CK男孩挺立的鼻梁跟比所有人略小一號的汗衫，實在太有品味，雖然我希望他永遠不要看到我；而小宥勝則是相反，他的衣服故意挑大一號，但是只要風一吹貼到身體上，倒三角的細腰就展露無遺。

「跑步，走！」好景不常，我立刻被路人包圍，前方是班頭黑胖胖，擋住所有視線。氣喘吁吁的跑完，黑胖胖班頭一副要死模樣。

「喂……你幹嘛一直……超我車？」

「你都落後好幾個人了，我不遞補就是你會被班長幹吧？」我說。

「好吧……」他無奈的換著衣服。

才怪，我根本就不想跑在胖子後面，簡直是烏賊車。

「你跑累了就到後面去休息沒關係，班長看到你的體型會原諒你的。」

「是嗎？我想也是，但是你真的很賤。」

事實是，你擋住視線我會很困擾，隊伍前面不遠處就有小宥勝等著我啊……

第三天晚上，班長讓我們打電話，終於可以回想外面的世界到底有多淫蕩、多自由。

「計時開始！」隊伍解散，大家往電話區衝刺殺敵。那畫面像兩百人參加饑餓遊戲搶武器，晚一步搶到電話就會被殺死一樣。我左右閃躲殺出一條血路，搶到一個電話，猛然插入電話卡。

「喂？」第一通，討拍。

「老大啊？應該沒什麼事啦，你們現在當兵已經很輕鬆了吧？」曾是軍官的老爸在電話一頭，說著喪盡天良的話。

「是啦，就沒什麼事……」老爸面前我也沒什麼好抱怨，他可是行軍走到腳破皮的人。

「你要不要換媽媽聽電話？」老爸一副懶得理我。

「好。」

「喂！曉飛！你還好嗎？」老媽的聲音在電話那頭感覺著急多了。對嘛！這樣的劇本才對啊！當然要擔心我嘛！

「都還好，好像因為洪仲丘事件，班長很怕我們中暑。」

「還好你是抽到陸軍，抽到海軍你就慘了，大家都無處發洩！」老媽聽起來語氣很奇怪。

「什麼意思？」我問。

「以前那個時候啊，那個誰誰誰的小孩出海，好好的被弄到破皮回來！」

「還是不懂。」

「總之沒事就好，凡事機靈點。」

聊完掛上電話的瞬間，我才弄懂老媽在說什麼。

老媽是說軍人們性慾無處發洩，會把別人幹到屁股破皮嗎？但是被幹要擔心的重點不是破皮吧？

老媽妳還是不要亂想好了，我就算破皮也是雞雞破皮的那一個。而且那個誰誰誰的小孩，可以介紹一下嗎？

接下來，我按了另一個不用看小本本也能撥出的電話。

「啊……耶——」小俊的聲音，超可愛。

「終於……終於可以打電話了。」

「你都好嗎？我好想你喔……」小俊的聲音比軍營的人溫柔一百倍。

「我也很想你，天啊我快哭了！」我感受到牆外世界的甜蜜氣氛與這裡的大逃殺天差地別，立刻起了雞皮疙瘩。

「我在跟朋友吃飯啦——不要哭吼……」

「那……」我心裡想著一句話。

「怎麼了？」

「那……你會不會變心啊？」

「不會啊，我幹嘛變心？」小俊斬釘截鐵地反問，我才知道什麼叫做情比金堅。

「嗚嗚，真的不會變心？」

「喔，你是說變心喔？我還以為你是說變性咧，我想說我沒有要變性啊哈！」我幹嘛在軍中打電話給男友問要不要變性？用屁眼想也知道是變心吧？軍眷變性是有打折嗎？

瞬間所有感動化為烏有，我感到欲哭無淚。

「好，差不多要沒時間了，晚安愛你喔。」

「愛你喔——」

掛上電話，我打死一隻臉上的蚊子。身心俱疲地走回隊伍中。一些鼻涕的聲音穿梭著。月黑風高的夜晚，這畫面好像和尚被集體家暴。哭吧，哭得出來就哭吧！能哭就是福啊！

哪像我這裡，老爸淡定，老媽說屁股會破皮，而男友說自己沒有要變性，我覺得根本是來亂的。

「目標連集合場，起步走！精神答數！」

「雄壯！」「嗚嗚……」

「威武！」「擤擤……」有些人哭著回到集合場，我們解散回去寢室。

又來了，我最愛的洗澡時間，什麼都不會發生卻依然期待著。

「欸，等我一起洗啊！」長得像大根的白淨鄰兵。

「喔好！」太好了，雖然白淨大根也是路人款，但是至少盥洗面積比較小，也比較省水，怎樣都比黑胖胖好啊！但是胖子真的很占空間啊，跟黑胖胖洗澡我連水都沖不到！我不是歧視胖子，我尊重你們。（這年頭尊重都是用說的？）

排隊途中會聽到許多聲音。每個浴室門只有擋到大約鼻子的高度，所以誰在裡面只要經過就可以看到，而底下門縫的高度大約是到小腿一半。

「幹你噴到我了啦！」「啊啊啊啊我內褲掉地上了！」

「我的肥皂飄走了！」聽到這句，我才發現地上已經開始鬧水災。

「快輪到我們了。」蒼白的大根提醒我往前走。

「好的，終於！」我往前走一步，看到面前其中的一間，我的心被什麼捏了一下。那俊俏的眉眼，是帥氣CK男，他跟同班的一個小菜正在掛衣服，而且不是鄰兵！那個小菜長得不差，單眼皮偏瘦高，膚色比較深一點，看起來就一副婊子樣，這該死的小三！（喂）眼睜睜地看著兩個菜脫衣服，這感覺好香豔又好幹啊！

「好了，這裡空了。」大根把我叫進剛空出來的浴室，就在CK男孩跟小三鴛鴦戲水的隔壁間。

原來，將你和我中間加入一個隔板，我們就在不同的世界了啊。

我就像躲在衣櫃裡面的正宮，親耳聽著男人跟小三在床上翻滾。（我在這裡跟男友道歉。）

「喔喔你味道好重！」CK男的聲音，有點ABC的調調。

「最好是！你才臭吧？」

「沒有，我的汗不會臭！」

「怎麼可能？」

「真的喔！」

然後一陣安靜。

「**真的欸**——」

到底！你到底聞了哪裡？為什麼要這樣虐待我的想像力？報告班長！有兩個人在那邊聞來聞去，請問單兵該如何處置？罰他們咬內褲吧！

而我在隔壁脫下衣服內褲，一抬頭看到黑色的布掛在隔板上，舉手就可以拿到的位置。是剛脫下來的ＣＫ內褲！四角貼身的那種。

哈囉？不是說好了要用隔間把我們隔成兩個世界嗎？為何你的內褲超線了？天菜操課一整天吸飽的原汁內褲就掛在眼前，另一個小菜的灰藍格子內褲也掛了上去，該死！人類果然是最接近惡魔的生物，總是喜歡把狗餅乾放在狗的鼻子上，看牠流口水的樣子就很爽。

而地上的積水反射著隔壁的身影，大概可以看到隔壁洗澡的動作。我真的很想死，我真的一點都不想看兩個男孩在隔壁怎麼洗澡啊啊啊！

我真的……可以看嗎？

原來今晚的戰鬥澡，戰鬥的是良心。我想這輩子，再也找不到比這更虐待的事。不，我已經有男友了，不要再想了。

但是，我開始嗅到空氣中淡淡的麝香跟微微汗味的組合，刺激著我的腦門。這就叫做體驗行銷嗎？就像雞排店讓每個路人經過都要掙扎一下也爽嗎？

「你過去！」我跟大根換位子，遠離那件散發香味的萬惡內褲，我必須要！

「你幹嘛，我還沒沖好。」大根轉身換位。

「不管。」

沒仔細看，大根鄰兵的毛挺多，懶趴大概就像是某種白色火鍋料。硬要形容，大概就像可愛動物區，留著一頭黑髮的小白兔。

「不會把這個轉過去喔。」我轉了一下蓮蓬頭。

「嘖，你吃炸藥喔？」

# 萌萌班長 03

「**吵什麼吵！**」突然，一個響徹浴室的吼聲。

這個有點萌，但是又伴隨殺氣的聲音……是我們班的萌萌班長！體幹班出身的萌萌班長。這個班長矮矮的，長得很像周杰倫，身材極好，但是講話的聲音像有人捏著他的鼻子。試試捏著鼻子講話，不管講什麼都會變得很可愛，整個人都萌萌噠了起來。

「**全部人水關掉！**」

漸漸的，水聲越來越少，看來大家都聊天聊得太開心了。

「不要逼我計時喔，等等再讓我經過聽到聲音，你們就要倒大霉囉！」「是，班長！」大家在浴室回答。

「我現在浪費的是你們的時間！不要讓我一直罵你們很困難嗎？就這麼欠罵嗎？」

我看到大根半彎著腰，神情痛苦的樣子。

「你怎麼了？」我用氣音說話。

「肥皂留在雞雞上太久，好痛……」

我往下瞄了一眼，他的黑髮小白兔上都是肥皂泡，卻不能沖掉。他努力撥開龜頭上面的肥皂。

「忍耐一下啦……」我用氣音回應。不要拿你的小白兔來煩我好嗎？我也是會挑的好嗎？就這樣，後來的浴室沒了聲音，隔壁CK男的鴛鴦色情相聲也低調許多。我只要不去接近那兩條內褲就相安無事。感謝班長救了我，否則水再清涼，也澆不熄我的慾火。

晚上睡覺，我想起一句話：人生就是不斷的戰鬥！

班頭睡上鋪，我是班二睡下鋪，而通常最靠邊的，是班長睡的位置。沒錯，睡我旁邊一邊是大根，另外一邊是萌萌班長。

那也不會怎麼樣，因為班長規定，大家要頭尾交錯著睡。也就是說每個人面對的都是旁邊人的腳。不知道是禁止大家睡覺聊天，還是怕傳染感冒而生出來的戀足癖制度。

可是班長跟我一樣頭靠窗戶睡是怎樣？自己不聽話欸！我一轉身側睡，就會看到杰倫班長萌萌小小的臉面對我，閉著雙眼。雖然隔著兩層蚊帳，但是班長白天鬼吼鬼叫的臉，晚上是那樣的安詳可愛。

這個世界充滿誘惑。我是上輩子是燒了多少好香！林則徐嗎？

我就像是在孩子床上的媽媽，白天被孩子弄得七葷八素，晚上看到孩子睡著的臉是那樣可愛，心裡想的就是：這些小惡魔，晚上就變成小天使呢！（再次跟男友道歉。）

幹，不行，不能再看了，這樣根本睡不著！

平常旁邊睡一個男人面對自己，那就是「來吧來吧」的意思。但這裡完全不是那樣！這裡躺在你旁邊的意思是「吵醒我你就死定了」。我吸了口氣，轉過身去。進入夢鄉前，我想花木蘭當兵就是這個心情吧？

花木蘭啊，妳一定是個色色女孩。

後來，早上吵醒我的，通常是班長的鬧鐘，他們總要比我們早起約半小時來準備怎麼操我們，晚睡早起真的很辛苦。

「登——登登——」班長手機和弦的聲音把我吵醒。

我睡眼惺忪，看著萌萌班長自己起床乖乖的折棉被，用神奇方法單人折蚊帳，覺得自己真的很幸運可以直接觀摩這些妙招。

運動完，吃飯時間。我們拿著餐盤，經過打菜區。

「謝謝弟兄！」

「謝謝弟兄！」每拿到一樣菜，我們就這樣喊著。

到了位子上。

「舉板凳！」「移位！」「坐下！」一個口令，一個動作。

還沒開動之前，我們都必須坐著，面無表情地看著對方的臉。面對大根的臉，我心裡想的都是他的小白兔，我覺得他一定是個善良的人。

吃完飯，長得像初戀男友的班長走到前面。

「等等可以自己去盛第二輪菜，但是不准用跑的！有沒有聽到？」「有！」

「開始動作。」我立刻拿起碗起身，用最大的步伐走向打飯區，活像公園裡的競走阿罵。

「你幹什麼!!」初戀班長對我大吼，容得下幾百人的餐廳都是回音，全部人都停止動作。

「叫你用走的聽不懂是不是?!」他的眼神，像是巴不得把手直接插入我胸口，把我的心臟挖出來。我人生第一次在大庭廣眾之下被辱罵。

「我是大步走……」我試圖解釋。

「還講！」他讓所有人都看著這裡，好幾百人，我的心臟彷彿要被捏爆。

我認為競走也算走，但他認為是跑。看來我倆對走跟跑的定義不太一樣，難怪當初我們會分手啊。

但是他罵人的樣子，簡直就是「鬼畜S」啊。不愧是第一任男友，那張黝黑的臉，深邃像原住民的雙眼真的很勾人。當年你叫我不要走，現在化身成班長，一樣叫我不准走嗎？

班長坐回班長桌，沒好氣的跟其他班長抱怨。

「打不得、罵不得、操不得，又不能曬太陽，媽的不是豬是什麼？」他很不爽。我感覺被初戀黑臉班長盯上了。

我吃著多打的飯菜，抱著想死的感覺，想起當年初戀跟我相處的情形。對，你真的很耐操，你超耐。

# 04 憲兵選拔

憲兵的體格跟操守都要無瑕疵，填資料的時候我才發現我家極度單純（極度深藍？）老爸是軍官、老媽是航警，全家沒去過大陸，身上沒刺青，而且我又不近女色，正派程度直逼釋迦摩尼？

仔細一想，當過憲兵的Gay感覺好像也很強啊！衣服留下來還可以跟男友那個，或者心情不好的時候跟男友那個，或者角色扮演的時候可以那個，根本就是多功能啊！（從頭到尾只有一個功能吧。）

「22號！出來示範！憲選會做些什麼！」初戀班長。

「有！」小宥勝笑著站出來，聽班長一口令一動作。

不論是交互蹲跳、一上二下伏地挺身，班長跟小宥勝都玩得樂不可支，甚至玩起單手伏地挺身，對於口令、服從，小宥勝都是完美應對異常優秀。

「哎，人家軍校出來的就這樣！」黑胖胖在休息時間，嘆著氣。

「什麼？軍校出來還要服兵役？」我有點不解。

「好像是，不然我也不知道為什麼。」
難怪，小宥勝均勻分布的肌肉體格，跟班長像是說相聲的配合方式，完全如魚得水。
「要憲選的人，到集合場整隊去餐廳！」班長一聲令下。
一群體格或道德無瑕疵的和尚，來到餐廳。這次安排位子沒大人管，我們隨意入座，一左一右，不知怎麼的我的位子旁邊就是小宥勝。
「坐啊！」他開心地對著我笑，大大的手掌拍了拍椅子。
「喔謝謝——」
「你是那時候竟走被黑臉班長幹的對吧哈哈？」他說著我的糗事。
「幹不要講了！」
「哈哈哈，你真的很有種。」他對我比了大拇指。
「欸！是紅人欸！」大家紛紛坐下跟小宥勝打招呼。
「啊——好說好說。」他兩手搭著我和左邊的人，一副大爺樣。
大家開始聊起來，這是第一次可以放肆的在餐廳聊天。
「你不覺得我們比別連操嗎？」一個滿臉橫肉的小胖子。
「蛤？會嗎？但是還算溫馨吧？」小宥勝歪著頭：「我們到現在為止，有怎麼樣嗎？」
「是也沒怎樣啦，你在軍校應該更慘吧？」
「那是真的滿累的，我後來就有點受不了那裡的學長學弟制。」

然後，小宥勝捲起袖子，說著他在空軍什麼校的生活。啊，他一捲起袖子，露出像雕刻出來的大塊肌肉，我就開始無法集中注意力。

「我們吃飯的時候，只有兩隻手肘可以碰到桌子……」他用兩個手肘頂住桌子，全身出力、雙腳跟屁股懸空，示範泯滅人性的訓練方式。

他兩隻手臂爆著筋，眉頭微皺，露出射精時才會有的表情。

「然後夾菜，筷子所有路徑都只能直角……」他假裝拿著筷子，手像夾娃娃機一樣地直角行動夾菜。

「呼……」他緊繃示範到有點喘，全身散發熱氣，身上洗過的衣服傳來淡淡香味。

「那這樣吃飯可以多久？」小胖胖問。

「幾分鐘吧，不行才要跟長官說。」說完他雙手放鬆坐到板凳上，整個人往我肩膀上一靠。我的脖子感受到他短短的頭髮，暖暖刺刺地對我磨蹭。

媽，我在軍中過得很好，不要再幫我燒香了，妳燒太多了。

「欸？你好像毛很少欸？」小胖胖好像主持人，但是這次他問出我的好奇！從剛剛到現在，小宥勝捲到了腋下，怎麼舉手都沒露出半根毛。

「遺傳吧……我天生毛就很少。」他舉起雙手露出腋下，乾淨無瑕的那種。

「真的耶！怎麼幾乎看不到？」大家一陣驚呼。

這根本就不是很少吧！這是完全沒有吧？

「有啦，你仔細看！還是會有一點點毛。」小宥勝一手掌枕著後腦勺，示意要我看他的腋下。我這輩子還沒被男人要求看腋下過，這一切實在太荒謬。

「嘖……一定要看嗎？」我緩緩靠近他精實的手臂。

「就沒看到……」

突然，一個力道，我臉被一隻手整個埋到了他的嘎吱窩裡。

原本只有洗衣精的味道，突然加入了一點什麼，難以形容的香味，腦中想到一種食物——是薯條！

「喂！很噁欸！」我掙脫後，巴了他的頭。

「怎麼樣好聞嗎？幹好爽噢哈哈哈！」

大家也開始大笑。

為什麼腋下會有薯條味？沒有毛的人到底是怎樣的基因啊？你說這樣我以後要怎麼面對麥當勞啊？

「對不起啦，我真的很羨慕你們這種毛很多的人。」他又很自動的撩起衣服跟拉下一點褲子，肚臍以下都沒有毛。雖然洗澡時已經遠遠看過，可是近看那個腹肌還是令人歎為觀止。

「那是硬的嗎？」

「當然啊，可以摸摸看。」小宥勝單單的眼皮，朝我眨了眨眼。

我只好摸了摸他冰塊盒般的硬腹肌，並且捏一捏確認硬度。又要跟男友道歉了。

「喔——啊——好舒服。」他舉起雙手往後仰，閉上眼：「好久沒被摸了——啊……」

爸媽，你兒子在軍中過得很好，請不用擔心我，並且立刻停止燒香的動作！

「你真的很北爛。」我拍了一下他。

左右鄰居也偷偷站起來去摸他的腹肌。

「真的好硬喔……」

「怎麼練的啊……」

好幾隻手就在他的身上游移，還不斷伸進褲子裡。

「啊——不要停——」他享受地閉著眼。

該死的，班長你們這時候去哪了？不能因為你跟班長關係很好就這樣搞吧！為什麼他在餐廳就可以演G片，我走路太快也會被幹飛啊？大家快停止！這個畫面！爸媽不要再燒香了！

「好了好了。」小宥勝放下衣服，關閉了限時腹肌副本[1]。

似乎要開始了，我們坐的位子離舞台司令台很近，現場是幾個憲兵和班長。

「等等一排一排，叫到的號碼出列！一個口令一個動作！」一個班長吸了一口氣。

「1、3、6、7、8、12！」被喊到的人陸陸續續站起。

「脫衣服！」

1 限時腹肌副本：「副本」為線上遊戲用語，指一套任務流程或關卡的意思。「限時」則指該任務開放的時間有限之意。

又要脫衣服，憲兵也要看懶叫大小嗎？

「要看有沒有刺青啊。」小宥勝老神在在地撐著臉，看著前方好戲。

鮮肉們開始脫起衣服，雖然只被操了幾天，但是畢竟已經挑過，身材不會太偏門，男孩們穿著不同花色的內褲站一排。

等一下，這畫面好熟悉？

G片裡就是這樣演的啊！各種底迪在KTV脫光站一排給你選，接下來就是甩鳥唱歌，酒池肉林然後就噢喔噢噗噗噗，然後一直有聲音說「不要拍臉！」之類的，沒想到有生之年我能親眼看到這種選肉的畫面。

憲兵男穿著灰色制服，像是皇上選妃，一邊經過鮮肉們，一邊發號指令。

「雙手舉高！拳眼朝前，手臂貼緊耳朵！」大家乖乖露出腋下，努力舉著手。

「伏地挺身預備！」

「交互蹲跳預備！」

看到一個身材適中的男孩，被曬得非常黑，背心痕像是黑人穿了白色背心，八成是當兵前發了瘋跑去機車環島。他的紅色內褲極短，開口卻是鬆的。

「1、2！」大家亂中有序地蹲跳著。

突然，我的瞳孔一縮！有東西！環島男孩的頭從內褲探了出來！是粉紅小淘氣！

「跳高一點！」班長吼著。

全世界立刻像是靠近黑洞，時鐘瞬間慢了十倍。我看到他褲管裡的小淘氣緩慢地甩出，彷彿在炫耀：這個內褲的牢籠是關不住我的！

男孩低頭發現自己走了光，立刻用手把內褲往下拉，雖然又露出了上半截的陰毛，但是至少把小淘氣封印住了。也是，露毛總比露懶趴好吧。

算了啦，自己選錯內褲要怪誰？

等一下，內褲?!

我發了狂似睜大雙眼，低頭拉開自己的拉鏈。裡面露出淡藍色近乎透明的極三角免洗內褲。幹。我今天居然穿超薄免洗內褲！

當初朋友不斷推薦我買免洗內褲，說什麼到時候我一定會感謝他。因為內褲要跟大家一起洗非常不衛生，我於是就買了一堆。現在別說感謝了，真想立刻殺死那個朋友。

「幹！死定！」我對著自己的胯下一吼。

「怎麼了？」

「……我穿錯內褲……」我拉上拉鏈，對著旁人發愣。

「你還好嗎？到底怎麼了？」小宥勝轉過身看著我的褲檔。

「我穿免洗內褲……」我遮起褲子。

「那還好啊！都是男生沒關係啦！」他摟著我的肩，對我燦爛地笑。

「可是有點透明啊……怎麼辦？」

「我幫你看看？」小宥勝盯著我的胯下，旁邊的人也湊熱鬧，我則是緩緩解開腰帶拉開拉鏈。以前在別人面前拉開拉鏈都是幸福的時光，如今卻是這麼的恥辱。半透明的內褲，底下的東西若隱若現。

「還……還好啦！不用擔心！」小宥勝笑著。「但是你毛真的好多喔！好羨慕喔！」重點不是這個吧？我穿著內褲都看得到裡面的毛，這才是令人擔心的事吧？

「這很正常啦！你看那邊也有一個啊！」他指著下一輪的選妃，其中一個有點肉肉的男孩，也穿著免洗內褲，只是他穿的是純白色。陰毛的範圍、屌型、透出的肉黑色子孫袋，好像一個大型黑色茶包。

「好誇張噢。」大家看著那個胖胖的半透明囊袋，各自讚嘆著。

我好想死。

「45、47、48、54、59、60、61、67！」憲兵唸到了我的號碼。

「加油！」大家對著我打氣。

我不自主的起身，無法思考任何事情，似乎是人類遇到危機時會自動減少用於思考的耗氧量。接下來，我的眼神都看著廣大餐廳正後方的國旗。轉身的時候，我都看著前方的國父遺像，我想像自己跟台下的人不在同個世界。這世間的宇宙萬物，除了指令，其他都與我無關。

「交互蹲跳！」我雙手放在後腦勺，看著自己半透明的內褲，蹲跳著。觀自在菩薩，行深波若波羅蜜多時，照見五蘊皆空。

「伏地挺身預備！」色即是空，空即是色。受想行識，亦復如是。

「雙手舉高！」不生不滅，不垢不淨。

走回位子路途中，我心如止水地想著：果然人生就是關關難過關關過。

「終於結束了。」我坐回位子上。

小宥勝對我比了一個大拇指。

「你偏左欸。」

我發誓，再也不要再穿什麼透明免洗內褲了，而那個強烈建議我買免洗內褲的姐妹，一放假就要封鎖加刪除。我寧願穿著一般的內褲，跟大家的味道洗混在一起，我也不要這樣大庭廣眾被討論。

「呃……那有怎樣嗎……」我說。

「沒事啊，看起來很不錯啊！」

「注意！對儀隊有興趣的，來這邊找這位！」班長吼著。

「怎麼辦？我要不要去啊？」小宥勝相當猶豫。

「儀隊超級操欸，聽說意志力要很強啊！」小胖子縮起來。

「可是感覺很酷啊！怎麼辦……」他一直拉我袖子。

「你自己選擇啊！我才不要到時候怪我！」我把袖子扯回來。就在這一來一往之中，他不斷抖腳，顯得很緊張。

我腦中想著他Man著臉，穿著白色儀隊的衣服，戴白手套甩著槍的模樣。這可是國家軍隊組織的象徵，是比國軍還國軍的隊伍啊！

「可是我在軍校從來沒有甩過槍欸！」他說。

沒甩過槍？甩槍就是你每天在浴室裡面做的事啊！那好大一把槍你每天都在甩啊！你就是浴室的一人儀隊好嗎？

「你去吧！」我看著他清澈的雙眼。

「蛤？真的嗎？」

「想要就快去啊！」我推了他一把。

快，趁我還沒後悔以前，成為少女們的性幻想對象吧！我不能因為想要占有你，就不讓你去穿帥帥的衣服迷惑眾生。

「好！」他深深吸一口氣，挺起倒三角身材，快速走到遠處長官旁邊。

我看著跟長官講話的他，那像模特的體態，實在沒有理由被拒絕。也許我們之後不會在同一個單位，但是也許有一天，我能在莒光園地上看到你，那我也心滿意足了。（在這裡再度跟男友道歉。）

他向長官敬了禮，很快地跑了回來。

「怎麼樣？」我問。

「他說我太慢了，他們要走了……」他傻笑著摸頭。

突然裝笨笨是怎樣？你也要來撥動我心跳嗎？我當兵之後已經被你們弄得心跳紊亂了，剛剛那些掙扎到底算什麼？

選妃結束，耗費了超過半天，聽說剩下的人們有三分之一的機率會抽到憲兵，再等幾天就會舉辦憲兵摸彩活動。我還滿希望入選的，反正人家當櫃哥一天也是站十小時，那還不如去當憲兵還可以留下制服。（到底是有多想要制服？）

吃完午餐，班長把我們班十三人叫去集合，說是公差。

「等等，你們就在這裡代替班長簽名，簽到今天訓練的日期！」杰倫班長的鼻音賣著萌，拿出一箱一箱的資料，上面是每個人訓練合格與否。

一天就要簽好幾個名，這是大量偽造文書嗎？

好吧，反正Gay從小到大就是學藝股長，就算不想當也會被拱去當，害我當著當著就習慣跟文字談戀愛，不然現在也不會在這裡寫什麼變態日記。

黑胖胖發給我一箱黃色本子，上面寫著第五班。

「你對我也太好！」我拿起本子。

「什麼？」黑胖胖。

「沒有，我愛你。」

「神經病。」黑胖胖瞪著我，拿給別人另外一盒橘色的資料。

果然，第五班，其中一本資料夾印著ＣＫ男的號碼，56號。

一花一世界，一頁一如來。他的人生資料就在這裡，就在我雙手間，熾熱地灼燒我的心。我閉上眼，對著國父禱告。對不起，這一切都是命中註定，我只是出個公差，我只是做好分內的事，沒有任何多餘的想法。

我猛然翻開資料。

姓名：莊博宇。

國立C大學英文系。果然那個ＡＢＣ的腔調不是偶然嗎？「游泳，有救生員資格。一百七十四公分六十五公斤。」

我看著他流暢圓滑行雲流水的自介（？）：高學歷高顏值高肌肉量，低體脂低汗味低腰內褲，我想這就是人生勝利組的資料吧？

我以後可以叫你小宇嗎？

我視線下移，居然還有電話！

不！這樣太下流了，怎麼可以用這種方式就拿到人家電話。啊啊啊還有住址！不可以！曉飛！快別看了！

我努力把視線移開，但越是移開就越是死盯著，某個「你現在不准想大象」的心理學正在發酵。

我關上本本，腦中卻不斷自動默唸他的電話號碼。

快停！別背了啊！

0937465541X快停！

**0937465541X妹妹背著洋娃娃——走到花園來看花——**

**0937465541X人之初性本善性相近習相遠狗不叫性奶牽叫知道貴以專**。我突然胡亂背誦。

「你幹嘛？吃飽太閒喔？」黑胖胖抬起頭，寫到一半。

「沒事。」

0937465541X。算了，背起來就背起來了，這不能怪我。

我走到同班的小太監身邊。

「欸你字好美噢，可以借我看一下怎麼寫嗎？」

「噢好啊。」他喜滋滋拿起本子。

既然都這樣了，為了公平，還是看一下小宥勝的好了。上帝給了你一個男人的資料，就要給你另外一個男人的資料。

孫秦天，陸軍專科學校畢。

所以是小天嗎？一柱擎天的秦天嗎？跟宥勝演的藍天蔚藍總監是同一個天嗎？（內心廢話要多少！）

一百八十二公分，七十二公斤，二十二歲。沒寫上屌長真是太可惜，那真的至少有十八。

「等等寫完就去投飲料睡覺吧！」斯文白淨的班長跟我們說完就跑走了。我們一群人，走到飲料機前面，投下了十塊錢。

一邊是高貴CK小宇，像英式鮮奶茶；一邊是壞壞陽光巨秦天，像鹹汗後喝的運動飲料。
這要怎麼選？這個午休慾火在燒，愛也開始煎熬。
花木蘭，妳到底是怎麼選的？

# 05 裸體中暑防治

一早就要全副武裝出營區踏青，俗稱「單兵戰鬥教練」。

在草叢裡拿著槍摔來摔去以外，領隊還是個隨時都想殺死你的初戀男友。

全副武裝真的滿有型，鋼盔讓全身只露出性感的脖子、S腰帶展現每個男孩的腰身，而腰上的水壺在屁股的右上方，讓人像是長了兔子尾巴，走起來左右搖擺，行軍時就像一群綠色的兔兔。至於背上背的那一把很重的第二生命，裡面也沒有子彈，只能算是野外戰鬥的情趣用品。大家搖擺綠色小尾巴，連走帶跑地來到戶外充滿障礙物、壕溝等等的訓練場。

「等等有人中暑的話，誰反應做不好就要倒大霉囉！」杰倫班長。

「我只說一次！臥倒是有技巧的！首先……」班長在前面開始示範Vogue摔，講解到一半，一手指著隊伍中的一個人。

「你，已經中暑了。」

喀啦！

左前方瘦瘦的人往後一仰，板凳翻倒雙腳朝天。是那個跟CK小宇一起洗澡的小三！下一秒，我才意識到這是串通好的中暑！那個演法根本是中槍吧？

大家先是傻眼了一秒，立刻開始演戲。「班長！有人中暑了！」一個男孩當起男主角。

「槍交鄰兵啊，幹嘛都忘記了是不是？」班長大吼。每個人識相裝忙，抬冰桶、保管槍、拿氧氣瓶、一群人把那個小三抬去樹蔭下，開始解開他的衣服。喔喔喔！G——片——來了——！（飛碟飛到地球雲端。）

五六個人圍著他，一個人像是性飢渴地解開他的釦子、一個人拿著毛巾手伸到他衣服裡面、一個人拉開他的拉鏈露出白皙內褲，把他的褲子拉到膝蓋，露出大腿穿短褲曬出來的兩截膚色。

小三男孩的眼皮微微顫動，為了演得真，他說什麼也不能反抗。兩個人用毛巾不斷抹著他的身體，有個人輕拍著他的臉呼喚他。濕了的白色小ＹＧ內褲，隱約透露出裡面的膚色。

只差日文配音講一些不入流的話了。

「冰枕咧？」班長大吼。

「有！」一個小兵回答後，把冰敷用的小枕放在他胯下。那個有點毛岔出內褲的大腿內側，還有腋下、脖子、各個敏感帶都要刺激到！

「啊……」小三嬌嗔一縮，全身微微顫動。

他的乳頭也完全豎起，似乎被大家冰火九重天弄到全身敏感。

現在是怎樣？

〔tumblr台灣〕野外多人迷姦軍人（露臉無碼下檔機率極高）〔閱讀權限50〕您的回覆是我貼文的最大動力嗎？沒有喔，大家都不回覆的喔。

那邊越是濕濕摸來摸去降溫，我這裡越是快燒起來。雖然是情敵，但仍小有姿色，這樣呻吟根本是犯規。

「有在聽嘛！我以為大專兵只會說不會做咧。」初戀班長又出來，誇獎人還要酸幾句。大家離開，開始聽班長解說。

衣服被脫光、褲子被脫到膝蓋下的小三男孩，依然躺在那邊豎立著奶頭冷得發抖，像是被強暴過後已經累癱。他犧牲了自己的節操，完成了一部軍人G片，在我腦中存檔，永垂不朽。

中暑防治拜託每天都來一次吧！

吃完飯的晚上是軍歌教唱，負責教唱軍歌的輔導長是個壯壯矮矮的男人。戴著眼鏡，聲音很溫柔，跟其他潑婦班長不一樣。這些都不重要，重點是他很愛穿緊身褲。

不但黑色緊身短褲，上衣是緊身運動衣，上面寫「國防大學」。那一身運動裝束，根本就是健身教練，或者戴上安全帽隨時可以腳踏車環島。

「當初，我想說我要報效國家，來這裡訓練軍人！」他在中山室前溫柔訓話。「沒想到來了之後，才發現我是來當保姆的，一堆媽寶爸寶！」他抱怨完，拉了一下緊身褲的褲管。

「啪。」

你才是吧？不露出屌型訓話，心裡就不舒坦嗎？運動緊身褲裡面是都不用穿內褲的嗎？

「咳咳！」輔導長站在大家面前，挺起胸肌。「我——有一支槍！扛——在肩膀上！預備！唱！」

「我——有一支槍！扛——在肩膀上！」

唱什麼傻話，你明明就——擺——在小腹上！還特——別往上放！

「子彈——上了膛，刺刀閃寒光！」「子彈——上了膛，刺刀閃寒光！」

不，腦中自動補起了什麼穿著泳褲的片子，還隔著泳褲噴出什麼東西。

「慷慨激昂！奔赴戰場！衝鋒——陷陣誰敢擋！」

以枯，啊，啊嘶勾伊，我腦子已經可以雙軌思考了啊。

「啪。」輔導長又喬了一下懶叫的位置，然後拉一下褲管。

我真的很想報警。

軍歌教唱結束就是大逃殺式搶奪電話。打給男友小俊時，甜言蜜語依舊。白天的G片只像是一場遊戲一場夢。每天看活春宮並不會影響感情，如同我們很難愛上G片裡的人一樣。我想，這就是歡場（咦？）無真愛的意思。

晚上九點是掃除時間，其實我很痛恨洗完澡還要掃地，這就像是洗完澡之後馬上拉屎一樣，步驟順序根本有問題。而我們班，掃的是中山室，就是永遠都會有班長在聊天，掃地過程從頭到尾都無法偷懶的他媽的中山室。

每天我們都賣力的掃，還要把東西全歸位，我不斷把椅子搬上桌。

「欸！有人東西沒拿走欸！」小太監低著頭，從抽屜層拿出一個帽子。

「56號……你知道是誰嗎？」

「我知道。」我看了一看那個帽子，翻過來一股淡淡的肉香跟麝香味。

「那你拿給他喔。」小太監繼續擦桌子。

阿彌陀佛，是那個CK男孩，小宇的帽子。

回到寢室點名後，我在蚊帳裡看著這個小帽，把自己的帽子拿出來比對。他的帽子很新，散發出淡淡的汗味跟肥皂香，帽沿又挺又硬。而我的帽子軟軟舊舊，像是七十歲男人的包皮。

明天集合時沒有小帽，一定會被幹到外翻，所以小帽一定要還，重點在於什麼時候還。

上帝啊，為什麼有人可以又帥又香、身材好又富二代，而有些人卻只能在戰亂之中當難民，或者在臉書上發廢文。這天差地別的際遇，令人越想越氣憤、越想越不甘心，想著想著已經全身累癱，帽子明天再還好了。

灰姑娘的王子也是這樣的心情吧？但要是我是王子，我一定每天晚上拿玻璃鞋當自慰杯。

一早，還沒洞六洞洞，大家就已經起來整內務。我折完蚊帳，萬般不捨地拿起帽子，穿過在地上擺蚊帳的茫茫人海，只為了還給你這帥帥灰姑娘一只玻璃鞋。

走到他的床鋪，他正蹲在地上認真地擺放臉盆跟牙刷，一臉帥氣。

有人說，如果連剛睡醒的時候也帥，那百分之百是帥哥了。他高挺的鼻子跟鋒利的眉尾，頭髮短成這樣都還好看得不成體統，唯獨眼神有點無神，有點像是小狗。這剛起床的小王陽明沒有任何缺點，簡直不是人類。

「嗨，56號是你嗎？」我點了點他的肩膀，明知故問地拿出帽子。

他轉過頭，雙眼發亮，露出雪白的牙齒。

「太好了……你在哪裡找到的？」他接過帽子看看裡面的號碼。

「你忘在中山室了。」

「God，還好有你。」他面對我張開雙臂，笑著搖頭。似乎是要給我一個感謝的擁抱。

「不用客氣啦！」我搖搖手。

「不行，救命恩人一定要抱一下。」小宇雙手持續舉在半空，手掌動了兩下，無害小狗般的雙眼幾乎要把我電暈。

「好啦。好兄弟！」我往前一擁，雙手輕輕擦過他的腰際，摸到愛的把手。他的腰後有兩塊肌肉，中間是深深的溝。他雙手交叉繞過我的脖子，拍著我的肩膀。

隱藏在黑暗力量的鑰匙啊！請在我面前展示真正的力量！時間啊！和你定下約定的我命令你，快給我時間暫停啊幹！

他臉上的香味傳來，有昂貴乳液的味道，而他脖子散發一股極度誘惑的肉味，讓他不再是天使，有了人的感覺。他的體溫很高，是個有血有肉的男孩。

嗯？

一個硬硬的東西抵著我的大腿，好像是他口袋裡的防水袋。

我們放開彼此後，我皺了眉看著他的短褲，一個明顯的突起在他大腿三分之一的位置。

他看了一下自己褲子，然後看了看我。

「這樣也感覺得到？」他苦笑摸了摸鼻子。

「嗯，那是什麼？」

「我以為已經消得差不多了哈哈。」小宇拍了拍我的肩膀。「哎又，總之謝謝你啦！」

「不客氣——」我轉頭離開，肋骨內都是宇宙初生的大霹靂。

啊啊啊啊！居然是晨勃！班長有人晨勃！喝了乖乖水還用晨勃頂人啊啊啊！

我面無表情地走回內務櫃前，大腿的時間近乎凍結，那凸起的觸感久久揮之不去。

對不住了。

近距離碰磨脖子跟這樣一頂，讓我這八天又十八小時以來第一次升起自己的國旗，我已經很久沒有意識到我還有國旗這件事了。

原來除了歡笑、打哈欠以外，勃起也是會傳染的。這已經不是G片，已經侵門踏戶到我脊髓的胸腰段勃起中樞。彎腰折著棉被，我好恨，被抱一下就超硬，這是什麼處男的反應？

「現在時間，洞六洞洞，部隊起床——！」

大家像是百貨公司週年慶開門時的阿姨們衝出寢室，搶著洗手台刷牙洗臉。我彎著腰慢慢走出去，像是個被遺棄的阿伯。我覺得自己好沒用。小俊對不起，我被別的男人弄硬了。

在苦難之中，這個擁抱救了我一命，卻也要了我的命。

接下來，從頭到尾都是撞牆期的晨跑、吃個饅頭屁眼也不自覺夾緊的早餐，每件事都在挑戰內分泌可以多失調。

上午是刺槍課。

一開始覺得刺槍其實沒什麼要領，就是不斷調整姿勢跟殺啊——殺啊——的吼著，後來發現，其實還是有訣竅。

如果面前站一個長很醜滿臉橫肉痘痘的鄰兵，那刺槍術簡直進步神速。

因為，那個「殺——！」完全是發自內心的吶喊！

是真的想殺死那個散發汗臭的隊友啊啊啊啊!!

幹，為什麼？

「殺——啊————！」輔導長，我是不是壓力太大？

下課去裝水喝的時候，ＣＫ男救生員帥氣富二代小宇排在我前面。（也太長！）

「啊？你在這啊！」他轉過身，拍拍我的肩。「來！讓你先裝。」

「不用啦！」

「真的嗎？那我不客氣囉？」他對我笑著，家教甚好。

「三八噢。」

當然要讓你先裝水啊，這樣假如你水壺的口水不小心碰到了出水口，我們才有機會生小孩啊！（我到底寫了什麼。）

小宥勝對不起，我心靈出軌了，原諒我吧！（男友呢？不是有男友嗎？）

這是第二個星期，我才知道每個星期四是莒光日，也就是室內耍廢半天的日子。整連的人都坐在中山室，對電視搶奪空中稀薄的氧氣。

電視裡播放著國軍夏令營的節目，許多高中生參加國軍跳傘營、海軍營各種營，大家開心的對鏡頭說：

「我學到很多東西，讓我覺得以後可以考慮當個軍人。」

你還是去屎吧，陰毛都還沒剃過幾次的小鬼。

電視裡的班長是面帶微笑的說：「最高品質？」「靜悄悄——啾。」而你當軍人要面對的是：「你真的大學畢業嗎？」「有病是不是？」「菜逼八？哪個忍者村的？」

但是將近兩百多人的連，我居然認識了兩個頂尖的男人。我想這就是吸引力法則吧？你專注的事情會放大，包括對方的器官。世界，還是可以很美好的。

跟大屌小宥勝軍校孫秦天、ABC救生員CK莊博宇一比，我在人群裡就像是個小餿水，根本沒有什麼值得別人勃起的地方。

莒光洗腦園地結束，遠遠看到一個不面熟的人，是長得很像吳孟達的士官長，他指揮班長分類我們當初填的資料。

「等等唸到號碼的，來前面集合！」白淨斯文人事班長：「4、12、26、29、37、62、

67……」

唸到了我的號碼。

果然是那個，傳說中的拉下線招募新血啊！

當初有個朋友說進去一定要假裝有興趣當志願役，他們就會對你比較好。我填資料時就寫了「有極大的興趣」，果然來到這個無恥的時刻。

「來，到這邊坐。」吳孟達士官長口氣溫柔，把有興趣的人們召集到前面，開始了招生說明會。

「注意！」士官長一喊。

「注意！」一百七十人一吼，爆裂中山室。

「你們都是聰明人，來！67號！你說說為什麼對志願役有興趣？」士官長請我站起來。

「報告士官長，因為我爸就是職軍退休！」我立正站好，一副子承父業精忠報國的態度。活像個智障。

「放輕鬆點啦！好好說——」吳孟達很滿意地問我：「你爸什麼官階退？」

「好像上校吧！」

「……」吳孟達抖了一下。「你爸是不是常常調來調去？」

「似乎是。」

吳孟達士官長的氣勢突然變得很詭異，我才發現上校好像不小的樣子。

站在眾人面前，我突然感受到各種灼熱的眼神朝我臉上噴射。

雖然在外面上校好像沒有什麼了不起，但是如果看到中校營長要露出胸部敬禮的話，看到上校大概就是要露出龜頭了吧？像哈利波特剛入學他爸就是詹姆波特，或是鳴人一出道大家就知道他爸是第四代火影那樣。

望了望左前方的秦天，他陽光地笑著對我比了一個大拇指。我眼睛瞄到走道中間的小宇，四目相對，他完美的輪廓溫柔地對我挑了一下眉。

**對！拎北就是上校的兒子！拎北就是爸寶！挺胸！**（超容易被激勵。）

「你看，人家都知道要學他爸，不要走冤枉路！」吳孟達士官長對我微微笑後，轉向大家拿起一疊卡片：「不要說我沒說，軍人存錢是最快的！」

「我十九年的薪資條，你看我現在還留著。」士官長把那一疊卡片給我：「來，站到椅子上，唸給大家聽，讓大家知道軍人存錢的功力！」

我默默的站到椅子上，開始大聲朗誦士官長每一年的薪水。

「兩萬三千五百八十二！」

「三萬六千七百九十四！」

「三萬八千九百九十五！」

「三萬……」

這到底是在幹嘛？

「三萬九千五百六十一！」

「四萬兩千……」

「等一下！」士官長突然插話。「你們看！才那幾年就到四萬了噢！」

「四萬……!!」

「五萬!!」我喊著士官長的薪水條。

我搖身一變成為長官旗下的紅人，跟吳孟達士官長在大家面前一搭一唱，訴說著志願役是全世界最好的職業。大家看我的眼神變成在看四代火影的兒子，殊不知我根本不想成為火影，唯一想學的忍術也只有色誘之術。為了跟你們這些動不動就勃起的人對抗，我要讓你們知道什麼叫做色情忍術的奧義！

受到我的激勵，鄰兵黑胖胖那當下也加入了想簽下去的陣容。這時我才知道我是多麼罪孽深重、多麼的紅顏禍水，但是人在江湖身不由己，我只能配合士官長演這場戲。

# 06 費洛蒙仰臥起坐

莒光課結束，大家一樣運動裝在連集合場上，我看到地上擺滿軟墊。

「六路縱隊！」班長在一旁吼著。

只有在這種更改隊伍的時候，才能稍微自由穿梭補位。宇宙能量在濛濛之中把我吸引到了小宇旁邊（其實是電車癡漢一個Move），小宇笑挑了一下他的濃眉，他真的很喜歡用眉毛打招呼。

「中央伍為準，散開！」

「薩！」

「兩人一個墊子，我們今天要做仰臥起坐！」

果不其然，小宇跟我站在一個墊子旁。

「喔——上校的兒子——我有這個榮幸嗎？」小宇帥帥地看著我。

我看了一眼被我擠到一旁愛跟小宇洗澡的小三，他不知怎麼被逼到跟黑胖胖同一個墊子。

看來，機會果然是留給準備好的人。（擠開別人說這種勵志的話。）

「偶數排先做！」

「上校的兒子，很強的感覺噢！」他點點頭，一副意涵深遠的模樣。

「你才總裁的兒子吧？」我跟著蹲下，指著他脫下放到一旁的ＣＫ手錶。

「哎又，這是在美國趁便宜的時候買的啦。」

趁便宜時買？是長期在美國的意思嗎？

「雙手抱胸！」班長打斷我的疑問。

「兩分鐘仰臥起坐預備！」

我壓著小宇的腳，他躺下來。我看到他微微的腿毛，雙手胸前交叉擠出的胸肌，還有精實的小腿肚肌肉。

雖然膝蓋夾緊，但這依然是做愛才看得到的角度。所有人一個躺著、一個跪在前面。整個連集合場，彷彿展開一場做愛比賽。

「**開始！**」

一股狠勁，他上半身彈坐起來，我國中、高中、大學都有壓過同學的腳，但是從來沒遇過這麼難以駕馭的。

「1——2——3——4——」旁邊的那一組數著次數。

「3、4、5、6……」我則是瘋狂地數著小宇的次數。

每個負責壓腳的一號大聲喊著數字，似乎暗中在較勁誰的馬兒比較勇猛。雖然這年頭也未必躺著的就是〇，跪著就是一，但是〇洗澡已經很累了，還要自己動真的很不人道啊！（在寫跟訓練完全無關的事。）

小宇雙眼迷濛，每次起身都有淡淡的芬馥撲鼻而來，這獨有清新的氣味不屬於自然界，不斷刺激我嗅覺感覺神經的軸突。這人體電風扇吹來的，是世界上最激情的風。

「呼！……嘶……」

我這才了解，為什麼有人會寫出《香水》這種變態小說。

小宇的體味，根本是男人聞了會硬，女人聞了會濕的超級催情劑。這已經無法用「香」來形容。

他持續激烈地擺動，揮舞著兩袖清風，身體製造出的賀爾蒙氣息混合乳液香迎面撲來。我就像瑪丹娜MV裡對大電風扇唱歌，被風吹拂得無法自拔，整個人洋溢在自我陶醉的情緒中。這溫暖鹹濕風迷幻藥，癱瘓我的嗅覺系統，我怕從此都要對天下蒼生的味道失去了興致。

「56！57！58！59！」我一邊數著，一邊握緊他的雙腳享受MV電風扇。

驚人的腰力持續，小宇不斷扭動著自己的上半身，我抬頭驕傲地看著左右旁人，好像在炫耀「你看我的〇號自己多會動，不要羨慕！我們會從此會過著幸福快樂的日子」的感覺。

「65！66！67！68！」居然有人數著更高的數字。

我一轉頭，看到後方另外一個綠色電動馬達高速搖動。是秦天！我都忘了他的冰塊盒八塊腹肌！

不行！曉飛！要知足！你已經有人體電香扇了！我轉回頭看著小宇，他的眉毛緊壓著眼，肌肉中的能量用罄，咬牙切齒撐著腮幫子痛苦的模樣。

「啊……嘶……」他不自覺發出雄厚而用力的聲音。

這個畫面！

〔在線觀看〕〔台灣xtube〕神似王陽明的軍人在連集合場的第一次獻出！

「加油！78……！」我鎮定地喊著，感到下面快要酥麻了起來。身旁躺著的〇號們許多已經放棄，只剩下幾個還在自己動。

他漲紅著臉喘著氣，一個無神變成小狗眼看著天空，卻怎麼也不肯放棄掙扎想要起身。好像片子裡被迷姦的男孩快要醒來、努力想掙脫變態的魔爪，卻又無奈仍在被下藥的狀態。通常這種時候變態都會因為緊張而停止拍攝，所以都不知後來怎麼了，每次看這種片子內心都很掙扎啊。（已經變成在聊G片了嗎？）

「時間到！停——！」杰倫班長大吼。

「終於……Fuck……」他雙腳一伸，身體呈大字型，敞開剛剛夾很緊的短褲褲管。第一次聽到他罵髒話，媽的真好聽。

「不愧是救生員欸！超屌。」我說。

「你……怎麼……知道？」他還在喘。

「喔，沒啊看起來就很像啊。」我居然忘了資料是看來的。

「……當過……幾個月而已啦……」小宇努力起身，翻開肚子的衣服，瞄了一眼自己剛剛燃燒的成果。

果然是刻劃出來的腹肌，而且還是充血狀態。

如果說秦天的肌肉是有稜有角的賓士，小宇的身材比較像彈性而流線的保時捷。肚子上的丰字溝清晰可見，上面如果有液體，一定會照著渠道流下來。不知道有沒有人親身灌溉過這六塊桑田，就算是女生來灌溉，我也完全可以原諒，就算是A片，有這個男優我也願意一直看一直看！

「海狗趴伸展！」命令一下，剛做完仰臥起坐的〇號們翻身趴著，雙手打直。就在一號們報完每個人的仰臥起坐次數之後，班長要大家體位互換，一個〇的轉移。

「喔——我有榮幸壓上校的兒子嗎？」小宇對我笑笑。又是上校的兒子。

「稱謂太長了，我是67號。」我脫下手錶放到一旁。

「不行不行！我怎麼可以以下犯上呢？」他陽光地吐氣。

好啊，那我命令你冒犯我！用盡全力非禮我快點！

你不知道Gay就是不看內涵的物種嗎？只要是肌肉帥哥，哪怕是弱智男、廢文男、植物人要冒犯我都沒有問題！（我跟植物人道歉。）

我已經躺下，雙手交叉抱胸。

「這樣會痛嗎？」他雙手跟膝蓋壓著我的腳背。

「不會，靠你了總裁的兒子。」我有樣學樣。

「沒有沒有，真的不是總裁。」

「兩分鐘仰臥起坐預備！」

「開始！」

學生時代以來，我仰臥起坐都非常在行，畢竟能追到小俊有一部分原因跟這有關。

我快速地上下擺動，雖然不太會當自己動的○號，但是每次起身，都可以面對小宇剛正的臉。天菜如他身上所散發源源不絕的芬多精，只要閉上眼就彷彿置身在森林裡。

「77……」他數著。我起身。

再讓我吸一口芬多精！

「78……」讓我再見你一面！

「79……」只要！

「80。」再！

「81。」一面！！

「82。」就好……

「時間到！全部停止！」班長一吼：「海狗趴！壓腳的報學號跟次數！」

「上校的兒子不錯噢。」小宇滿頭汗地說著，看來前面當自動○的他現在才噴汗。而我普通的腹肌為了滿足我的自尊，燃燒了他們的壽命哀嚎著。伸展後我坐起來聽報數。

突然覺得不能再這樣下去，太靠近小宇的話，我怕營區再也沒有值得關心的事物。我是不是要控制一下我的注意力，不然注意力不集中，很容易被初戀班長幹啊！

# 07 史立普跑法

情話綿綿的電話亭，大家手指纏繞著電話線。

「爸，上校在這裡好像很大欸？」我說。

「你現在才知道？」老爸毫不謙虛，我可以想像他在電話那頭輕蔑的笑容。「你進去的時候我是有請陳叔叔幫忙關心一下你。」陳叔叔是老爸陸軍官校時的同學。

「你說那個成功嶺少將？」我傻眼。

「對啊，不過應該就打個電話注意一下，不會有差別待遇的。」

「這樣子就好。」

也是。到目前為止我完全感受不到任何差別待遇，除了士官長很愛Cue我以外，我只感覺初戀男友班長不斷地幹我，根本把我當成固砲。

「喂——」小俊溫柔的聲音。

「寶貝你在外面喔？」

「嗯，我在跟阿雲吃飯。」阿雲是他的好朋友。

「那你有想我嗎？」

「有啦，多多少少。」

「聽起來只有一點點？」我感到無奈。

「哎喲，你放假我就會比較想你了啦——」

「好吧……」

我都忘了，小俊是個不黏不膩的理性迪。他期中考週那星期會人間蒸發，但是一考完試就跑出來依偎在我胯下。只要我們的生活開始忙碌，他就不會耍甜蜜，但是一旦出來約會，就是還要還要我還要生龍活虎啪啪啪。交往快一年，這事情永遠都不會變。而現在，小俊大概又進入生活圈遙遠時會開啟的「不思念模式」。

我掛上電話，跟著隊伍唱著軍歌回到寢室。我想，有個理性的男友也是不錯的事情，雖然我沒有這麼理性，但是不要想太多、關注眼前的生活是我要學習的。

「啊哈哈哈！」男孩們拿著痱子粉，在寢室外往肩膀上拍著。

「快幫我一下！快要床點了！」

「好啦！」

男孩脫掉上衣，把痱子粉往身上撒，另一個人就幫他抹均勻。

「幹，好涼好爽噢——」

「你倒太多了啦！」「沒關係吼！」男孩們不斷在彼此的身上撫摸，弄得一身白粉。

「幹什麼！炸雞排是不是！粉不用錢喔？」一個駝背的班長從轉角出現。

「喔喔喔！」大家一轟而散，留下一地白白的麵粉。

「床定而已，是要多久──？」班長走進寢室，對著整理內務的男孩們翻白眼。「要多久──是要多久──」那不耐煩的樣子，根本是來發洩情緒的。

但是這個晚上，我只是不斷想著小俊的口氣，感覺這世界好像有什麼消失了。感時花濺淚，恨別鳥驚心，烽火連三月，家書抵萬金。

「這是我每一天最幸福的時刻。」大根在一旁躺著。

「是吧……」沒幾秒，我累得失去意識。

早上，我們走到集合場準備晨跑。

我想到前天跑步，隊伍前面不知道誰放了一個屍臭屁，把整個隊伍薰得七葷八素。必須大口大口吸著屁跑步的生死瞬間，希望今天不會再有。

「之前跑步會落後會脫隊的，來排頭這裡！」班長喊。

說完，幾個老弱殘兵，往我前方的排頭補位。一個肩膀很寬的背影突然映入眼簾，到了黑胖胖前面。那挺立的胸膛跟背部大塊的肌肉如健身教練般撐起衣服，一看就知道是秦天！

仰臥起坐跟伏地挺身都第一名的軍校生小宥勝，怎麼可能跑步會落後？

難道說，是為了呼吸最新鮮的空氣嗎？這也太聰明了！

我立刻也跟著假裝老弱，往隊伍排頭前進，但是黑胖胖也往前走，依然在我前面。

「你幹嘛來？你怎麼可能落後？」黑胖胖轉頭，用氣音說話。

「你忘了前天那個屁喔？」我試圖喚起他的記憶，那個屁讓我在寢室抱怨了一整個早上。

「那其實是我放的。但是今天不會了啦！」黑胖胖轉回去。

兇手居然自首了？我罵了一個早上都不吭聲，現在終於自首了？

也就是說我依然跑在辛吉德[2]正後方嗎？這是天要亡我吧！

「跑步！走！」「一二一二！」

隊伍就這樣跑起來。

又要跑在黑胖胖後面，我每一分，每一秒都過得很緊張。爸媽，你們不要真的停止燒香好嗎？薪火相傳啊！

我看著黑胖胖的背影，畢竟比我多背三十幾公斤在身上，才跑沒幾步就一身濕。然後他開始不斷的默默往後一點，往後一點。

「左右對正！」「前後標齊！」

黑胖胖脫隊大概半公尺。雖然左右完全沒有對正，前後倒是標得很齊，因為他，我完全看不到他前方的小宥勝背影。

2　辛吉德：遊戲《英雄聯盟》裡的角色，特色是走過的地方會留下毒霧。

黑胖胖一個踉蹌，這排剛好完全落後了一個人。就是現在！阿斯拉達！打開愛的推進器！腎上腺一個噴發，雙腳青筋怒爆，我加速過彎超越了黑胖胖。否極泰來，超越胖胖之後，面前就是小宥勝雄厚的性感背影。

果然沒錯！這就是各大賽車動漫都會出現的**史立普跑法**!!**（情慾版）**

跑在小宥勝後面一點都不會累啊!!

我已經等了三天三夜！我現在的心情喝開水也可以醉!!

「一二三四！精神答數！」

「雄壯！威武！嚴肅！剛直……」隊伍在喘氣的奔途中喊著。

前方小宥勝低沉而鏗鏘有力的聲音，彷彿展示自己鋼彈般的胸肌下，也有龐大的肺活量。完全都不會疲倦，我還要再跑三天三夜！我現在的心情輕得好像可以飛——Oh！這輩子從來沒有跑得這麼輕鬆。

小宥勝的運動衣染著新鮮的汗水，早晨涼爽的風吹過那布料，又是一個食物味道撲鼻！那個有點像薯條的味道又飄來，讓我跑著跑著都餓了。那粗壯的小腿線條，每一步都神似藍寶堅尼的設計，濕濕的衣服緊貼在他的背跟公狗腰上，爸媽果然沒有放棄我嗎？

「長——搭蘇！」

「せ！喔！散！四！せ！喔！散！四！せ！喔！散！——四！」

不知道大家的發音哪裡出了問題，當兵之後好像舌頭都被麻痹。

人類最原始的驅力支撐著我跑完全程，跑了幾圈大大的營區三千公尺。至於黑胖胖落後到哪裡我真的不在乎，畢竟脂肪那麼多，躺在路邊三天都不會死吧？（革命情感的部分呢？）

而悲慘的大根，他整個人脫隊消失，被班長押著像是喪屍一般晃回來。

我想，派遣一對天菜男女穿著情趣丁字褲跑在隊伍最前面，大家應該就可以利用情慾史立普跑法一直跑一直跑吧？鐵的紀律以外，還要有愛的教育啊！是吧是吧？

午餐時間，又是值星初戀班長帶隊進餐廳，黝黑精瘦的原始人模樣非常凶悍。

「進餐廳！」

「親！愛！精！誠！」動作分別是立正、右轉、併腳、稍息。

突然，一隻蚊子飛到眼前，繞啊繞的到我的臉頰。走！快滾！我甩甩臉！噗！吹氣！

「兩路！」

「服從！」

不行了，蚊子停留的臉頰一個刺痛，我是靠臉吃飯的啊！誰要服從啊！

「啪。」我一巴掌打死臉上的蚊子。

「進餐廳！」「親！愛！精！誠！」

「進餐廳！」「親！愛！精！誠！」

「剛剛亂動的，手舉高。」初戀班長臭著一張臉直直看著我。

我舉起手，發現另外視線範圍內也有四個人舉起手。

「不想吃飯是不是啊？」

初戀班長雖然眼神深邃而有力，嘴唇也油亮可口，但先不管多性感，多需要固砲——

**「手打直！搭公車啊？」**他向前一步獅吼。

他是真的想殺我。

果然世間萬物都一樣，越美麗就越是危險。

我覺得我可以另外寫幾篇「被幹的一百種方式」、「如何被幹」或是「第一次被幹就上手」。因為一直以來都習慣當主，開始當奴實在很難習慣。如果說幹砲的話，我想也真只有初戀魔鬼班長比較適合當幹人吧？秦天不列入考慮，因為那個屌一定太大啊。（幹譙跟幹砲完全分不清的意思。）

花式口令、花式進餐廳、花式坐下、花式吃飯、花式離開餐廳。我發現洗餐盤的時候大家開始洗著別人的餐盤，也就是餐盤集中給幾個人洗，其他人就可以不用排隊直接先去整內務。分工合作，可以一個人做的事就不用兩個人。

儘管發現了這件事，我依然拿著自己的餐盤到洗手台前排隊。一群菜鳥默默挺著胸，在太陽底下雙手拿著油亮鐵盤，偶爾竊竊私語。右邊那排隊伍往前一格，我看到了一個熟悉的身材，一身綠色的緊身體格。

是野生的小宇！

「嘶——要一起嗎？」小宇偷偷對我說。

「跟他們一樣分工嗎？」我看著前面那個拿了好幾個餐盤的人。

「是啊，你洗還是我洗？」

「你內務很強囉？」我問。

「我一個叉。」小宇挑了一下眉，驕傲的笑著。

居然！整個寢室內務評比都是滿江紅的情況，他居然可以辦到一個叉！內務比我這個Gay還強？（是想創造什麼新的刻板印象？）

「我兩個叉……」我接過小宇的餐盤，分工完成。他負責整內務、我負責洗碗。神奇的是，他使用過的餐盤竟然超乾淨。

「我都用衛生紙先擦過，很好洗噢。」他笑笑。

擦到這種程度是用了幾張衛生紙啊？會不會太浪費了？但是月暈效應的發酵，我無法覺得小宇是個浪費的人。帥成這樣，射一次用一整包衛生紙我都願意幫忙買噢。砍伐吧樹木！燃燒吧地球！

「我67號櫃你知道嗎？」我問。

「沒問題！我常常經過你的位子啊！」他自信地拍拍我。他的笑容在太陽光底下更加燦爛，瞇起的笑靨簡直是廣告畫面。他離開週年慶，身影消失在樓梯的轉角。

我這樣應該不算工具人吧？君麻呂就算被利用也心甘情願的心情就是這樣嗎？如果他沒有幫我整理我的內務，是不是我們的這段關係就結束了？

我低頭看著他的不鏽鋼碗筷。

這是！

這雙看似乾淨的筷子上，一定還沾著小宇的口水！

瞳孔縮小、視界無邊，我讀心術全開，變成能夠讀取物體被使用的全部過程。腦中出現這筷子把菜塞進小宇薄薄嘴唇的畫面，運氣好的話筷子之間還會被口水弄得牽絲，彷彿馬眼與手指中間的前列腺液。

這世界總是充滿了誘惑。

不行，不能這樣想！

就算是口水，頂多也只是多了普通的口腔細胞而已。我已經有固定交換體液的對象了！對吧小俊！（無套風險高，請愛惜身體勿模仿。）

就這樣，排隊許久，我終於到了洗手台前，忍痛把他筷子上的口水用洗碗精洗掉。（不然咧？）

回到寢室，看到黑胖胖在整理內務。

「你們這麼快？」

「我們才剛回來，欸！剛剛56號帥哥來幫你整內務欸，你們什麼關係啊？」黑胖胖問。

「呃。因為我幫他洗碗啊，節省至少五分鐘吧，所以他幫我整內務啊。」我說。

「好啊，都這樣啊！啊就不幫我們洗啊！」黑胖胖開始耍傲嬌。

「人家內務一個叉，你滿滿的叉，先看他示範不好嗎？」我試圖合理一切。

「我來的時候他剛整好走掉。」黑胖胖不甘心。

「好啦下次吼——」

我說完打開櫃子，看到掛著的衣服都折成一樣的大小。抽屜裡平鋪的毛巾底下，是一圈圈整齊捲好的內褲跟襪子，連內褲都幫我折，我好擔心我的Uniqlo內褲被他瞧不起。

我走了五個床位，小宇坐在床上認真地擦著皮鞋。

「喏，你的碗筷。」我說。

「喔！謝啦！」他笑著拿起筷子跟碗。「這樣子真的快多啦！團隊合作！」

「真的。」我回到位子上，脫下靴子刷了刷土，開始抹油。

一邊擦，我擦出了神。

這種淡淡的幸福感是怎麼回事？這好像是我這輩子第一次被老爸的以外的男人整理衣櫃，真是太詭異了。

「你一直在擦同一個地方欸！是要擦多亮？」黑胖胖那個肥臉。

「喔。拿去啦。」我知道黑胖胖只是想借鞋油。

# 08 授槍代表

一片被午後太陽曬熱的普通水泥平地，我們穿著一身迷彩服上基本教練課。

「67號！」杰倫班長臉色很陰沉地叫我。

「有？」我回應。

「營長找你。」

「是……蛤呃呃呃？咳咳!!」我差點噎死。

我雖然天兵了一點，但是也不至於要見營長吧？雖然有時候會對著別人的內褲發愣，但是我真的沒有聞啊！

「等等知道要怎麼樣吧？」班長瞪了我一眼。

「知道……」跟著杰倫班長經過兩棟寢室，每棟大樓的氣息都微妙不同。有些連就像國小操場，投飲料的、打電話的，相隔幾十公尺就是完全不同的世界。如果地獄有分層，我們待的就是深淵。營長室外面，杰倫班長無辜地躲在一旁賣萌。

我雖然會癡癡看著愛幹人的初戀班長，但是我真的沒有想跟他復合啊！

「請進。」

「營長好！」我用力大喊，一轉眼杰倫班長已然消失。

一個黑髮的熟男坐在插有幾面國旗旁的辦公桌後按手機，一個不認識的什麼長官用瓷杯倒來熱水在我面前便出去了。

「來，坐。」這個聲音，是那個餐廳裡拿著麥克風，一吼「注意」全世界都得凍結的營長。只能遠觀不能褻玩焉的他，是個精瘦的四十歲熟男，年輕時定是個帥哥。只是臉上那幾條無情深刻的皺紋，歷經人生風霜的切割。個子不是很高，感覺再過二十年就會變成尼特羅（漫畫《獵人》一角）會長。

「你爸爸也是軍人啊？」沒有任何情緒的語氣。

「嗯。」

「陳少將是你爸爸的朋友？」

「嗯，是。」

「你用這支打回家報個平安，跟爸爸說說你的近況吧。」營長把他的手機遞給我。

「是！謝謝營長。」我撥了老爸手機號碼。

「爸！這支是營長的電話……嗯……沒什麼事……嗯，有點感冒而已……嗯……好。」掛了電話，把手機還給營長。

「感冒要多喝點水才會好。」他手比著桌上那杯水。

「謝謝營長。」我把溫水一飲而盡，屁都不敢放一個。

幹你媽的嚇死我操你媽逼死杰倫班長，畏縮的臉害我以為什麼大事，結果根本沒事啊！

我回到隊伍裡，剛好已經下課。

「欸欸欸！營長說什麼？」

「飛哥，我們的未來就靠你了。」黑胖胖緊抓著我的手。

「這完全只是制式的行程而已。」我說。要是真的有差別待遇的話我才會被其他小兵幹吧？我寧願給黝黑精實大男人主義班長幹也不要給菜鳥幹咧。

「今天晚上，要開始練習開訓典禮，給我皮繃緊一點啊！」初戀班長那黝黑凶悍的臉。

雖然不太懂開訓典禮是什麼，可以確定又是一個討人厭的東西。晚餐後我們集合出發前往旅集合場，前面一個大司令台讓我想起國高中生早上升旗的畫面，只是場面更大，組成的懶叫也更熟，重點是沒有素顏的女同學跟長髮飄逸的女老師來亂，真好。

我們在空曠的集合場預定地點站挺，好像在等待什麼。

突然，前方一個超級男人的嗓音清喊，沒有用麥克風。

「全體入伍生，聽我口令！」

在前方整隊的男人，這聲音跟身影……居然是那個老是喜歡打哈哈的小宥勝。

「立正！」秦天充滿睪固酮的喉音，一人可以對抗幾百人的軍隊。難怪他午休都會在中山室跟班長晃來晃去，原來是授槍代表。

「沒吃晚餐啊？再來一次。」司令台的長官。

「**全體入伍生，聽我口令！**」他高大的身影，在夜晚之中昂首挺立。軍校出生的男孩，宣告著自己是這一梯最優秀的男人。

「立正！」小宥勝吼了幾次後，我們結束了這場預演，記住自己站的位子。而我也更確定一件事，那就是秦天如果有女朋友，一定每天都超爽。

晚上初戀班長良心發現放了福利，不但帶我們整隊上營站，甚至可以抽菸，我們終於不用只是麻木地搶電話。

「等等，二十分鐘之後，也就是兩洞么柒，在這邊集合完畢，是集合完畢喔！解散！」

殺啊啊啊啊！大家發了狂的衝向營站。每天都有週年慶、每天都要為了一些鳥事衝刺，但是我也感受到了殺氣，拔腿狂奔。我要大採購！我還要買排汗T-shirt！我還要買綁腿！我還要買面紙！

明明平常覺得超廢的東西。

買了好多必需品走出營站，看到一群一群的人在室外。我們跟黑胖胖也走向遠方的第六班的成員們，大家吞雲吐霧的聊著。

「唉，還有幾天才懇親，班長說不配合要禁假也太扯！」

「我聽朋友說那都嘛騙人的，那不合法啊。」

「這樣我們到底幾點放假啊？」

「聽說家人來的話就是十二點……」

「唉，我們真的很倒霉到這一連……」

聊的事情無關人生經驗，無關未來夢想，所有一切都圍繞著放假，這個世界沒有其他值得關心的事。但是假不會因為我們一直聊就變多啊，這種話題聽多了我就開始不耐。

「我再去買個東西。」我決定停止聽這些廢話，跟深宮怨婦們道別。繞到電話亭的區域，發現營站旁有一座陰暗而狹窄的樓梯，不知道通往何處。四下無人，我走上樓梯，在轉角看到一個人影坐在梯階上正要站起來，正好跟我面對面。

「啊？」我愣住。

月光照著他的臉龐，立體的五官跟柔和的雙眼，在夜晚的微風中望著我。朦朧的光線讓這裡像是安靜夜店，但我手上的不是酒，而是阿薩姆奶茶。

小宇，一個人在這裡面對月光。幸福來得太突然。

「喔？是曉飛哥。」認出我後，他又坐下。

「你怎麼在這裡？」

「我不喜歡菸味。」他拍拍他身邊的階梯：「坐啊——坐——」

我拿著阿薩姆奶茶跟衛生紙坐下，他則是搭上我的肩膀。就在他溫熱微汗的地方，有淡淡的汗香散發。

「二手菸比直接抽菸還毒啊——No good！」他搖搖頭。

「哎，這也沒辦法吧……」

你才毒吧，我要耗費吃奶的力量才能克制住發熱的雙頰。我已經算是緊守三從四德的Gay砲，依然受不了你那開放的肢體語言。

「你說你之前當過救生員？」我問。

「喔，那個是大三的時候，去美國遊學，救生員只是打工啦。」

「也太酷了吧？哪個州啊？」

「你應該聽過，在佛羅里達，美國右下角凸出來那一塊，像個半島，你知道嗎？」他雙眼發亮手比著州跟美國的形狀。「然後這邊有個奧蘭多市，全世界最大的迪士尼。」

「嘖嘖……不愧是富二代欸。」

「沒有啦，你要去也可以，真的。」

最令人痛恨的，是他溫柔的說話態度，隨時會停下來確認我有沒有聽懂。太陽神的燦爛笑容、石化致命的雙眼、海力克斯的體態。

「那你在那邊有交女友嗎？」我順暢的問一句全營區我最關心的問題。

「沒有啦，過去有沒有不重要，現在單身才是真的。」他點點頭。

一〇一的煙火層層爆發，我的內心嘶吼著，比新年快樂吼得還大聲。

「一分鐘集合——」外面有人也喊著。

「你要走了嗎？」他站起身子一手伸向我。在月光下燦爛的笑容，像是牛郎要帶離我離開地球表面，飛向月球。

「嗯。」我抓著他的溫熱粗糙的手起身，雙手拍拍有點灰塵的屁股。

回到隊伍，立刻就聞到一股酸臭襲來，好像在襯托小宇的完美。這一牵治癒好多傷痛，這一牵就被你征服。

# 09 手榴彈私人教練

早上，全副武裝的小兵們來到旅集合場，就像閱兵典禮般所有菜鳥排排站。

「檢查新兵服裝儀容！開始！」值星初戀一聲令下，班長一個一個走到我們面前，調戲起我們的裝扮，就像《甄嬛傳》的海選畫面。

「為什麼鬍子不刮乾淨？要我幫你刮是不是？」杰倫班長拿著小本本，端詳著男孩的臉。

「報告，不是。」

「你沒發現這裡刺刺的嗎？」杰倫班長摸著小兵的下巴，看著他的臉：「陰毛要不要我幫你刮啊？」

小兵搖搖頭，真不是好歹。（喂）

單眼皮杰倫到我了面前，摸了摸我的衣服，搖了搖我的乖乖水，那是另外佩戴的兩公升寶特瓶水壺。

「幹嘛？這是怎樣？」他指著水壺，水壺蓋子下還有一點點汽泡，差半秒才裝滿。「我不是說水裝滿嗎？你留下這一口是要我射給你是不是？」

「報告不是！」我緊張地搖頭。

是，超級是。

雖然我已經有固定的體液交換對象了，但是班長有在運動皮膚很好又是二十歲出頭的鮮肉，我的水壺就交給班長裝滿了！

「莫名其妙咧！」萌萌達小杰倫登記完我的號碼，走到下一個人面前。為了這一小坨空氣就登記服裝儀容不整，你才莫名其妙咧！我要申訴！說要幫我射滿又走掉，根本說話不算話！

（申訴的點是？）

「操課前飲水兩百C.C.！喝水！」司令台廣播一吼。

「喝水！」我們舉起水壺，像是在拍維士比廣告。

接下來，是秦天主場的帥氣嘶吼時間。

「舉誓詞！」「我唸一遍，大家跟我唸一遍！」「余敬宣誓，余恪遵國父遺囑，奉行三民主義，服從長官命令，捍衛國家，愛護人民，克盡軍人天職，決不營私舞弊及授受賄賂，如違背誓言，願受最嚴厲之處罰，此誓。」

整個場面應該是相當震撼、帥氣與威嚴的，但是有個東西一直在破壞這一切，那就是我們身上背的乖乖水壺。乖乖水壺有一條繩帶連接寶特瓶，繩帶有各種顏色，讓我們每個人都變成了彩虹戰士。我們的愛很像，都因男性敵人而受傷。就像天菜要跟你做愛時，戴上海綿寶寶的保險套一樣，不管多麼勇猛都叫人難以接受。

就這樣，旅長營長致辭完畢，秦天也帥氣的上台授槍。他的英姿不知道弄癢了台下多少個屁眼。開訓典禮結束，我卻覺得秦天離我越來越遙遠，就算他還是會跟我熱情地打招呼。

早上，我們頂著大太陽到手榴彈投擲場的樹蔭下。

「取板凳！」「置板凳！」初戀班長令下。

「喀啦咖啦！」

「叫你們置板凳！出什麼聲音啊？吵死了！重來！」初戀班長爆起青筋，讓我們置板凳置啊置的玩個半天。板凳本來拿著就會有聲音，到底有什麼好不爽的，被舔奶頭也要自然出聲音呻吟啊，又看不到你表情，不喊個兩聲誰知道你爽不爽啊？（到底在抱怨什麼）

「新兵戰士，洞洞么做第一次投擲！」我們在手榴彈投擲場前做過了暖身。「新兵戰士，洞洞二做第一次投擲！」

「洞兩玖做第二次投擲……」

其實數字會一半還滿煩的，「零一二三四五陸七八九」軍中習慣改成「洞么兩參肆伍陸拐捌勾」但是大家普遍只會把零跟一改成洞跟么，其他就看你要不要改。

哪有這麼隨便？要就好好唸么洞陸勾啊！ＴＴ么洞陸玖這樣可以嗎？你喜歡么洞嗎？「你是洞嗎？」「不分偏么找不分洞。」這樣講能聽嗎？

「下一個！」

「新兵戰士洞陸拐，於手榴彈投擲場做第一次投擲！」我喊著。

「透至！」初戀班長無脂肪的黑臉。

我雙手捧著鐵做的假手榴彈。一步、兩步、三步！使出全身的力量如米卡莎[3]電竄全身的覺醒！

**幹！**

我內心大罵一聲，丟出這肌肉記憶的一球！

「未進彈。」遠方的班長舉起旗子。

「再一次！丟高一點啊！沒吃飯是不是？」班長臭著臉在一旁嘲諷。

「新兵戰士洞陸拐，於手榴彈投擲場做第二次投擲！」

「透至！」

我已經在內心用極度火大的殺氣罵幹了！居然沒過？不行了，這次要用更多的激情、更多的力量。腎上腺們、腦內啡們，把你們的力量借給我吧！一步、兩步、三步！用盡所有能量！

我看著性感的班長：

**我要！**

**幹死你！**

只見手榴彈在遠處一落，遠方的擴音器：「二十五公尺偏彈。」

用罄所有憤怒與激情，居然還是這種結局。我悻悻然地回到位子上。

「唉，丟手榴彈丟很遠也沒什麼了不起的。」我冷冷地。

「對啊，一點意義也沒有。」身後臉的大臉夜店男也來取暖。

「我們就是諸葛亮、司馬懿的命啊——根本就不適合上戰場。」

「沒錯，投合格的統統上戰場被炸死吧！」

以前我一直以為任何事只要努力就可以辦到，但今天我才知道並不是。每次都是二十四公尺、二十五公尺偏彈，連黑胖胖隨便都三十五公尺。從小到大從短跑、長跑、游泳、跳高、跳遠任何項目都會在平均值以上的我，打砲也讓偏一的男友舒服到成為不偏不倚的〇，我受到了海量的打擊。

這莫大的屈辱伴隨一整天，直到晚上洗澡前我回到寢室，看到一個詭異的畫面：所有寢室的人除了去洗澡的，剩下的小兵都在舉啞鈴。

「你們會不會太誇張？」我看著一排男人坐在床上。

「這是一定要的啦！」籃球男捲起袖子，鼓著小小的二頭肌。

看來大家的自尊心都受創了。連以病態美著稱、如風中殘燭般虛弱的蒼白小太監也彎著腰，顫抖著抓著啞鈴，不仔細看還以為他在玩按摩棒。

我走到寢室中間，卻發現啞鈴已經被搶奪一空。

「請問你們有看到哪裡還有啞鈴嗎？」我問著附近不認識的人。

---

3 米卡莎：《進擊的巨人》的女主角，一次為了保護主角艾倫，因領悟大自然弱肉強食的覺醒之後變得超強。

「沒有了。」「是喔……」

「喔？飛哥在找啞鈴嗎？」小宇在一旁放下啞鈴，甩甩手。「那我們輪流用啊！反正肌肉本來就需要Recover的時間……那個中文是……」「每組間休息的時間嗎？」

「啊對對對。」他放下啞鈴，示意我坐到他旁邊的空位。

他把袖子捲起，露出凹凸有致的線條，一塊塊的肌肉跟手上爆出的青筋，性感極點。

「來，不用客氣！」小宇屁股一挪，把床位給我坐，啞鈴放地上，自己按摩著手臂。

「謝啦，真是太好了，不愧是常跟我合作的男人。」

「哎又！我們的關係只有洗碗盤這麼膚淺嗎？」小宇坐在身邊笑著，全身散發熱熱的費洛蒙。手中接過的啞鈴，還有他殘留的溫度。

感謝大家把啞鈴搶光！等等把啞鈴搶光的，一人一瓶飲料！

「嘶……嘶……」我舉著那個二十磅略微生鏽的銀色啞鈴，任由二頭肌緊縮著。

「喔？姿勢很標準喔！」小宇來回摸著我的手肘。

「嘶啊……沒力了！」我在第十五下放下啞鈴。

「來，要不要多做幾下？健身教練不都是這樣嗎？」他笑看著我的臉，抓住我下臂幫我出力。「這樣血液才會集中到肌肉啊！」

不！教練不要碰我！那剛正濃眉帥氣的臉再靠近我，血液就都要集中到其他地方去了！我的橫紋肌跟心都要融解了！

「嘶……好了換你了。」我把啞鈴還給小宇。

「好。」他露出手臂拿起啞鈴，腫脹著肌肉跟微拱起的幾條靜脈，各自在手臂浮動。「你摸摸看，檢查一下有沒有用對地方？」

「你說這樣？」我摸著小宇的手臂，肌肉像藏了會伸縮的溫泉石。兩人在寢室搞起了健身房私人教練的劇情。

我在這裡鄭重感謝國軍，感謝這個單位的啞鈴不夠用。

「很脹，已經很好了！」我反覆檢查著小宇二頭肌、手臂的周邊凹凸有致，沒用到的肌群則放鬆著。這肌肉相當不真實，一點也不像日常生活中會看到的手臂。

「15……16……」他殺紅了眼神持續皺眉用力，我在一旁扶著他。「17……」他表情相當痛苦，看起來已經快要爆發。

「真的，可以了！」我搔了他腋下，他才呼的一聲放下。

幾次之後我們結束操爆手臂的訓練，兩隻手臂被小宇操得整個超緊超硬。

「這樣可以嗎？」他捲起袖子兩手向上彎曲，露出完美可口的肌肉。腋下的一點點毛裝飾著下臂。

我全方位地壓了壓他的肌肉，只擦到小宇腋毛的邊緣。

「ＯＫ！超硬！」

「看來，有買私人教練果然還是有差喔！」小宇拍拍我，對我笑著。

「教練就負責補那最後幾下而已。」

「那我要去洗澡了喔，要不要一起？」小宇笑笑起身，散發一身性感的熱氣。

什麼？一起洗澡？

媽！你有聽到嗎？

爸！小宇約我洗澡啊！

校長、各位老師、各位同學!! 小宇約我洗澡!!

婆羅門、釋迦摩尼、耶穌、阿拉！小宇約我洗澡！

「不……不用了……」我低下頭。

「有什麼關係！要不要？」小王陽明炯炯有神地看著我。他講話都會直直看著對方的眼睛，不會做其他事，是我遇過最溫柔的男人。

「真的不用了。」我看到他透氣汗衫也遮不住的激凸乳頭。

小宇從抽屜拿了一件紅色ＣＫ內褲，跟兩罐看起來很高級、只有英文字的沐浴乳洗髮精。

「走啦！一起啦！」

「不用啦，我想先掛蚊帳。」

「哎又！那我去囉？」他把臉盆蓋上白色毛巾，轉身離去。

「好喔——」

我說了什麼？這樣對得起老師各位同學各位校長嗎？我居然拒絕天使猛男模特兒香汗淋漓

的洗澡邀約，這是哪來的傲嬌妹。老媽老爸我對不起你們，辛辛苦苦賺錢養出一個不知道是御阪美琴、明日香還是灼眼的夏娜。

我看著地上的啞鈴跟小宇孤單優秀的背影，真是太該死了。

但是，我也懂自己內心深處的顧慮。我想跟小宇至少能當朋友，要是之後被他知道我是Gay，我不想讓他因為跟我洗過澡而不舒服。

我走回自己的床位，看到正在收拾臉盆的大根。經過這將近兩星期的操練，他也不那麼瘦弱了。

「你剛剛去哪裡？等你等很久欸！」黑胖胖在一旁。

「等我？」

「我們今天要三個人一起洗啊！」

什麼鬼？憑什麼自己決定？Gay也是會挑的好嗎？雖然我喜歡在夜店人擠人，但是附近不優的話我還是我默默飄走的！不怎樣人的來敬酒，我還是會翻白眼的啊！

「幹嘛三個人？這樣很擠欸。」

「不管！已經決定好的事情了。」黑胖胖放下臉盆開始掛蚊帳。

「你有兩個人的體重，幹嘛不自己一間？」到底誰跟你決定好了。

「你快點啦！等等來不及喔。」黑胖胖相當霸道。

「嘖。」我拿了內褲跟褲子、洗全身的灰色ManQ，跟著大根和黑胖胖去排浴室。我不禁感嘆御阪美琴就是遲遲不肯行動，才只能整天跟黑子在那邊搞ＧＬ。

為什麼我要拒絕小宇，當不成朋友就算了啊！只在乎曾經擁有啊！反正很多人睡過之後也很難當朋友嘛！

# 10 我的洗澡對象我決定

在浴室排隊洗澡的人龍。跟大根或是黑胖胖洗澡其實已經開始慢慢麻痺了。因為大根就是一條死蘿蔔，講笑話他都很久才會搭腔；黑胖胖就是黑胖胖，黑色糖葫蘆。

各式各樣的男孩，有的洗完就不肯穿衣服，在洗手台刷著牙一邊展露著自己的身材跟各種延伸的毛髮。我決定了！我要尿遁！

「欸，我突然想尿尿。」我說。

「你真的很機車欸！」黑胖胖怒。

「真的啦！你們先排隊！」我離開人龍往廁所走。

「好，快點喔！快到了。」

誰理你啊，我才不想要3P咧！連水都沖不到！我要尋找屬於我自己的幸福！

我繞去廁所，又繞回來排隊，前面一個落單男孩。是那個國中畢業的機車黑手憨憨男孩！

雖然跟我一起上遊覽車，後來卻沒再聯絡——雖然說同個連是要聯絡殺小。我排在他後面，他轉頭看到我。

「你……有人一起洗嗎？」他摸著頭問我，一副尷尬的模樣。

「還沒欸……」

「那我們一起噢？」

命運，果然是要自己安排啊！憨厚機車行的男孩，就這樣跟我訂立了洗澡契約，在魔鬼連中總得找點事情來抒發壓力啊。

我往浴室偷瞄了一眼，黑胖胖跟大根已經消失，大概是在其中的一間咒罵著我。

「這邊。」憨憨男孩指著一間浴室。

「好的。」我進去，帶上門。

憨憨男孩脫下衣服，露出了一般膚色的胴體，背部光滑無毛孔的肌膚，我才發現他年紀很小，應該剛滿十八歲。跟不熟的人洗澡原來是這個感覺，完全尷尬沒話題。

男孩脫下了褲子，一大撮森林底下，垂著一塊一般大小的香腸跟粉嫩的龜頭。原來割過包皮的懶趴是長這樣啊。一般人頭頭是在興奮的時候才會探出頭來，這樣割過的人根本就無法分辨他興不興奮欸！（到底在煩惱什麼？）

我脫好衣服。

「噗嘶——」一波散彈水柱直接噴到我換洗的衣服上。

「啊幹！」我瞬間拿起衣服。

「啊對不起！我沒有注意到。」他傻笑著頻頻道歉。

「沒關係。」

我們笨手笨腳地洗起澡，兩人一點默契也沒有，好像兩個處男在床上，還要一直提醒彼此不要用牙齒，奶頭不要吸太用力。

「我要沖頭了喔。」

「等一下，我快好了。」他滿頭泡泡的說著。

明明就沒有頭髮還在那邊搓頭搓半天，剛滿十八歲就來當兵果然太牽強了嗎？是怎樣有什麼毛病嗎？

雖然憨憨黑手男孩有著青春的肉體跟稚嫩的臉龐，但是不停耍蠢實在是功過相抵。我幾乎花了比平常多一倍的時間在洗澡，就為了看你個普通沒包皮的懶趴，雖然我覺得小懶趴很可愛但也不能這樣啊！

結束完跟憨憨黑手男孩的鴛鴦浴，我擦乾身體刷完牙回到床位。

「欸，你真的很過分！我再也不相信你了！」黑胖胖生氣地整理臉盆。

「你們太快進去了吼，我一回頭你們就不見了。」

「切心啦！」

「下次吼——」我揉揉鼻子。

「！！！」一股極為誘惑的香味、像純麝香的味道在我的指尖。但是我根本沒有用過這種充滿男人情慾味的沐浴乳。我努力回想剛剛手指碰過的所有地方。

是檢查小宇二頭肌時，碰到他的腋下！

傳說，男人會用自己的性味展現自己的健康，為的是讓女人知道自己適合交配，ＣＫ小宇腋下分泌的激素就這樣殘留在我手指上，連洗完澡都還可以聞到，我緩緩地再度確認。

**就是覺得你一切都剛好　甚至迷戀你流汗的味道**

**喜歡看你嚴肅的思考　亂亂的頭髮　傻傻的微笑**

停！這歌未免也太少女。

徐懷鈺快點停止！不要再唱了！

**飛起來了怎麼可能救命我不要　快說愛我不然我會瘋掉**

**狂戀你的滋味是全世界最美妙　要從背後緊緊將你擁抱**

「等等要集合，你在那邊幹嘛？嗑藥喔——」黑胖胖穿著白色球鞋。

「呃？」我放下手指，穿起鞋子。

這到底是怎麼回事？感覺就像中了蠱，好像真的可以跟手指談戀愛。

隔天起床，面對惱人的折棉被、折蚊帳。但是我只要右手握拳，鼻子往拳眼一湊，就能聞到古銅色ＣＫ小宇散發的費洛蒙。這味道是生命精神的燃料，腦中的多巴胺提醒人生還有許多快樂的事。我實在不敢想像，如果昨晚洗澡沒有洗右手的話，那個味道到底會有多幸福。

「幹，衣服還沒丟，要集合了。」來自地獄的提醒，我立刻抓起衣服往外跑。

「今天，我們要上歸零射擊！左手拖住槍身、槍托抵緊肩窩、手握槍握把……」初戀班長很會背誦。我也發現國軍非常提倡槍枝擬人化，叫槍「學長」或說他是你的第二生命要「尊敬他」等等，只要有人跨槍、掉槍就會被班長幹到脫肛。

其實對於之後的實彈射擊這件事頗擔心，畢竟一日Gay砲終身Gay砲。每次聽到遠方碰碰碰打槍的聲音，就像是在耳朵旁邊放鞭砲啊。到底誰發明槍這東西的？大家好好相處不好嗎？

「打高調高、低調低、左調左、右調右……最後，你的靶紙上會有一個三角形。」天氣炎熱，班長持續講解著。

鬼才聽得懂吧？

「欸欸，到底為什麼每次動一動槍，就要指揮拿著靶紙的人畫出一個三角形？」我問身邊的鄰兵。

「不知道，反正指揮出一個三角形就對了。」

「原來是這樣啊。」

大家拿著槍，全副武裝排排站。

「射手起立！」「射手起立！」

「射手就位！」「射手就位！」

無論迷彩衣多寬鬆，紮上S腰帶之後就有了腰身，就像一件普通的洋裝，有了束帶就有了生命，就像長得再醜的男人只要肯脫，還是會有二十個讚（哪來的數據？）。

「臥射預備！」「臥射預備！」

男孩們一起彈跳，趴在軟墊上大腿微微張開，撅起屁股展現自己的翹臀，排隊指揮二十五公尺遠方的夥伴在靶紙上畫三角形。但是完全就是亂指揮，只要隨便手揮一揮對面就會畫出三角形了，我用屁眼的貞操發誓，至少一半的人不知道在衝幹小。

「休息十分鐘，沒事背單戰報告詞，要上廁所的槍交鄰兵，兩兩上廁所！」我們的杰倫班長大吼：「敢亂走你們就要倒大霉囉！」

兩兩上廁所？這真是國軍貼心的政策啊！要是國中就教男生要兩兩上廁所，今天就沒有葉永鋕[4]了啊！要是國小就教男生兩兩上廁所，大家知道誰「17/5」，就可以提早選結婚對象了啊！

「稍息之後開始動作，稍息。」小兵們板凳上的下午茶時間開始。

「淫水紀錄卡真的很白癡，誰喝得了這麼多水？一天五千、七千？」後面的夜店男。

「借我抄一下。」黑胖胖拿起我的淫水卡抄體溫，抄起了36.2、36.5、35.9。

「連體溫都要抄，你沒有自己的人生嗎？」

「又不會死，反正班長又不會認真看。」黑胖胖埋首。

「就是因為班長不會認真看才隨便寫就好了吧？」

國軍也很奇怪，沒有給我們體溫計要我們怎麼量體溫？全體右手中指插入鄰兵肛門嗎？有人不小心射精那就不是淫水了喔，是生命之水喔。

突然，左前方的小宇轉過頭看著我。看完黑胖胖腫腫的臉，再看到小宇有稜角帥氣的咀嚼肌，總覺得是不同人種。他英挺的臉朝廁所方向打了個信號。

「嗯？」我皺一下眉。小宇又看著我把臉歪向一邊。

什麼意思？約上廁所嗎？人家約唱歌、抱睡、逼逼嗨放（BB High Fun），沒聽過約純尿尿的。但我依然自動收起水壺，把槍交給夜店男保管，站起身拍拍衣服。

「你要去哪？」黑胖胖抬頭。

「我要去尿尿。」

「我也要！」黑胖胖站起。

一股熟悉的香味。「**走吧！**」小宇已經戴好鋼盔在我面前，笑著揚了一下帥氣的臉。

「我先幫一下他，他那班都走光了。」我指著第五班空曠的板凳。

「你這個第六班的叛徒。」黑胖胖不甘願地坐下。

「下次啦！」我結束這雙龍奪珠的對話，跟小宇肩並肩走直角，用同樣的步伐前往廁所。

小宇跟黑胖胖一個是白龍一個是豆豆龍，真的不能比啊。（我跟豆豆龍道歉。）

「你幹嘛不跟鄰兵上廁所，害我變成叛徒。」一離開班長的視線我就偷偷說話。

---

4　葉永鋕（1985-2000）：屏東縣高樹國中學生，2000年4月20日早上，下課提前離開教室去上廁所後，被發現倒臥血泊中，送醫後仍過世。疑因性別氣質遭霸凌而死。

「沒有啦，原本想說不用上，後來想還是上一下，以後上廁所沒人陪就要找飛哥了。」

「什麼啊，我是專門帶上廁所的嗎？」我苦笑。

二樓廁所充滿進進出出的人，像一間刺鼻的硫磺溫泉，空氣彌漫著一股剛出爐的新鮮尿騷味。我們進去排隊，小便斗前此刻像是尖峰時間的台鐵售票口。

「胖胖！你褲子拉太低了吧！」前方男孩的嬉笑聲。

「啊……不小心……的。」一個沙啞的聲音。

這個沙啞緩慢的聲音！我往前一看，果然是我們班的天兵威陽。他的褲子整個拉到膝蓋以下，露出大型的超醜白色內褲。大概只有幼稚園才會這樣尿尿吧。他脫線的行徑讓我每次都想拿手上任何一個東西把他捅死，最好是刺槍。

「為你介紹一下，這是我們班的天兵。」我驕傲地一比。

「嗯——嗯——」小宇瞪大眼意猶未盡地拍拍我的肩：「看來，你們班很辛苦喔。」

「嗯——嗯——真的。」我學小宇瞪大眼睛說話。

我們走向前到了台鐵售票口，拉下迷彩褲的拉鏈。

「其實，我很不喜歡被人用級職壓著。」小宇看著牆壁嘆口氣。

「你是說用權威嗎？管理很多人就是沒辦法吧，我也不喜歡被壓著。」（撞號的意思？）

「也是啦，只是我還是覺得用能力證明比較好。」小宇連抱怨起來都這麼溫和。如果說女人是用下午茶的時間來掏心掏肺，那麼男人掏心掏肺的時候就是掏屌。

「欸！你尿這麼快噢？」隔壁嬉鬧的聲音。

「我強力水柱啊，大鵬展翅欸。」另外一個男孩。

「幹最好，洗澡都看過了好嗎！明明就還好而已。」

「那是因為我的笑傲飛鷹還沒認真展翅！」

「算了吧你。」

飛什麼鷹展什麼屁翅泰山阿達嗎？當兵什麼都可以，就是不能吹噓自己懶趴多厲害啊，因為一到洗澡時間就破功了。

「哼……」小宇無奈的笑，眼睛微微向上看一秒鐘，沒有多餘的移動。這是我人生中看過最Man的翻白眼。

「這英文怎麼說？」

「你說這個嗎？Rolling my eyes。」小宇笑笑。

「哈哈長知識了。」

離開台鐵售票口，我們即將結束這下課十分鐘的戀愛，也讓我知道如天使般的ＣＫ男孩也有不開心的時候。

「忍耐一下，反正他們囂張也只有在圍牆裡。」我安慰著他。

「你這樣說也是有道理啦……」

「67號！」遠遠聽到杰倫班長在樓下大喊。

「有！」我立刻在樓上走廊舉手。

「叫你半天了！下來！」

我跟小宇點頭，跑下樓到萌萌班長身邊。

「小帽有戴嗎？你要去面聖惹。」班長的表情很複雜。

面聖？不是昨天就跟營長面聖過惹？我又做錯什麼了嗎？為什麼班長要賣萌？

脫下鋼盔、解開S腰帶別上名牌，我跟著班長翹課出征。一路經過好幾棟大樓，來到了一個更遠、沒去過的建築物旁，室外有幾個板凳圍成一圈，上面大概坐著八九個小兵，雙手放在大腿上，個個都坐超挺簡直是空姐。我還以為Gay要另外操課呢？

「旅長好！」一個班長對一個熟男敬禮。

「好！」一個中氣十足的聲音。

幹你媽的是旅長？為什麼班長每次都不早說？我都還沒化妝啊！我還要去借睫毛膏跟唇蜜欸。你為什麼不早說？你早說嘛！你為什麼不早說？

「旅長好！」小兵全部彈起來敬禮。

「好，坐，放輕鬆一點。」旅長溫和地示意大家坐下。

「謝謝旅長！」不可能放鬆的，屁眼都可以夾斷金箍棒了。

「我的名片，傳下去吧！」旅長像是做業務的，發送他會發光的神之卡。

老爸你超煩的，拎北在廁所開心的尿尿約會，變成要來見什麼旅長。我們這種連Tamama二等兵[5]還不如的小廢廢，把我們當馬桶裡的衛生紙就好了，旅長這種不知道是星星還是兩三顆梅花的人類根本就無法直視啊。

「陳明霖？你爸爸好嗎？」旅長翹著腿，我第一次看到營區裡面有人光明正大翹腿。

「報告旅長，現在退休。」

「黃曉飛？」「有！」我腋下超濕。

「爸爸是陳少將的朋友？」

「好像是。」

「所以你爸退休了？」

「是。」

老爸你看關係太遠了太勉強吧！面聖回去還不是照樣被幹，有什麼意義。旅長一個一個關心完家世之後，就跟我們促膝短談了一下，說當兵怎樣怎樣，男人怎樣怎樣，都是一些廢話。旅長最後起身離開，跟一個高大的男人走遠。這人讓我以為是秦天，算了反正精實的男人都一個樣。

杰倫班長就像宮中的侍女，帶我們這些沒什麼屁用的小主回部隊。他一定心想這些靠北靠母的憑什麼跟皇上講話。我只能說，容不容得下林北是娘娘的氣度，能不能讓娘娘容得下，是

5 Tamama二等兵：動漫《Keroro軍曹》裡的新兵，很菜的可愛外星生物。

嬪妾的本事。

「你見到旅長喔喔喔喔喔喔！」黑胖胖用氣音講話，幾乎要跪下來。

「哎喲，他們有列一張清單，上面都是軍眷爸寶，只是被觀察名單而已。」「噢喔噢喔噢好棒噢。」顯然沒有在聽。

小宇的背影，輕鬆地坐在前面，好像我不在他也可以過得很好。我有時候會想：要怎樣停止這看得到吃不到的感覺？

是不是該設定個停損點呢？

# 11 懇親前夕

明天就是懇親假，從中午開始放兩天。營區多了很多歡樂設備，呈現明顯的反差。寢室二樓有一條條線拉到連集合場，上面旋轉著無數彩色風車，還有幾座繽紛的帳篷在連集合場上，自以為是張惠妹演唱會售票口。

懇親的氣氛卻沒有感染到士官們，那些華麗設備是給家長看的。

「班長好！」我經過一個班長。

「過來！」他喊住我。

糟糕，這是臉有點圓的客家人排長。

「啊……排長好。」

「怎樣!!非得我幹到你噴出淫水才高興是不是！」他用全力大吼。

「報告，不是！」我立刻回絕，因為撞號。

「回去！」

「謝謝排長！」

排長轉身，立刻對另一個小兵咆哮，完全不用冷卻時間。

「襪子穿那麼高幹嘛？少女時代喔？」

可以恣意罵人真的好爽，如果可以我也要當班長為國家賣命啊！（動機完全不對。）

午餐時間，只能小聲地講一些話。

「欸，你要吃嗎？」大根比著他鐵盤上的空心菜跟炒蛋。

「好。」我把他的菜夾過來。

「菜渣集中，等等依照進餐廳順序下餐廳！」初戀班長宣布。

「你還是不跟我們一起洗？」黑胖胖跟大家一起收拾餐盤。

「沒有啦，跟他講好了。」我擦拭著餐盤。

「哎……就是見色忘友，我恨你。」黑胖胖翻著白眼。

「誰給你見色忘友。」

菜鳥們排隊拿著餐盤走出餐廳，我看見一個男孩在混亂的菜渣區昂首挺立地站著，像是從天堂被貶入地獄的模特兒。小宇真的在等我。

「欸，今天有超難洗的奶油地瓜。」我看著超油的餐盤，跟他兩兩並肩。「ＯＫ的！不然今天交給我洗？你去整內務？」他笑得燦爛。

「你可以嗎？」

「我都可以。」小宇接過我的餐盤準備排隊，示意我可以去樓上。

我上三樓寢室整理小宇的內務，打開他的櫃子，掛著的衣服的確因為緊急集合有點凌亂。除了軍中送洗的天然洗衣精的味道，還有小宇獨特的味道迎面而來。

我開始整理他的衣服、抽屜裡稍微不整齊的毛巾襪子，跟三四件CK內褲。我是絕對不能對內褲動手，被陸續回來的人看到的話多尷尬，而且洗過的內褲誰要動啊！（什麼意思？）

我拿起最上層的衛生紙，看著裡面躺著他會用的兩罐沐浴乳跟乳液，都是白色罐子跟滿滿的英文字。等一等！我終於可以知道小宇身上那股淡淡的香味的源頭是從哪裡來的嗎？到底是什麼味道這麼煽情、這麼像麝香！

我打開其中一罐沐浴乳的蓋子，裡面是半透明的濃稠物，我鼻子一湊：沒有味道。

我立刻拿起另外一小罐乳液，轉開來用手搧了搧：也沒有味道。

怎麼可能？我閉上眼睛仔細聞一下，還是沒有味道。我再度檢查抽屜，沒有其他可疑的瓶罐，我也確定那種味道不是香水，沒有那麼強烈。

該死，我想起他在隔壁浴室洗澡時，跟小三的對話：

「沒有，我的汗不會臭！」

「怎麼可能？」

「真的喔！」

「真的誒。是香的。」

整理完他的櫃子，拿起我跟他的乖乖水壺去裝水。小兵也陸續回來。

一邊忙，我一邊想：世界上真的存在這種人嗎？淡淡的汗味跟費洛蒙混合成人肉催情劑？身邊的人腳臭的腳臭、汗臭的汗臭，為什麼他可以是香的，是什麼獨特的基因？到底是過著怎樣健康的生活習慣？

我失魂落魄地整理著，這已經不是什麼「帥哥放的屁是香的」那麼簡單了，它真的是香的！簡直不像人類！

「欸，懇親你爸媽會來嗎？」黑胖胖洗完餐盤剛回來。

「會啊。」

「等一下要上莒光課！明天就要放假耶！你會去找你女朋友嗎？」黑胖胖笑得闔不攏嘴地在櫃子前擺放碗筷。

「會啊，見到女友終於可以清槍了。」我很自然地幫小俊變性。

「你這個變態。」黑胖胖一個臭臉，但我知道那是嫉妒的意思。

其實一直都有在想男友小俊，也約好這兩天假，一天是陪家人，另一天是陪他。這段時間一有機會就打電話，我真的很想他。只是我們只能聊著彼此完全不相干的瑣事，然後小宇又不斷用該死的溫柔介入我的生活。

「別忘記班長說今天要出公差，睡覺前寫合格簽證。」黑胖胖叮嚀。

「好。」

我下樓到中山室忙起了簽名流水線。小宇第五班那一疊黃色的合格簽證放在我眼前，我把它推給小太監。不知道為什麼，我不想再看到小宇的資料，我腦中已經太多。可以了，進入腦海也要有個限度，我不要天上的星星，我要塵世間的幸福。

這個午休，我不斷想起小俊男友，也沒有真的好好睡著。小俊，明天我就要出來了，果然是小別勝新歡嗎？

我愛星期四，莒光課就像是美術課一樣，隨便寫都很高分。拎北就是超Gay書生，拎北就是不愛打籃球。（到底有什麼關聯？）

大兵日記黑胖胖跟大根其他人都還在寫前面兩三句，我迅速就寫完了一頁心得。我們看著電視裡的洗腦園地，裡面正在上演國軍的節目。

「啥米郎！」「十七銅人！」「口令！」「少林武功蓋天下，出名傳統武功藥！」「胸部鬱悶，中氣不順，要祛傷解瘀透中氣，」「請指明十七銅人行氣散！」「行氣！散散散散散——」電視廣告裡面幾個菜鳥在那邊自嗨。

這個廣告，到底要播幾百次才甘願？我真的不懂華視國軍跟十七銅人到底是什麼曖昧的關係，一直廣告但我們在新訓也不能去買到底有個屁用。廣告裡面又都是新兵日記裡的瘦子、矮子跟胖子，為什麼不找一些猛男呢？我記得明明就有羅剛、孫排長什麼的我都可以啊！（重點是這個？）

莒光園地播放結束，輔導長站在前面。

「我發下去一張單子，要統計放假有多少人坐巴士回來。」輔導長依然穿著緊身褲。

來營區的巴士啊？我看是鳳鸞春恩車吧？送我被幹車吧？

「下課前還有另外一個資料要填，包含有沒有女朋友，要照實填喔。」我拿起資料來看，

輔導長繼續對大家補了一句：

**「還是有男朋友？」**

「哈哈哈哈哈哈！」哄堂大笑，真他媽哄堂大笑。

笑屁啊幹，拎北男朋友比你女朋友還會吹好嗎？而且小俊還是長跑的，體力超好超耐還會自己動！害我講得跟電視購物一樣（什麼？已經賣出兩組了——）我看著手上的資料，居然還真的有男朋友的選項，國軍什麼時候這麼先進了。

不對！這個選項一定是為女生填志願役所設計的！居然差點就要被輔導長褲子裡溫柔上攏的東西騙了，但我依然掙扎了許久，勾選了「無」。

「你不是有女朋友啊？你講電話的時候那個樣子！」黑胖胖吐槽著。

「干你屁事喔，哼哼。」

「你這個騙子。」

「你這個胖子。」

「我要跟輔導長講！」黑胖胖又開始鬧彆扭。

莒光課的下課時間，心情更是爽到不行。該寫的也寫完了，等等了不起體能訓練一下，就

等明天放假了！覺得周圍出現好多的汽泡，裡面寫著我的感覺都是妙妙妙。

「喔？大兵日記還畫插圖喔？」小宇突然從後方出現，一股騰雲駕霧般的暖流。

「對啊……想說比較有趣。」我轉過身，他超帥的笑靨就在我腦勺旁。「可以這樣喔？」

「上個星期這樣畫班長沒說什麼啊。」我翻過去。

「唷，不愧是飛哥喔。」他拿起我的本子。

「那我也要看你的。」

「好啊，我的很無聊。」小宇去他的位子，把他大兵日記拿給我，我們進行——傳說中的交換日記。我開心地打開他的大兵，看到他軟軟圓滑的字體，跟他個人資料上一樣，寫著一些關於訓練毫無創意的廢話。

小宇居然直接翻到日記後面貼的生活照。

「飛哥以前是型男欸。」他看著我跟一群Gay的合照說著。「這是什麼籃球隊嗎？」

「不是，就是一群朋友。」我有點害羞。什麼籃球隊嘛，這一看就知道是女子排球隊啊，你也穿名牌內褲你看不出來嗎？我也學他立刻翻到最後面生活照的部分。

第一張是他的個人照，戴著耳機跟棒球帽超帥，而且他以前就留著俐落的短髮。翻到下一張時卻突然一陣暈眩，眼前一片漆黑——是跟幾個超正女人在高檔餐廳的合照。

我沒想過我的心情會有如此劇烈波動，因為那很明顯就是異性戀的氣氛，那幾個女人一副勾引小宇的騷樣，裡面甚至還可能有他的前女友。

第三張照片，是一個漂亮女孩跟小宇臉貼臉，兩個人笑得很開心。異性戀世界的幸福。快速翻閱後面幾張他跟爸媽在國外的照片後，我就像是看到了男友跟他前男友自拍的照片。

啪。我闔上本子，心中某扇門也應聲關閉。

「啊？怎麼了？」小宇轉向我皺起眉，小狗般的眼神。

「沒有，我喉嚨有點痛，好像感冒。」

「你還好嗎？」他暖暖的手扶上我的肩膀。

「我先去裝點水。」說完，我離開了中山室。

為什麼現場看到還是感覺這麼幹？這心頭鬱悶心跳加速，心臟輸出大量負面的血液是怎麼回事？小宇只是很溫柔而已，他一看就知道是愛吃鮑魚的。今天中午本來已經準備好要抽離，沒想到還是太晚，人類果然還是要被逼到才會認真啊。

「這不是早就知道的事嗎？」我對著內務櫃喃喃自語。隨後躺下來細細品嚐這樣的滋味。這種微失戀感很神奇，有點解放又有點失落，無法控制潛意識裡的另一個自我。像是從一場美夢中醒來。真相的唯一好處就是，至少他不是假的。

上課後我回到中山室，男孩們都散發著歡樂氣氛。而我境隨心轉，不管他們多開心的聊天，我只想叫他們全部都閉嘴，活像更年期的大媽。

那些異性戀世界的照片，不管是他前女友還是什麼。我活了二十三歲不是沒有雷達，就算知道，也沒辦法逃離這些過程。我也沒有心情去掰彎小宇來個「決戰異世界」，我跟小俊過得很幸福，暫時的分別並沒有讓我有什麼分開的念頭。

「散開！」

「薩！」

「不要以為明天放假就不用操，開合跳一百下，開始！」換成駝背班長值星，長得本來就很不怎樣加上我心情很差，駝背班長看起來就更醜了。加上他帶兵又很菜，每次數人數都要數半天，真不懂這麼醜到底為什麼可以當班長。（心情不好開始人身攻擊？）

「伏地挺身預備！」

「1！2！」男孩們撲向地球，讓褲檔裡的屌朝地面懸著。

「1……2……3……4……」我身體跟著動，不知道哪來的怒氣，讓我一點都不會累。

「不要想到明天可以去打砲了就偷懶啊！」醜男班長。

是啊，放假可以見到小俊了，我心情這才慢慢平復。人果然同一時間只能擁有一種情緒，沒辦法一邊快樂一邊難過的。晚餐過後，駝背醜男班長依然在隊伍前耍醜。

「今天晚上！我們肝膽相照！每一班派一個人去買零食。」

「耶——」一陣喧囂，大家心都噴射了出去。

「安靜！」

雖然我不知道肝膽相照是什麼，不過聽起來就是介於坦誠相見跟掏心掏肺之間。大家訂的零食從營站買回來後，杰倫班長讓大家圍成一圈開始聊天。殺小，圍成一圈聊天就是肝膽相照？至少也要脫個衣服吧？

「現在大家一個一個自我介紹，從班頭開始。」杰倫班長卸下他體幹班的口頭禪，變成一般的矮矮有點帥的男人跟我們聊天。

「大家好我是張志和，我是開南大學畢業，有一個妹妹……」黑胖胖開始自我介紹。

「體重一百公斤，一百八十公分。」我接著說。

「幹你不要亂講！我有瘦一公斤！」黑胖胖巴我的頭。

「好吧，體重九十九公斤。」我拿起成功筆記本更改數據。

「哈哈哈！你妹妹不會跟你一樣吧？」

「我妹比較瘦啦。」黑胖胖。

要是平常我根本就不會跟一群異性戀無所事事的聊天打屁，但是今晚沒有軍歌、沒有翻滾、沒有刺槍，也不用拿著單戰詞背單兵跟伍長的相聲。

「有幾個兄弟姐妹！」籃球男不斷追問每個人。

「我有兩個姐姐！」超瘦的酗酒男回答。

「喔喔喔喔喔喔喔喔!!介紹！介紹！」大家一直叫囂。

「那你姐姐是做什麼的？罩杯？」

「我二姐奶子比較大，有D。」

「喔喔喔喔喔喔！明天懇親會來嗎？」

「你咧？你有沒有姐妹？」

肝膽相照呢？只是親姐妹供出來給大家意淫嗎？要不要請去班長寢室用手機來點開大家姐妹的照片算了，反正整個營區志願役應該都有手機吧？收訊應該超好喔。

嘻嘻哈哈到一半，我綠茶喝多了，就報告一下去了廁所。

「呼……飛哥。」一個雄厚年輕的嗓音：「你感冒有好一點嗎？」

又是小宇，為什麼到哪裡都會遇到？

「我感冒很嚴重，不要靠近我比較好。」我洗了洗臉。

「我特地拿給你的啦，你知道嗎？」小宇舉著一瓶沙士，帥帥的臉自以為神祕。

「我說我感冒。」

「喔唷？你真的不知道，沙士可以治感冒喔。」小宇點點頭把沙士拿給我，它一點都不冰，不知道他是怎麼買到的。

「謝謝。」我笑笑，掉頭就走。

如果你是我軍旅生涯的止痛藥，那我寧願過得痛苦一點，因為用藥量只會越來越大，而上癮的戒斷過程更是生不如死。就讓我好好的熬過這段時間吧！

但是手中沒有溫度的沙士，依然讓我心中太暖，暖得發燙。可惜我不能再陷下去了。

「欸你要不要沙士？」我問黑胖胖。

「好啊！免費的嗎？」黑胖胖把沙士拿過去。

「嗯。」

「怎麼不是冰的！」黑胖胖抱怨。

「少囉唆。」

有點後悔當初沒跟小宇洗澡，一樣都是當不成朋友早知道就多吃一點豆腐。只是沒想到當不成朋友不是他不願意，而是我無法自拔啊。這天晚上雖然可以嬉笑打鬧，可是我卻只能冷冷地看著這一切。一直以來我都是這樣冷眼看著這個世界，跟極度歡樂或哀傷的場面格格不入。

我轉身看看遠處頭圓圓、五官最深邃的小宇。他的側臉在跟他們那一班的人聊得很開心。我聽不到任何人的聊天內容，世界趨於寧靜。也許小宇只是還我幫他找到帽子的人情，習慣互相幫忙而已。出了營區我們只是同梯，什麼都不是。

黑胖胖一口喝著沙士、一口吃著餅乾，把小宇的溫暖全都幹掉。

晚上洗澡前，我想起什麼的把食指跟中指湊往鼻尖。小宇誘人的性味已經在汗水跟無數的翻滾中抹去，這場遊戲一場夢只是殘缺的愛。

「等我喔。」大根奔跑回寢室端起臉盆。

「嗯。」我跟他一如往常的在走廊上排著浴室。還是大根好，不醜也不帥，不蕩漾誰的人生，溫和不刺激。

隔天一早，班長們開始宣教懇親時不能做的三十件事。大家整理好行李，在寢室穿著一身整齊服裝等待被點枱。下鋪的坐在床上，上鋪的坐在地上，大家認真的掏心掏肺，寢室進入了無政府的狀態。

「等等就可以清槍了！」「清槍開始！清槍躺下！將滑鼠置於右手！將槍斜舉胸前！」有人興奮地拉開拉鏈。喂，懶趴是多大可以舉到胸前？被抬起來舔後庭的時候才會在胸前晃吧？

「我是自願當兵的，之前說要驗退我說不要。」一個韌帶斷裂的原住民開始掏心掏肺。

「你瘋了嗎？」

「我覺得要當完兵才是男人啊！當初跑三千我也是跑，可是腳越來越嚴重就沒辦法跑了。」他黑黑小小的臉跟小小的身子，全身散發出鬥志。

「你不應該逞強的，你不應該做讓未來的自己會後悔的事。」我說。

「沒辦法，這就是男人啊！」他的臉蛋散發光彩。

原來男人的定義就是不斷自殘嗎？整天男人男人的，只要會射精滿十八歲之後就是男人了好嗎？就算不想自己射，能被無手幹射也是男人啊！（到底在寫什麼？）

「27號！」外面傳來班長的聲音。

「噢噢噢！」原住民男孩跛著腳走出去。

「67號！」

「噢！」我一聲大喊，戴上帽子就跑下樓。

看到老爸跟老媽還有老弟在樓下不斷揮手。

「喲呼！」老媽高舉著我小選要用的畢業證書，老弟在一旁笑著。

全身發麻的感覺一路從末梢神經直逼體內，經過十二天的痛苦特訓終於看到外面世界的家人，這溫暖感動讓淚腺狂催。但是我沒有哭，雖然我超Gay，但我是男人！本宮他媽是男人！

在餐廳吃東西、聊天，營區突然多了很多兄弟姐妹。

「我有跟你們連長聊天，他也是什麼學校某一期的學弟。」老爸又開始囂張，不過我根本不在乎，全台灣八成的男人都是他學弟。

在營站前面拍了張全家福之後，我們就在餐廳裡面聊天等放人。

我慢慢想起了外面的世界是長什麼樣子，我好想小俊。

「飛兄。」

面前出現站挺挺、王陽明容光煥發的笑容。

「黃爸爸、黃媽媽好？」小宇熱情地打招呼。

「你好你好！」老爸看向我。「你同梯是不是。」

「嗯。」

小宇拿著他的成功小本本放到我面前，一面空白。

「怎麼了？」我說。

「哎喲，飛哥的聯絡資料啊。」小宇搭上我的肩，自動幫我揑揑，時不時按摩我的後頸。

懇親會，人家女友在角落都不能搭肩了，你居然在餐廳當芳療師？

「喔。」我抽起口袋中胖胖的筆，寫上電話。

「Facebook呢？」

「我很少在用欸。」

「沒關係！你就寫啊！」

「我真的沒在用。」我把筆拿給他。

「真的嗎？好吧……」小宇無辜的雙眼，看著我的電話。

怎麼可能沒在用，當然每天都要發廢文啊！天氣冷了就是要立刻脫衣服拍一張啊！去健身房也要打卡！地震也要發文！每天都要加優菜取消追蹤瞎妹，你不知道當Gay有多忙？

「謝啦！」小宇跟爸媽點了頭就離去。不過他居然在老爸老媽面前跟我要電話，根本無法拒絕。

坐上家裡的車離開營區，外面的世界反而格外不真實。我羨慕路上的野狗可以在路邊做愛、我羨慕躺在路邊醉倒的阿伯想被車撞就被車撞、我羨慕賣淫的阿姨想不想上班自己決定。

我拿起爸媽帶給我的手機，按下了久違的開機鍵。

# 12 軍人與高中生

光頭照依然在我臉書畫面，小俊知道我收不到訊息還真的沒有傳多餘的訊息給我，非常的不浪漫。不知道什麼叫做時光膠囊的概念吼！讓我感動一下很困難嗎！

這天晚上回到了凡人生活的伺服器，不用喊雄壯威武嚴肅剛直的世界。回到家我立刻打給小俊，找回自己的人生。

「耶！」小俊開心的在電話那頭接起電話，聲音依然超級溫柔。

「明天就要見到了，天啊我憋了十二天。」其實也沒有憋，因為這十幾天一點性慾都沒有，只有一次被ＣＫ小宇勾引，其他時間懶趴都是超柔軟，軟到可以拍面紙廣告。

「好想你噢——那明天約桃園？」小俊的語句沒有咒罵、沒有裝哥們。

「好啊！」

在台北的大學生男友願意為了我跑桃園，有點感動。因為以前都是我上去台北。這天晚上睡前，老爸老媽不斷熱情地教我怎麼折棉被。

我在桃園火車站，看到高高精瘦的運動男孩出現。小俊走向我，迷人勾魂的大眼睛看起來很有靈性。眼前這個有點像張永政的男孩，才是真實的人生。

「我有帶迷彩服喔……」我挑了一下眉毛。

「我也有帶制服，嘿嘿。」小俊抬起有力的下巴。不愧是我男友。

小俊參加系上籃球隊、高中是B-box社，我不知道我何德何能可以追到他。我只知道我們的共通點就是性慾很強，每次見面都翻雲覆雨。雖然沒有像是G片秦天那麼壯碩或像小宇每個轉頭都是形象廣告，但是喜歡慢跑微微憂鬱的小張永政，線條應有盡有。而且由一轉〇的性格，可是超級反差萌（緊）啊。

我們沒有客套寒暄，而是一邊聊近況一邊往旅館快走。

「你今晚確定不用回去吼？」我說。

「不用啊。」

「那就做整個晚上喔？」我邪惡地笑著。

「幹，你很色。」小俊巴了我頭一掌。

「你在外面還可以尻槍，我在裡面連尻的地方都沒有，廁所還有蟑螂欸。」「我又沒有說色不好。」小俊眼神露出飄移的笑容，有點害羞。

廢話，怎麼可能不色啊，已經累積到變煉乳了吧？不，已經變成奶酪了！再下去就要變舍利子了。

我跟櫃枱拿了鑰匙，跟小俊進了房間，關上門。

這瞬間，我才發現我幾乎忘了一個正常的做愛要怎麼開始，腦中的性愛區域冰封太久，雞雞每天都被班長幹到縮進去，突然有點不知所措。

短髮黝黑的小俊抱著我，身上散發著迷人的暖氣。我靠著本能愛撫了起來，輕啄他的臉，舌頭自動地伸進他小小的唇，感受這十幾天來最柔軟濕熱的地方。我的手自動抓著他牛仔褲的後臀，那小巧結實的觸感，這才慢慢硬了起來。

「要不要……先去洗澡？」我說。

「再親一下！」小俊用蠻力把我壓到床上，掀起我的衣服，舔起我的乳頭，展現以前當Top的魄力。

「幹……好爽喔……」我看著他帥氣的臉貪婪舔著，好像在做夢。

小俊一路往下，拉開我的球褲，看著牽絲湯湯水水的玩意兒。禁慾十三天，我酥麻的下體早就汁液縱流。

「不要……還沒洗澡……」我推開他的頭。

小俊一口把東西一半沒入他的嘴裡，整個舔乾淨：「這樣就洗好了啊，不要浪費嘛。」

「嘖，這麼貪吃……」

好久好久，我只能硬著，被有史以來最貪婪的畫面控制著。每舔一下我都敏感到不行，像個任督二脈剛被打通的處男，直到小俊自己受不了才去洗澡。

我走到包包旁，拿出明天收假要用的整套迷彩服跟軍靴開始著裝，連名牌都別上。躺在床上看了十五分鐘的電視。

「碰。」小俊打開浴室門：「嗚！快死掉了。」

不懂為什麼洗個澡會快死掉的，請去博客來訂購《〇號洗澡時要做的33件事》。（沒有這本書！）

小俊穿著白色襯衫跟領帶，左邊是他的名字，右邊藍色繡的是成功中學跟學號。我雙眼發亮，看來這男孩當年不是校草也是班草吧，交往這麼久我居然現在才看到這身打扮。

「好累喔——」小俊往床上一趴，抱怨洗澡真的很辛苦。

「好啦乖吼，太累就休息啊，又沒有強迫你。」我充滿罪惡感地從後面幫他按摩，從旅館一整面鏡子牆看到一個軍人坐在高中生上。這個畫面，連片子裡都看不到。

「不知道為什麼就會想要啊，煩欸被你剋到了。」他的下巴頂在枕頭上。按著按著，我無法控制地頂在小永政的屁股上，小俊感受到了就轉過身要抱抱。

「小帥帥。」我寬鬆小俊領帶，解開他的制服，讓他的褲子剩下一邊穿著，露出精實的黑底胸膛和我送他的後空褲。

「你吼……啊……呢……」小俊只是解開我的軍服，眼神跟話語都開始迷茫。「好色噢。」看向鏡子裡的自己，我戴著軍帽，把他的腿抬起，臉埋在結實的雙股之間享受著，好香嫩的小穴。

「啊……啊……」小永政腿張開壓著我的軍帽。

我手上擠了一點潤滑，慢慢增加到了三根。規律用手指按摩小穴時，只見小俊整個屌探出內褲頂著肚臍，液體不斷從縫隙中流出，填滿自己的肚臍。

「馬的，被軍人弄這麼爽喔？」我活像是個班長，拉開拉鏈，直接掏出來屌抹濕。

「想要？……」我油亮的龜頭頂著緊實粉嫩的穴。

「快點……想要……你……」平常酷酷的小永政，在外面異男哥們打籃球的他，一到床上就變得如此討幹。慢慢的，從半顆頭開始，推進這許久未開的小縫，沒人使用過的小縫。

被我一抬起，小俊的汁液已經往胸肌的溝流去，我抱緊小俊，任由汁液黏在我倆胸腹肌之間，嘖嘖地響。

「啊，太大了……啊。」

下面的腫脹酥麻感前所未有。人生自從會尻槍開始就沒禁慾這麼久過。各種快感大量竄流全身，毛細孔張開冒著鮮汗。我像是餓壞的豹舔咬著羚羊的頸部，用小腹壓著小俊的性器，像擠美奶滋一樣地壓出他興奮的熱液。

時而抓著他的腳踝，不時看向鏡子，看著軍人的那根粗物慢慢塞入、拔出，就像是在看3D的G片一樣。

「你是專門給我插的，知道沒！」我用命令的口氣。

「是……啊……啊……」

「太大了啦……」

軍人放假也是在執勤，而我的確不忘當個軍人，在床上服務著老百姓。

「因為是你……只能給你……啊……呢……」小俊好不容易擠出幾個字眼，又被頂到語無倫次。全身爆汗想把軍靴跟上衣脫掉，小俊卻抓著衣服不肯放開，肚臍眼已經半透明。

「喜歡給軍人插喔……」我摸摸他的頭。

「嗯……啊……」

我持續地抽插，任由汗水跟液體混在我倆身子中間，我貪婪地舔著、咬著乳頭。一手抓住他的手十指交扣，另放兩根手指在小俊的嘴裡，舌頭塞進他小小漲紅的耳朵，填滿他身上的所有縫隙。

我的下體越來越漲，硬是撐開男孩，簡直快要爆炸。

「嗚姆姆！」小永政皺著都是汗的帥臉，全身敏感地抖動緊縮。

我手指依然塞他嘴。

「馬的，你這麼爽？這麼喜歡被幹？」我更用力的突進，順便用腹部擠壓著他肚臍前的柱狀物。

「嗯啊啊！」我不知名的海嘯即將衝破海堤，浪花噴上了雲霄。我用生平最暴力的狠勁抱緊彼此，把十三天的愛與憤怒全部化成一大團快感，從下體通過緊縮的隧道。

「嗚!!」小俊悶哼了一聲，一股熱流在我們胸腹之間爆開，我感覺到下面的隧道不斷擠壓、放鬆、擠壓、放鬆，我像是被擠牛奶一般的被按摩著。

我縮著腰，不住節節敗退，快感源源不絕，有種射不完的感覺，那個量像是充滿快感的尿尿，過了好一陣子才停下。我趴在小俊身上，覺得自己像是加油站的槍管。

小俊自己腹肌上沿著縫隙流下的新生河流，就要流到了他的制服上。我立刻去拿衛生紙，覆蓋這一片熱呼呼白腥的汪洋。

「……到底怎麼了……」小俊用手臂擋著臉，原本ㄎㄧㄤ掉的聲音變回異男。「怎麼會這樣……」

「我剛剛是不是又說了什麼奇怪的話？」

「不要回想！」小俊巴了我一下，把我軍帽打掉，用手臂擋住眼睛。

「你這是幾天的啊？感覺比我還多。」我繼續抽著衛生紙，不斷阻止河流沾到床鋪。看了看時間，居然過了兩個小時。我倆癱在床上，整個房間充滿著性愛的味道。

「哎……明天要收假了。」我開始哀傷。

「我先去洗澡！」小俊親了親我便起身，沒有要聽我訴苦的意思。他脫掉成功的制服走進浴室，我則是執勤完畢脫掉迷彩服，到浴室蓮蓬頭底下跟男孩搶著沖水。Top沖澡只要幾秒。

我們在抱著彼此、輕輕的親吻，任由熱水洗遍著我皮膚每一寸後，才離開了浴室。人生至此還有何求？

發現手機亮著，拿起來看一看，一通未接來電號碼。這個號碼完全記得，是小宇資料上的號碼。在我涅槃的時候打來幹嘛，你能做到剛剛發生的事嗎？不能吧？不能就不要來煩啊。

（有人這樣要求同梯的嗎？）

「滋——」手機出現一條Line的訊息。

**博宇透過電話號碼將您設為好友**

我看到這個兩個字心頭震了一下。小宇的大頭照戴著耳機跟毛帽，沒有看鏡頭，看起來像是某家夜店的廣告。我按下同意好友，同梯沒有什麼好不同意的。

**博宇：Hey,**

**博宇：明天要一起搭火車嗎？by. No.56**

人生好像第一次被異男主動約，之前被異男敲都是要做報告或是問老師有沒有點名。

「OK」我回了兩個字。

「呼，好想死。」小俊洗好澡走出浴室，濕濕刺刺短髮令人羨慕。我放下手機幫他吹頭髮。

「為什麼每次都會這樣啊……好累喔——你剛剛怎麼射這麼多。」小俊無力地撲倒在床上。

「不喜歡喔？」我從後面抱住小俊，臉貼著他溫熱的臉。

「煩，被你剋到了啦。」小俊動都沒動，不甘心地耍廢著。

經過一陣溫柔的臉頰磨蹭，我感到雙腿一軟，大字型躺床。

「欸，你有沒有發現我們去的地方不多啊？」我說。

「什麼意思？」

「我們約會就是一直做愛而已。」

「什麼叫『而已』？這樣不好嗎？」

「好……是好啦……不過你逛夜市一直在找Hotel的招牌欸。」

「嫌屁喔，誰叫你散光那麼嚴重。」小俊轉頭生氣。

「好啦不要生氣吼。」我轉身抱緊。

「顆顆。」小俊在我眼前閉著眼。我們聽著彼此的呼吸，漸漸失去意識。

「滋。」身旁的手機震動。

我轉身打開手機回應訊息。

「誰——」小俊有氣無力地。

「同梯啦。」

博宇：那約十二點？:O

飛：會不會太早？不是兩個小時就到了？

博宇：會太早嗎？還是要吃個午餐？

早上起床，看著身旁的小俊。昨晚睡覺中途不斷起床，只要碰到彼此就會愛撫起來。這次真的憋太久，這一晚又射了兩次。

「起床了——！」我搖搖小俊，他一直都很難叫醒。「肚子好餓吃早餐時間！」

小俊沒有理我的幼幼台腔調，他是全世界睡眠品質最好的人，每次都要用特別的方式才叫得起來。我把舌尖舔向他突起的粉紅乳頭，小俊呻吟了起來。

「嗯──啊……」他迷濛的雙眼，低體脂的帥氣面孔讓我硬了。

「吃早餐囉。」我跪在床頭，把褲襠拉開，掏出肉棒。

「……姆……姆……」

經過二十分鐘的帥哥早餐秀。

「幹好想死！」小俊沖好澡出來，洗去一身的白色液體。

我發現小俊每次從廁所出來的第一句話似乎都很類似。

「你一定要把我搞這麼累嗎？」他靠著牆。

這整個晚上睡到一半，我一抱到小俊就硬到不行，順其自然地頂進去，精液在我體內源源不絕似地生產。不過洗一次做四次，簡直是來愛買最划算。

「誰叫你每次都要這樣才會起床，我也很累好嗎？」我沒好氣。

「好啦……哼。」小俊不好意思地穿起衣服。

「加上剛剛……二十四小時內第五次了，我們會不會真的是砲友啊？」我脫口而出。

「你說什麼？」

「沒有……」

「你真的很不會講話。」小俊臉色一垮很不爽。

「好啦好啦。」

「不要碰我！」

好歹節日也都有送彼此手工卡片，假日也會拍照放閃，的確不該說是砲友。可是人在遠方就不愛聯絡我，每次見面就是射精，這兩點超像砲友的啊啊！

再過十個小時就要回營區了，這是我人生中最難過的毀滅倒數，比任何學測指考倒數還痛苦，我寧願一直參加指考也不要進去那個鬼地方啊啊！

走出旅館，看著早上清爽的空氣，送小俊去北上的火車。整個懇親假，除了陪家人以外都在做愛。五倍的做愛，五倍的恩寵。

「你等下要直接回營區嗎？」小俊跟我在火車站。

「先跟同梯集合再一起回去吧，See you——」我看著北上的火車開進月台。

「教你一個，還有Farewell喔——」小俊揮揮手，囂張的英文十五級分。

我回頭往火車站一望，竟然已經有了幾個平頭宅男，背著大包包一臉欠幹樣。該死，才中午而已就已經有了收假的氣息。

以前在火車上都以為那些男孩是體育隊去比賽什麼的。現在我才知道，只要在火車上看到一群黝黑乾瘦衣著普通背大包包的平頭男，十群裡面有九群都是收假的可憐蟲，台灣的體育班根本沒那麼多，國軍才是最強大的體育班。

小俊雖然年紀比我小好幾歲，但是比同年齡的成熟很多。雖然很愛生氣、功課好常常不給我面子、打LOL[6]輸了會摔鍵盤，但是誰沒有缺點呢？總比那個替代役朋友的B整天躺在床上沒朋友，拿四支手機玩遊戲好吧。（誰啊寫太仔細了吧！）

在火車站的7-Eleven滑著臉書，突然一個震動一排字：

博宇：我到了。

6 打LOL：打League of legends，線上遊戲「英雄聯盟」。

# 13 最後的午餐

車站大廳，一個男孩戴著灰色棒球平帽、穿著偏大的黑T跟棉褲笑著走來。嘻哈風在現在緊憋韓風流行的人群中超級顯眼。帽子下兩側的短髮看起來就是Hip-hop的造型一部分，不但不像是要收假的菜鳥，反而像是要去錄通告的ＡＢＣ。

「嘿！」雄厚喉腔共鳴的聲音。「飛哥等很久了嗎？」

「沒有，我剛到。」我突然想起我不知道要怎麼叫他。「對了你有什麼綽號嗎？總不能一直56號吧？」

「哎又，我沒有綽號欸……」

「那就博宇？」我說。

「可以啊。」

「還是叫小宇？」

「是可以啦……只是沒有人這樣叫……」他臉的表情很奇怪。「這樣也太害羞了吧？」

煩死了，為什麼不拒絕啊！是個被吃豆腐都不會反抗的人。

「那我們要吃什麼？」

「最後的午餐。」他舉起大拇指，自信地往後面的方向一比。「你吃牛排嗎？我知道有一家漢堡店不錯，不會太貴。」

「好。」

說來慚愧，剛跟男友道別就跟別的男人單獨吃飯。但是這次不太想報備，我的確也想把這當作跟小宇最後一餐。這一餐飯後，就再也不要攪和了，我對掰彎男人一點興趣也沒有。

我們走到了一家美式的漢堡店，牆壁貼滿了美式標識、海報、酒瓶跟汽車模型。點完餐，我們就聊起來。

「欸，你退伍之後有沒有想要做什麼？」我問。

「我噢——」他放下紅茶，神祕的自信笑容又出現。「我想開一家Seven。」

「什麼？」

喝過洋墨水一年的救生員，居然想開便利商店。

「為什麼？」

他開始說起自己的計畫。如果是他，一定會吸引成千上萬的女顧客吧？什麼鮮肉店長、救生員店長、王陽明店長，光是新聞標題就寫不完了。

「那你呢？」

「我應該會去澳洲打工度假吧。」我說。

「喔?不錯喔——」他的眼睛一亮。「我之前在美國打工的時候，也學到很多東西。」

就這樣聊著，意外的是只要我提到女人，他就會說哎都過去了，一副很不想聊的樣子，只說自己交過一次女友。當然光是交過女友這點，就足夠讓我下定決心了。

而我是死會狀態，一聊到交往內容就是不斷讓小俊變性。

吃完了漢堡，我們上了火車坐在一起。整個路途大多在聊他的國外生活，還有爸爸是水電老闆、媽媽不用上班、哥哥在上班、妹妹在念書。

非禮勿視，非禮勿聽，非禮勿言，非禮勿動。我不斷聽著這種人生勝利組的設定。他無害的眼神簡直就是在告訴你：「跟我在一起一輩子都會很幸福。」「早上起床看到我你就會不想出門。」

旁邊幾個站著的同梯不時跟我們聊天，一個黑炭小眼睛的男孩途中說了一句：「對了帥哥，你們有買位子?」

「黃泉路嘛，當然要買票舒服一點啊，你們沒買嗎?」小宇說。

「不，我們窮人都用悠遊卡。」黑炭小眼睛拿起掛在包包的卡。

「而且帥哥都跟帥哥交朋友嗎?你們是在一起嗎哈哈?」旁邊一個小胖指著我們開玩笑。

小胖，快給我臉書，我要跟你當一輩子的好朋友。

「沒有啦!飛哥他爸是上校，說話要小心噢!」小宇笑著搭上我的肩膀，一陣香味撲鼻。

「退伍了沒屁用啦，還不是照樣被幹。」我放下他的手。

「是嗎？上次你不是去跟旅長泡茶不用操課？」小宇笑著自在地抓著我的肩膀，緩慢地搖搖頭。「而且，他已經有女友了，是輪不到我的。」

「噢喔噢，清槍清得如何啊？」眾人開始起鬨。

這玩笑真的太諷刺了，聊得越深入，我的心就越抽離。一路就不斷著這些屁話：每個兵的八卦、誰要簽志願役、誰打客訴電話……我們繼續上了遊覽車回到營區門口。

整隊走進營區，小宇本來跟在我旁邊，我默默的飄到別人後面。

小宇轉頭找了一下我，對我挑眉了一下。

「轟轟轟轟咔！」大門關上，我內心中的大門終於完全關閉。

莊博宇，謝謝你讓我知道人生勝利組是什麼模樣。但是，我不是李大仁，你也不是程又青。我已經有小俊了，我已經有了靈魂契合的小俊。（做愛魂？）

「等等包包東西拿出來，檢查完去跟前面班長擦掉自己的號碼！」EQ很差的胖子班長指使大家。

檢查完包包，班長用會嗶嗶叫的棒狀物滑過身體每個私祕處。我回到了寢室看見幾個人整理著包包。想到接下來要面對更多該死的訓練，我的懶趴就默默地縮了進去。

「哈囉……」大根已經回來。

「等等要拿號碼牌集合欸。」小太監說。

「幹，我收到最下面去了，馬的。」大根無意義的抱怨又開始。

這個晚上沒有晚餐，只有收心操跟訓話。

「接下來的兩個多星期就是加強磨練的日子，鑑測合格就是你們的人生目標，這些成績是會跟著你們下單位的！這是榮譽！」駝背醜班長。

晚上打掃時間，我負責裝第六班綠色蓋子外出操課的飲水桶，班長只要看到上面有青苔就會抓狂。情緒管理真的很差，平常吃飯也會喝海菜湯啊，有的屌沒洗過也很好吃啊！（喂）

「喔？今天換飛哥喔？」小宇也在洗手台，洗著他們那班的飲水桶。「嗯。」我點點頭。

「這個刷不到的地方你都怎麼刷啊？」小宇無辜帥氣的眼神，指著手把刷不到的地方，他的手臂上滿布著突起性感的靜脈。

「盡量刷吧。」我拿起桶子吸了一口氣，跟小宇擦身而過。

我願化身石橋，受五百年風吹，五百年日曬，只求你走過石橋的那一刻，心中有著對我的掛念。可惜的是，我感覺不到。

「飛哥？」小宇詫異地轉身。

我裝作沒聽到。就當我是法海吧，對感情拒之千里之外的法海！（懇親假一直做愛的法海？有這種法海嗎？）

我到樓上把飲水桶裝滿放到中山室前，跟著大家床前就定位。

「希望明天憲兵抽籤不要抽到。」大根在隔壁床糾結著。

「是嗎？我倒是滿希望抽到的。」我拿著筆記本。

「你有病喔？」

「可能吧？」

# 14 憲兵抽籤大聊色

早上，一群符合憲兵資格的人在別棟的中山室外。小宇熟悉的身影在前面不遠處，但是他沒有回頭。

「依照號碼排好隊，等等進去坐好。」班長喊著。

我們按照號碼排隊走進陌生的中山室，往前走到位子上時，發現另一個陽光男孩居然在我對面跟鄰兵聊著天，秦天的宥勝小臉跟大家有說有笑的。

「啊！是偏左的屌哥！」秦天開心的跟我打招呼。

「什麼啦！偏左礙到你了嗎？」

這個位子……上天是怎麼安排的？好像每次跟憲兵有關係的事情，秦天就會出現。現場大概有一百人。我把乖乖水壺放到桌上，跟大家的放在一起。

「你怎麼知道他偏左？」旁邊的小胖問。

「因為我有用心。」秦天看著我舔了舔嘴唇，一副色咪咪的模樣。

「安靜！吵什麼吵？」班長一個大喊。

「欸，你手毛好多喔，好羨慕。」秦天依然在對面小聲地說著，手自動撫摸起我的手臂。

「嘖……」我躲了一下，卻被他一把抓住。

「我也有啊。」小胖小聲的說，手也伸過去。

「你那個太卷不好摸，這個比較好。」秦天沒有理會小胖。他粗糙的手，輕撫我的手毛，沒有真的碰到我的皮膚，虛無地來回磨蹭。手上有點酥麻的感覺相當挑逗。

男人之間的友情原來是用各種性暗示建立的嗎？這種手摸來摸去又不幹嘛，彷彿沒錢開房間，只好去麥當勞弄來弄去的高中生。

突然，我感覺到一個灼熱的視線，有個人臉一直朝向這裡！

我頭一轉，是同一排桌子的俊俏小宇，正從八個位子遠的地方望向這裡。他看看我被秦天摸著的手，然後又盯著我的臉，雙眼瞪大直直對著我揚起一邊嘴角搖頭。

什麼意思？

我轉回頭去，看著幾個班長跟憲兵講解著。

「有抽中的！小紙條會註明單位，沒中的就會是空白！現在第一桌出來示範。」憲兵大哥講解著抽籤程序。

讓我中憲兵吧，只要中了憲兵就不會抽到外島了，我可不想兩個月打一次砲啊，這樣小俊會變太緊的（重點是這個）！我內心緊張地看著方形的籤筒，手持續被秦天撫摸著。我下意識的轉頭，小宇看到又開始瞪著我搖起頭。

目光如炬嘴角又是笑意，加起來非常詭異。

一直搖頭到底是什麼意思，很多人有B也是在外面約啊，要維持長久的感情本來就要睜一隻眼閉一隻眼啊。（到底在說什麼？）

抽籤過程很繁瑣，驗籤筒、驗牌、抽斷號序，總之就是一切命運由不得自己，運氣不好排到最後一個，剩下的籤就是你的，有來抽跟沒來抽一樣。

「056，莊博宇，手中無籤，在此抽籤。」小宇英俊的臉嚴肅地喊著，像拍軍教片。我吞了吞口水。

「未中籤。」

輪到秦天挺起寬闊的大胸肌，站在正中央。

「022，孫秦天，手中無籤，在此抽籤。」「未中籤！」

秦天說完大家一股躁動，他比了Ya之後離開了中山室，目中毫無王法。

「067，黃曉飛，手中無籤，在此抽籤。」我對著攝影機喊完，把手伸進籤筒。我這一組籤，前面已經抽走兩支，剩下三分之一的機率。

如果我抽到，就要離開這兩個天菜了。可是又覺得當憲兵很屌又有制服可以做色色的事啊。我拿出一條塑膠管，把粉紅紙卷取出來。

抽籤這檔事就像愛情一樣，看似我們有選擇權，其實根本沒有，我們根本無法選擇我們喜歡怎樣的人，只不過是為了讓大家分配單位心服口服，在我眼中，電腦選號跟自己選號的機率，根本就一樣。

我攤開紙：

「未中籤。」

我竟然鬆了一口氣，看來我不想這麼快面對要跟小宇和秦天分到不同單位的場面。即使不在同個單位的機率大概是99%，我還是不想面對。

好像不管什麼結果，我總是可以往好的方向想。

走出教室，外面的樓梯坐滿了弟兄，看來軍旅生涯少了一個未知數，表情都相當愜意。

「這裡這裡！」秦天對我招手，屁股不斷往右移，把靠牆的位置挪出一個空間。

「這是怎樣？電影院嗎？」我經過坐在樓梯上的小兵，包含小宇。

「你有抽到嗎？」小宥勝很自然地摸起我的手。

「沒有……」

「你幹嘛一直摸他的手？」旁邊的小黑同梯感到不解。

「很好摸啊！不信你摸。」秦天把我的手拿給他。

「因為他毛比較硬，都是豎起來的吧。」不認識的小黑摸了幾下，表示了解。

「很好摸吼？」秦天笑著摸著，像是突然想起什麼。「欸欸你腿毛也是這樣嗎？」

「差不多吧？」

「我看一下！看一下！」秦天期待地用手指戳戳我的迷彩褲。

「吼還要解開綁腿。」

「不管啦看一下！我都沒有啊！」他抖兩下腳，像是興奮的狗狗。

「嘖。」我脫下鞋子，把褲管捲起來露出腿毛。

「喔喔喔喔喔喔!!」秦天喜不自禁，雙手抓著我的小腿一陣狂擼。「靠！你不是看一下！」我的力氣完全贏不了他。

小宇轉過頭看著我們打鬧著，又轉回去跟他身邊的人聊天。

那個表情是……？

「好羨慕喔！」秦天抱著我的腿，臉也蹭著，說什麼也不肯放開。

感謝爸爸遺傳了這樣的腳毛給我，這風吹來就會癢的腳毛我從來都不知道有什麼用。

「你也太誇張，授槍代表這樣好嗎？」我冷冷地說。

「可不可以分我一點，我從小就很希望有你這樣的腿。」小宥勝單眼皮看著腿，陽光地咧嘴而笑。

「少在那邊，你什麼都有了還不滿意？」我戳著他鼓起的胸肌。

「你要我給你啊！我寧願要這個！」

小宇的背影在五步之下的階梯，跟同班的幾個男孩聊天。不知道為什麼，我知道別人不會跟我一樣聽他的心事，我就是知道。

「而且叫授槍代表幹嘛，我叫秦天啦——」他笑嘻嘻地。

「你們當初是怎麼選的啊？」

「啊就選出四五個，每天出來看誰姿勢比較標準啊，我也不知道為什麼就選上了。」秦天摸著我的膝蓋，像是把我的腿當成狗狗。

「四五個是哪四五個？」

「應該……可能是體格比較好的幾個吧？」秦天食指橫著刷了刷鼻頭，有點害羞。

「我看是這一梯胸肌大的幾個吧？」

「欸？你這樣一說好像是欸……你好聰明噢。」他眼睛一亮，像是想起什麼。秦天雖然長得像宥勝，卻有點傻傻笨笨的。

小宇轉身，又往我這邊看了一眼，我只好裝作沒看到。

「你──有女朋友嗎？」秦天細長的眼睛逼近我，第一次被這種陽剛一號臉湊近。

「呃……」

「一定有齁？」

「什麼啦，你才有吧──」

「欸，我問你喔，你喜歡什麼姿勢？」秦天雙眼水汪汪。

只是長得像宥勝而已，腦子裡裝的完全是不一樣的東西嗎？想當年我們都說不要隨便問Gay是一還是○，因為這就跟一認識異性戀就問喜歡什麼姿勢一樣，很不禮貌。

結果還真的有人這樣問。

「我滿喜歡從後面抱著做的。」我只好據實以報。

他帥氣清新的臉，舉起右手像是等著我跟他擊掌，我只好舉起手跟他拍了一下。

「我懂你！」他握緊我的手，完全是吃了春藥的宥勝。

「其實我也滿喜歡口爆啦。」我說。

「真的假的，你女朋友願意？」秦天很驚訝。「不會還吃下去吧？」「會欸，她還滿喜歡吃的。」除了性別以外我都據實以報。

「你怎麼辦到的？」秦天小小的臉像是中了樂透：「我女朋友都不喜歡吃欸。」

「這要看狀況欸，總之就是要很貼心啦。」我說。

秦天的女朋友啊，妳真是太浪費了，這種帥氣運動員的液體，精子銀行可是搶著要啊，妳居然不肯吃，這樣浪費食物，地球暖化就是妳造成的吧！快給我道歉！

「好好喔，那這次放假很爽齁？」小宥勝兩手握著我的小腿，上下套弄。

「就一般般啦。」

「是喔，唉昨天我把女朋友弄哭了……」

「為什麼？」

「有點太激動……她說很痛。」秦天搖搖頭：「可是我也沒辦法啊……」

「真是……你真的很扯。」

秦天的女朋友啊，妳真是太不上道了，士林大香腸姐姐妹妹可是搶著要啊，妳自己太緊怎麼可以怪人家呢！平常就要伸展啊，妳這地球暖化的元兇！

「之前還有一次，玩太大，還去買避孕藥給她吃。」秦天無奈地苦笑，那清新乾淨的宥勝臉，居然不斷講著內射女友的事。

「嘖嘖，愛內射嘛。」

「哎喲就太衝動……不然怎麼辦……」秦天摸摸頭。

「我都口爆啊，哈哈！」

「好好噢，到底怎麼辦到的？」

秦天的女朋友啊，感覺過得很爽嘛？爸媽也有燒香齁！爸媽也在促進地球暖化齁！

「有空再跟你說啦。」我擠擠眼睛。

班長突然下令等等回中山室拿碗筷，我們也拍拍屁股起身。

看著小宇的背影，再看看被我手毛俘虜的秦天。我人生第一次跟異男大聊色情，秦天卻因為我的對象肯口爆而對我相當崇拜。感覺口爆是他的終極夢想。

**想人陪嗎以後我會召喚他　想跳舞嗎他懂三千種森巴**

**想玩球嗎他會陪我全壘打　你愛我嗎他不用想就回答**　（明明只是愛毛而已）

我像是剛跟男友分手的瞎妹，為了氣對方開始跟別人搞曖昧。

懇親假之後，班長們簡直就像是禁慾一星期每天吃蛤蠣的體育生，果然更硬更狂暴。

「國家的干城，預備！給我唱！」「大聲點！」

「國家的干城——革命的先鋒——文武合一薪火相傳——為國為民盡忠！」隔壁連副聲道開始干擾：「我有一支槍，扛在肩膀上，子彈上了膛，刺刀閃寒光！」

我們吸一口氣：「輝煌的歷史——光榮的傳統——如手如足一心一德——個個都是英雄！」

「這麼小聲！不想吃飯是不是?!」

「親愛精誠，團結奮鬥肯犧牲！」「國家把它交給我！重責大任……」

兩首歌混在一起唱超吵的啊，為什麼每次遇到隔壁連就開始尬廣洗頻[7]。我看著小宇踢著正步，腦子裡卻響起一首歌——

**離開，哥本哈根你帶走的愛，不想沉浸在童話裡徘徊。**

**看開，我不是你呵護的女孩，回憶像鵝卵石上一朵青苔。**

**愛，日復一日走來，轉眼漂泊了幾個未來。**

**風溫柔不再，得不到明白，再見我的愛。**

7　尬廣洗頻：尬廣播洗頻道，線上遊戲用語。屁孩用廣播來吵架、結婚，讓遊戲中所有人都看到他們在幹嘛，通常要花台幣才能做到。

# 15 拆夥

我們都是有白飯有滷汁就能生存的生物。用餐完畢列隊下餐廳，看到一個挺立男孩在同樣的地方等著我，小狗般柔和的雙眼與貼身的服裝。

「怎麼了？飛哥最近好像不開心？」小宇微笑看著我。

「沒有，只是有點不舒服而已。」我拿著餐盤等待著，準備兩兩併肩走到洗手台。

「哪裡不舒服？感冒還沒好？」他濃濃的眉毛皺成八字，底下深邃無辜雙眼。我很想說的：我最不舒服的就是你的親密照啊！你日記本上的各種鮑魚照啊。（我跟女人道歉。）

「不知道，可能吧。」

「哎又，多喝水嘛，我每天都喝超多。」他笑著拍拍我的背。已經忘了這是第幾次，一見你就無法堅持。

「那個，我同梯在等我，我先過去了喔。」我拿著餐盤跑去找大根，回頭看到小宇一個人愣在那。他依然對我笑著點點頭，但嘴角只揚起了一邊。我頭一次感覺到什麼叫做「心痛比快樂更真實」。

「你不跟你好朋友噢。」大根有氣無力地問。

「我是怕你可憐找不到人。」

「還不都你每次跑掉。」

我抬頭挺胸，與大根踏著同樣的步伐，接過大根的盤子，分工合作換大根先上樓整內務。忙了十幾分鐘，我好不容易洗完餐盤回到寢室。大根在擦著自己的皮鞋，而我的內務櫃卻跟早上一樣亂成一團，這是史上最慘無人道的一幕。

「啊？你沒有幫我整噢？」

「哪有那麼快，想說先整理完我的再幫你啊。」大根理直氣壯地說著。他的自私跟小宇的貼心，幾乎來自不同星球。

「好啦，下次我會快一點。」

「我幫你排隊欸。」我開始自己整理起來，大根依然自顧自的擦著自己的皮鞋。

「算了吧你。」

這是個令人不習慣的午休。不習慣自己整理內務，不習慣沒有人幫我把水壺裝滿，不習慣洗骯髒的餐盤，不習慣沒有某個微笑。

我們提早起床來中山室取槍，帶著剛發的防毒面具一大袋，來到了靶場旁的小廣場。

「今天，我們要上的是防毒面具，防毒面具其實很簡單……」ＥＱ很差的胖班長站在隊伍前，示範背防毒面具、九秒戴面具，大家不斷比賽誰戴跟脫得快，好像ＧＶ男優拔套比賽。

「3、2、1，開始！」大家戴套戴得不亦樂乎。

然後胖子班長們開始找起了新兵來ＰＫ，比賽誰戴得快。

「誰只要贏過我，今天全連就上營站好不好！」胖子班長。

「好!!」

黑胖胖推著我走出去。

「幹嘛啦？」

「走啦，多一個人多一個機會。」黑胖胖似乎很想去營站。我只好跟著一群人自告奮勇地站出來，人群分成了兩邊。

秦天跟小宇站在我對面，小宇對我瞪大眼點點頭，秦天則是舔了一下嘴角，現場畫面像是奇怪的配對節目。

班長蹲在中間，一群人單膝蹲地，槍放在大腿上，右手在左邊的面具袋處，頭很低，姿勢彷彿像是要釋放拔刀術。

「那我來當裁判。」ＥＱ低的胖子：「3——2——1——」

「開門！」

面具出鞘！大家發了狂地戴起面具。

「幹嘛？我說開門欸，動什麼啊！」胖子指著我們，大家窸窸窣窣一片。

「這次來真的了。」「3——2——1——」「開苞！」

好幾個同梯依然拿出面具被騙得團團轉。小宇跟秦天也笑著把面具收回去。

「怎樣？你們想被開苞是不是？」胖子班長又調戲了大家。

什麼意思？敵軍催淚瓦斯炸過來，你還有心情在那邊開苞嗎？你不知道隨便開苞很麻煩嗎？土石流的心理創傷你負責得了嗎？

「3——2——1——」

「開……」「開……」

「開市！」「我是說開市欸！不是開始！」班長很驕傲自己想出新台詞。一群男人是要開什麼市？就不能好好的喊一次、認真的上課嗎？

「開始！」

一陣錯愕之下，大家開始面具套頭。我覺得好累，為什麼班長這麼胖還這麼幼稚。戴得差不多的時候，現場一陣喧嘩。我站起身戴上鋼盔，看到秦天已經戴好面具立正。小宇居然還在拉面具的鬆緊帶，一點也不像平常的他。

「停！」

裁判過去壓了壓濾毒罐，宣布小兵們輸了。因為班長還是快了半秒。

「不能怪我噢。」囂張的胖子班長哈哈大笑。「但是為了獎勵你們，還是可以打電話。」

現場一陣哀鴻遍野。因為剛懇親假回來，誰要打電話啊。

下課解散去上廁所時，我走著走著，在廁所遇到秦天。

「欸，你不是要教我怎麼口爆嗎？」他全身散發一股野勁，直接問重點。

「……你說口爆……女友嗎？」

「對啊！你不是說你女友很愛吃——」秦天一臉興奮。

「是沒錯啦……」

我們走到小便斗前，發現這個野外的廁所根本沒有小便斗，就只是一排金屬的平面跟水溝，根本就是夜店的廁所！秦天突然往右靠近我一步，小小的臉跟魁梧的身材，比我還高一點。Gay bar尿尿也沒有這麼近的吧？

「67號哥，教一下啦！」他看著我。

「這……這要怎麼用講的……這是兩個人的溝通啊。」我苦笑，看著他帶點野味的臉。

嘩嘩嘩嘩啦。

「那你第一次是說了什麼讓她願意口交啊？」秦天已經尿了起來。什麼，居然連口交都沒試過嗎？口交不是國民禮儀嗎？第一次見面會不是都要口交的嗎！

（被雷劈。）

「就……你要在她很爽的時候……」我欲言又止。

「怎麼說啊？」小宥勝的臉萬分期待。

「哎喲，有機會再示範給你看。」我說不出那些和男友做愛的過程。「你說的喔，那今天晚上教我！不要到時候又賣關子喔！這樣我真的會扁你！」秦天笑著打我一拳，轉回頭摸著自己的懶趴。我也望向前方，看著牆上的冷笑話。

迪士尼卡通的辛巴姓什麼？姓王。

因為，獅子 王辛巴。

馬的真難笑。

就在我還沒從這難笑中逃離時，餘光卻看見一個黑影在大幅度地搖晃，完全占據左下角的視野。我原本以為是秦天在招手，輕輕一瞥才知道那是他尿完在甩槍——這個一人儀隊！

**月色搖晃樹影，穿梭在熱帶雨林，你離去的原因從來不說明**

我好像突然可以理解秦天的女友為何不吃了。這不是「為」與「不為」，是「能」與「不能」啊！雖然我沒有認真看，但是一般女孩應該是吃不下吧？上次看到是冷水澡的狀態，現在常溫狀態的大小已經來到熱狗那麼大。

我吞了一口口水，不愧是授槍代表。

我們走出廁所到洗手台洗手。想到要教一個大屌異男說服女友口交，就覺得五味雜陳。吃雞雞就像當兵一樣，不是人人應盡的義務嗎？到底是要教什麼？

回到隊伍裡，大家依然在背單戰報告詞，各自比著手勢像是聾啞人士。

有人說，當兵很簡單「就一個口令一個動作」啊。

你他媽的鬼才信。

光是單戰報告詞就完全不是這麼一回事，因為這超消耗腦力的啊！整個報告詞有四千六百字，裡面就是伍長跟單兵的各種愛情相聲。

這幾千字外加動作要快速背好，根本不能算一個口令一個動作。難道說要硬凹成在腦中進行一個背誦的動作嗎？那在學校也是一個口令一個動作啊，老師今天叫你進行一個背誦〈長恨歌〉的動作，然後明天進行一個驗收的動作，這樣一個口令一個動作可以嗎？

那全部人都考上台灣大學了噢，一個口令一個動作嘛！我命令你進行一個考上台灣大學的動作喔！班長命令你進行一個多益考九百九十分的動作喔！

說當兵不用耗費腦力根本是騙人的啊啊啊。敵麓柴、敵外壕、側防機關處置到底是什麼，班長又不給我們圖片。我寧願背八百多字的〈長恨歌〉比較有意義！

回到連集合場，整隊去吃晚餐。

「你跟你朋友吵架喔？」黑胖胖咬著雞腿。

「誰？」

「56號帥哥啊。」黑胖胖嘴裡都是飯：「你們不是常常都會聊天整內務？」

「喔，沒有啦，只是之前剛好比較多話題而已。」

「愛吵架欸！」

「就說不是……」

「菜渣集中！依序下餐廳！」班長大吼。

倒餿水時間，我跟著隊伍走出餐廳，看到了熟悉的面容在等著我。說是等我其實也才十幾秒，因為他是我的上一班。

「你有好點嗎？」小宇雙手托餐盤笑著。

「沒有，你要小心被傳染。」

「哎又放心啦！基本的抵抗力我還是有的。」小宇一手搭上我的肩膀。「要我幫你洗，你先去休息嗎？」

「不用，等我好一點再跟你說。」我走向等著我的大根：「我先去了。」

「好吧。ＯＫ！」小宇只是溫柔的對我笑著：「沒問題！」

可惡，果然毫無挽留。

晚上班長兌現承諾，帶我們打電話。剛休過假，打電話這檔事變得意興闌珊，就像剛尻完槍發現網路上還有不錯的片子，也沒什麼好搶著看的。但我還是走到電話前，想問問小俊在幹嘛。

「嘟嘟嘟——嘟嘟嘟——」應該是剛好在忙吧，我再按了一次。

「嘟嘟嘟——嘟嘟嘟——嘟嘟嘟——」

打了幾通都沒有回應。

這是小俊第一次沒接我的電話。我說過晚上七點到八點是我最可能打電話的時間，其他時間沒接到沒關係。

那個感覺又來了，那個只要距離一拉遠，生活一沒了交集，小俊就會暫時消失的感覺。多麼務實啊，不去思念見不到的人，不去聯絡沒有事的人。

我掛上電話，讓月光灑在我的臉上，感覺自己就快變了模樣。走到電話亭旁邊轉角，月光依然暈染著上樓的階梯。小宇會跟之前一樣坐在上面嗎？夜色茫茫，星月有光。

我下意識的往前一步，想起小宇月光下閃耀的眼神將我牽起的模樣。我還是牙一咬，離開了那個樓梯的轉角。有些問題，還是沒有解答比較好。

回到同班的男人們身邊，大家已經打完電話開始聊起天。

「你知道黑臉班長被打1985申訴嗎？」黑胖胖是八卦中心。

「那個人造人天兵打的嗎？」籃球男略有耳聞。

「難怪今天班長超安靜。」經過大家這麼一說，我才發現連上少了個黑臉，原來是初戀班長被陰了啊。

雖然他很兇，可是他性感又Man又認真，好心被雷劈也是滿可憐的。他可能覺得自己認真帶兵反而吃力不討好，就懶得管我們了吧，放棄了——放棄了無奈。

「所以我們會變成天使連嗎？」

「看來是沒有這個跡象。」

「唉……」我們哀傷的回到隊伍中，回寢室準備洗澡。

我踏著沉重的步伐，聽著班長喊口令：

「男兒立志在沙場，預備——唱！」

「男兒立志在沙場！馬革裹屍氣浩壯！」

「金戈揮動耀日月，鐵騎奔騰撼山崗！」

小兵們扯著嗓吼著，可我從來沒有這麼低潮過。我遠離了小宇，小俊也沒接到我打的五通電話。班長我可以換歌嗎？我想唱田馥甄的歌可以嗎？

「１２！１２！我寂寞寂寞就好！預備——唱！」

「我寂寞寂寞就好——！」踏步、踏步。

「這時候誰都別來安慰——擁抱！」

「就讓我一個人去痛到受不了！想到快瘋掉！」

「死不了就還好！」

「立定！」「１２！」

如果真的這樣唱，應該一上戰場就開始哭吧？立刻被招降吧？

大家奔回寢室，週年慶式搶浴室。我則是魂不守舍地跪在床上，緩慢地掛蚊帳。

「哈囉！飛飛！」一個有點沙啞的聲音，在窗戶外頭隔著紗窗。我爬到窗戶旁，看到一個朦朧清新的小單眼皮，是小宥勝。

「幹嘛？你不是樓下寢室的？」

秦天打開紗窗：「我上來找你啊！你不是說要單獨教我怎麼口爆？」

這個說話的邏輯……你的國文老師呢？幫我請他出來，我要送他匾額。

「什麼啊？小聲一點……你是說溝通方式嗎？」我立刻看看身邊，確認沒有其他人。

「你不要跟我說又不教我噢。」秦天嘴唇緊縮，變成裝可愛的宥勝。

「就一邊刺激一邊要求啊！」我一邊掛蚊帳。

「怎麼弄啊！不管！等等示範一次！一次就好！」秦天求知若渴。

「嘖……好啦！」

「Yes！」秦天一手握拳，手肘往腰側一撞。

我看大根和黑胖胖都已經去洗澡，等等又不知道會跟誰洗，我慢條斯理地拿了臉盆穿上拖鞋，跟著秦天排起了浴室。

小俊放心，我真的沒有要出軌的意思。

秦天的小腿肚，健康的膚色上沒有多餘的毛髮。這是我看過最性感的小腿。他一手拿著臉盆，一手撫摸我的手毛，笑嘻嘻地跟大家打鬧。這個摟手的動作超級曖昧！果然老天就算關一扇門、關一扇窗，還是會留一根假屌在你床上。

「你們幹嘛啊！你幹嘛一直摸他？」客家人班長經過，看到秦天在走廊上摟著我的手。

「沒有啊，覺得很舒服。」秦天頭靠在我肩膀上，摟著我。

「你這樣他愛上你怎麼辦？」班長被他的不正經逗笑。

「不會啦！你不會愛我對不對？」秦天拉拉我的手。

愛，超愛。

「不會啊，他這麼大隻又不可愛。」

「靠北喔！扁你喔！」秦天手肘頂過來。

「喂喂喂！」班長突然變臉，對著浴室大吼：「裡面的！安靜點！想停水是不是啊？」

浴室突然只剩下水的聲音。

「你們誰一誰○我不知道，記得要戴套。」客家人班長翻了個白眼離去。

「是！」秦天比了個大拇指。

是個屁啊幹。

都這樣沒大沒小的嗎？秦天跟班長的關係根本就是同輩吧？授槍代表就可以這樣嗎？軍中有賣保險套嗎？（喂）

「欸，我用講的就好了吧？」後面剛好沒有人，我小聲說。

「那你說說看？」

「就一邊刺激敏感的地方，然後一邊跟她說話啊……然後要站在對方的角度問話。」

「什麼意思啊？」大男孩的臉皺著眉。

「就是**不要以『我』當作主詞，要用『你』**——算了等等跟你說。」

我想起那些對話，多麼的不堪入耳。

「好。」

「嗨——秦天哥——」好幾個小兵洗完出來，都跟小宥勝打招呼。

「嘿——」他舉起手打招呼，就像本連的小班長。不，這根本就像是在候選人拜票了，大家都很愛跟他打招呼啊。跟他比起來我就像有自閉症一樣。

「太好了。」秦天找到一間空出來的浴室。

「可以不要嗎？」

「快點啦！」我被拉到浴室裡面關上門。到了微微密閉的空間，我聞到了秦天身上肉跟薯條的味道。

「就，一邊刺激啊……」我全身僵硬地看著他大胸肌上激凸的乳頭。「我可以碰？」

「可以啊，又沒差。」小宥勝滿懷期待的笑著。

「看她哪邊敏感就弄哪邊……」我湊到他的耳邊，把聲音放慢，緩緩地把手伸向他的乳頭，輕輕的搓揉。

「啊……」秦天全身縮了一下。

他脖子上大男孩的肉體味刺激著我的腦門。我很自然的左手摸著他結實硬挺的屁股，然後右手沾了點口水，伸進他的衣服裡面，從冰塊盒一路摸到大塊胸肌上的凸起物。秦天的乳頭變很硬，手自然地扶上我的腰。

「就跟她說……」我用氣音，在小宥勝的耳邊說著。

「咕嘟……」他的喉結滑動，吞了口口水。

「你會……想吃吃看嗎……」

聞著他黝黑光滑的脖子，我像是剛出棺的吸血鬼，摟著史上最美處女卻不能一口咬下。什麼東西彈了我一下。

「哇，你這樣是作弊吧！」宥勝捂著嘴，整個耳朵漲紅。

「還好吧？」

「這樣講真的會想欸……」他一手護著剛剛被我搓揉的乳頭。

「反正你想要什麼，就是在對方很爽的時候，站在對方的角度問啦。」

「真的好扯喔！」秦天看著自己微微鼓起的褲襠。

「如果這樣都無法，那就是無法了。」不知為何，大量的成就感油然而生。

他脫下寬鬆的衣服，露出健身教練般一塊塊多汁的肌肉。各種男神彎弓六塊雞排，比錢更重要的人魚線，我也跟著脫起衣服。

「可以再一次嗎？」他突然看著我。

「幹嘛？不好吧。」

「吼，你很小氣。」他已經全身脫光，散發出難以形容的食物香味。

他兩塊方形的大胸肌，手臂上被曬出的兩截顏色，還有微微的小森林裝飾著他天使的號角。如果有人的魅力足夠為這世紀代言，那是他敢站出來變成蝴蝶飛舞翩翩。沒幾秒鐘，我也全身脫光。

再試一次的話，Hold不住的人就是我了。

「欸，你好好噢，都有這一條線！」他笑笑地用食指戳著我肚毛。什麼線都有的人，居然只在乎陰毛長上來的那一條線。

「欸，你才吧！」我回搔他奶頭，另一個東西卻從餘光中彈起了一下。那根深色的棒狀物，懸空立起，似乎是半勃起狀態。

「對不起啊，我很敏感。」秦天又露出靦腆的笑容，一手一邊遮住自己的乳頭。

「好啦，你知道怎樣做就好了。」我打開水開始沖澡。

不是應該遮微硬的下面嗎你遮乳頭幹嘛？你那個深色的東西整根在外面晃啊！是什麼整人節目嗎？攝影機在哪？

我們拿肥皂往身上狂抹，他的肌肉在油亮泡泡底下，簡直就像是在拍沐浴乳廣告。要不是懇親才剛釋放五倍的量，我絕對會失守。

「欸，你看。」秦天轉身。

「哇靠你幹嘛啊！」我看到他半勃起的屌。

馬眼、蛋蛋、粉紅頭，什麼都超大型，整支深膚色的肉柱直直地翹著。我第一次看到這麼大的玩意兒，不知道多長至少超過十八（公分），比曾經交往過的都還要粗大，大概就像肉棒版的「純粹喝咖啡」。

「對不起，我剛都在想我女朋友幫我口交的畫面，還有……」他笑著看我，抹著全身的泡沫，還自信的對我擺一個秀肌肉的Pose。

「喜歡嗎？」他大方的握著根部。

是ＴＴ分享區才能看到的那些自信天菜露臉大屌男啊啊啊。幹！為什麼軍中不能帶相機！這完全就是最棒的招募形象啊！這是花花世界裡限量版的花花蝴蝶，超豁出去超敢很多點。

這畫面一放上招募海報，別說女兵會蜂湧而至了，連我都想簽了啊，簽十年沒問題的！不！二十年！

我看了那脹紅的大龜頭，像是超大顆的番茄。

不，六十五歲退休！

「很嗯，好啦很大可以嗎？」我不耐煩地轉身，掩飾我的躁動。

「吼你看，果然不會想吃吧！」

「廢話。」我轉頭看了一眼戰艦級爆青筋的墨西哥雞肉卷，吞了一口口水。

回頭轉開水，頭上的灑水孔瞬間噴出、掉了下來！

「啊幹！」我的手被不明金屬物砸到。

「怎麼了？」秦天靠近我，下體升起的巨物也在我身旁晃。

「這個掉了，幹好痛！」我捏著被砸到的地方，在大拇指和食指之間，血慢慢滲出。

「趕快洗一洗去擦藥，我那邊有小護士。」秦天突然變得很嚴肅，東西好像也沒這麼翹了。

「好吧……」

這一切是如此荒謬。先是口交教學、猛男勃起秀，然後就是噴血現世報。

立刻沖一沖，我忍痛走出浴室刷牙。

「飛哥？」小宇的聲音。

我從鏡子裡看到王陽明的臉龐。

「你怎麼……怎麼了？」他看著我刷牙的手：「你怎麼流血了？」

「呃……就浴室有一間有機關，那個蓮蓬頭會掉下來。」我看到手上一塊紅豆大小的血液搖搖欲滴。

「這個……不能碰水你知道嗎？哪一間浴室？」小宇皺著眉像是電視劇裡的偵探。

秦天在一旁嘴裡都是牙膏泡說：「就是那一間，倒數第二間浴室。」

「你？那以後要小心啊。」

「我等等會跟班長反應啦，真的也嚇到我了。」小宥勝的嘴角流出一抹牙膏泡。嘴角有白色液體的畫面煞是好看。

「飛哥？你們一起洗嗎？」小宇在旁邊，看著我。

「嗯？」我突然感覺有點尷尬。

「難怪我剛剛找不到你。」小宇仍然笑著，用他一邊搖頭的招牌表情。我從來都無法解讀這個。

「下次啦……」

「這樣……就太不夠意思囉……」小宇搖完頭就離開了。

男人一起洗澡是什麼友情的證明嗎？為什麼每次洗澡就會有罪人的感覺啊？

「我那邊有小護士，你不要跟我說你不擦噢。」秦天陽光地說。「嘶，好吧。」我吐了一口牙膏泡。

秦天拿著臉盆帶領我走到旁邊的二樓寢室。這裡比我們三樓寢室小將近一半，似乎是因為浴室跟廁所占掉了一半的空間。秦天打開他的內務櫃，充滿他的味道。

他拿出那圓盒小護士。「你先拿去用，我去樓下跟班長說，這蓮蓬頭太危險了。」

「嗯謝謝。」這就是秦天的內務櫃啊，果然有薯條跟肉的味道。這種食物系男孩我還是第一次遇到，怪不得今天洗澡的時候令人超想咬一口。

回到三樓，伴隨手上涼涼痛痛的滋味，看到了剛回來的杰倫班長。

「咳咳！」班長捂嘴咳嗽。

「你感冒了噢？」我看著他。

「唉，都你們辣超衰的，前幾天帶人去轉診，結果被傳染了。」小眼小臉體幹班班長碎唸著。

「我已經半年沒有感冒了，真的奇怪欸！」

「你要去站哨喔？」

「對啊，要死掉惹，倒霉。」杰倫班長擤鼻涕。

班長進寢室床定後，我開心地拿出筆記本，因為這是我的寫日記時間。每天都會靠著昏暗的光線在床上記錄事情。我才剛鑽進蚊帳，就看到床上有一小張白色的長條紙，近看發現是ＯＫ繃。

這是？

「欸這你的嗎？」我問大根。

「這什麼東西？」大根隔著蚊帳看著我手上的東西。

「沒事。」

應該只有兩個人知道我受傷，沒理由啊？秦天已經給我藥了，難道是小宇？算了，反正沒有人用ＯＫ繃冥婚的吧？我把ＯＫ繃貼在受傷的虎口，希望傷口能快快好。我看著上面的床板，有立可白寫的好多字。

「2134T超威猛，天天滿靶」干我屁事。

「魔鬼連再見。這裡的班長很雞八」同意。

「睡這裡的人龜頭超大」喂，只有龜頭大有什麼用？可以寫有意義一點的東西嗎？

「請勿塗鴉」

「請不要再寫了」

我的床突然開始嘎嘎搖晃。

「上面的不要晃啦！幹嘛？串燒喔？」大根不耐煩。

「幹！」黑胖胖的聲音從上面傳來。小杰倫萌萌班長十一點左右回到床上，他總是要開完會還是什麼才會出現，然後爬上我的床旁邊。日常生活中一個男人洗好澡爬到你的床旁邊，通常就是不讓你睡、不行了好爽、我要射了、剛剛好色喔。但是在軍中，就只是不讓你睡而已。

娃娃臉小班長咳了幾聲。

「班長你還好嗎？」我問。

「哎。」杰倫班長很無奈的攤開棉被。

「那就好好睡吧，要多喝水……感冒才會快點好。」

「咳咳！」班長小小的臉朦朧的在我觸手可及之處，看起來有點可憐。

太——好——啦——

班長不舒服操課就會輕鬆一點吧？大學時期教授請假大家都會歡呼啊，考試延期還會開慶功會。我這樣應該不會太腹黑吧？

隔天早上起床，我掀起蚊帳，感覺到喉嚨微微的乾刺痛。

「!!」我摸著喉嚨，看著大家折著棉被。

這個感覺是！

寶鵑！我的嗓子！我的嗓子怎麼了！我再也不能得寵了。

一夜之間就感冒了？好歹也接吻或是喝到彼此的洨再被傳染感冒才合理吧！什麼都沒做就被班長傳染也太不合理了！

我打開ＯＫ繃看著虎口掀起一塊皮的傷口，還有痛的喉嚨，我好想把白綾丟到電風扇上面上吊。

有人說，早上起床看到洗手台有兩支牙刷，那就是幸福的模樣。但是一大早看到走廊外面兩排臉盆鋼杯裡放著上百支牙刷，我怎麼就一點都開心不起來。

似乎是因為洗手台不夠，我們前一天晚上就要用臉盆打好水放到走廊上，隔天早上直接蹲在臉盆前刷牙洗臉。

「啊啊哈哈！有人的臉盆裡面有青蛙！」

「好噁喔……不會要用青蛙水刷牙吧？」

「誰偷我的臉盆？為什麼我的臉盆不見了！」九十九公斤的黑胖胖焦躁地尋找。

「啊……我拿錯了……」尿尿都會把褲子拉到膝蓋底下的八十四公斤威陽說。

「你用我的牙刷？」

「啊……抱歉……」

一早就聽著這些巨人們的對話。我準備用手撈水洗臉的瞬間，看到虎口的ＯＫ繃，想起了昨天小宇的話。

「這個……不能碰水你知道嗎？」他的濃眉壓著清澈雙眼，無毛孔俊臉嚴肅地咬著腮幫子。居然這麼陰魂不散，人不在也要跑進我的腦海裡。但我還是改成用單手洗臉，不知道為什麼。

午後天氣開始悶熱，我卻頂著喉嚨莫名的疼痛，進行一個被感染的動作。雖然是被帥萌帥萌的杰倫班長感染，但仍然不是很值得。早知道睡前就要做好防範措施戴上口罩了，這不是開玩笑的啊。

駝背班長叫每班第二個人集合，傳達今日我最美的穿著服裝：「等等洞拐四洞，帶鋼盔、板凳、雨衣、S腰帶、乖乖水，然後偶數班到中山室取槍。」這等於把所有東西都帶在身上，是要環島嗎。

「要別名牌嗎？」有人問。

「我有說名牌嗎？全副武裝不別名牌你不知道嗎？」班長回嗆。

欸？兇屁喔？長這麼醜還自以為是天菜踐個二五八？一個駝背下士而已在那邊。不知道拎北今天感冒，寫日記更沒有口德嗎？（反應超大。）

下餐桌時，旁邊的第五班起身，統一口令戴上小帽，小宇也起身跟著走出餐廳。我總是藉口說我感冒不要靠近我，結果今天真的就感冒了。

小宇快經過我那桌時，我們四目相對，自動開始用肢體語言交談。

我搖搖頭，小宇則笑著點點頭，表示知道了。

知道他不用等我了。

他又看著我，單用右手托著餐盤，拿左手戳戳右手虎口。我舉起手，讓他看到我傷口貼了OK繃。

他帥氣地比起大拇指經過我，我目送他手臂跟二頭肌的線條，跟著其他人走出餐廳。整個過程不到六秒。

給我OK繃的人果然是你嗎？看著他的背影卻有種心痛的感覺，快醒來吧，想想小俊！小俊才是真愛！

我跟著口令走出餐廳，沒有小宇的身影。果然經過再三拒絕，小宇就沒等我了。醒醒吧，我是大藝術家，我真心創作的愛無價。Wake up，別再做慈善家，我其實沒有那麼愛他。

這是裝備上第一次帶雨衣，大家的S腰帶已經有點緊了，還要再塞一坨雨衣，像在挑戰雙龍入洞。

「臥射要抵好，不然真的會瘀青……我朋友整個肩膀黑色……」依稀聽到幾個句子，小宥勝真的是隊伍中的靈魂人物。我們浩浩蕩蕩唱著軍歌來到靶場，只為了跑打靶流程做做樣子，就像純抱睡一樣。

兵器連的人也在的場面相當壯觀，小板凳上所有人坐姿端莊，根本空姐海選的會場。靶場是我這輩子待過最嚴肅的場合，連嬉皮笑臉的秦天也沒敢吭一聲，頂多只用嘴角講話。

「注意！」年輕尼特羅營長[8]用麥克風說。

「注意！」全部人立刻轉頭，吼聲震天，回音在一百七十五公尺遠的小山谷裡反覆迴盪。

「你們要記住你們現在的位子，和前後左右的人。」

8 尼特羅營長：動漫《獵人》中的角色。

「臥射預備。」「六發裝子彈。」

「左線預備。」「右線預備。」

「全線預備！」

「開始射擊！」

「停止射擊！」

大家一排排上前拿槍假裝射擊，然後去旁邊清槍。不斷重複著這幾句話十次二十次。抱睡就已經很乾了，還要假裝有射出來在那邊清，整個早上就是一場戲。你和我都在這場戲，超乎想像Fantacy。

抱睡完的男孩們到後方很遠有屋簷的空地上開始集體練習驗槍。

「驗槍開始，驗槍蹲下！轉槍面向左取下彈匣檢查托彈板是否正常——1、2，正常！轉槍面向右拉拉柄將槍機固定在後，關保險檢查藥室有無子彈——無，好！將槍輕輕放下送上槍機開保險擊發拉拉柄兩次擊發再擊發轉槍面向左裝上彈匣轉槍面向內蓋上防塵蓋驗槍完畢高跪姿好！」

這整段媽的誰在乎？我有兩支槍，長短不一樣，我在乎的從來不是長槍，短的那把槍要驗多久就驗多久，怎麼驗都不會膩！還可以吃還可以拍照，怎麼想都比長的那枝實用啊！（到底在寫什麼？:）

忽然，天空轉陰下起了雨。

「都有帶雨衣吧！」初戀班長發號施令：「現在穿雨衣，準備回去！」

大家把板凳紮上腰際，拿起自己的雨衣包，攤開首次使用的雨衣。

「咦？你的怎麼跟我不一樣？」黑胖胖攤開他的雨衣，我才發現款式有好幾種。小宇居然已經穿好了。他那斗篷式的深綠色披風……完全就是刺客的衣服啊！雖然看起來不是很正式，但是戴上帽子就像死神一般，完全可以直接去森林裡殺巨人！（中二病發作？）

轉頭一看，班長們的雨衣更帥，又新又挺還有腰帶，根本就是綠色的英倫風西裝大衣！穿這個雨衣做愛絕對沒問題。老爸我要買一套！我談戀愛需要這個！

我穿起我的破爛兩件式雨衣，看起來就像撿垃圾的阿伯，只是一件褪色的褲子跟衣服，毫無設計感就算了，幾處內裡還爛掉露出破布。

爸，麻煩你打電話給你的少將朋友了，身為一個Gay，我真的沒有辦法接受要穿這麼醜的雨衣。我覺得好痛苦，不美了，活著也沒有意思。我要打電話給旅長，我要驗退！不然讓我死了算了！

但是槍裡面沒有子彈，刺刀也沒有開鋒，要死也找不到方法。我只好跟著隊伍槍口朝下乖乖的淋雨回去。

「聽說，下雨天就不會操室外課。」黑胖胖說。

「真的假的，也太爽了。」我人生，從來沒有這麼喜歡下雨過。但是下一秒，我發現全身又熱又濕。這是雙濕牌雨衣嗎？裡面熱到狂流汗，外面雨水又會滲進來。我真的不懂不防水的雨衣意義何在，我還寧願拿保險套套頭比較實在。

回到集合場，班長指了幾個人出公差。小宇、小三、我都被點到了。大家被引領到幾個籃子前面，是早上用的防彈背心。

「一人拿五件。」客家人班長指著箱子。

小宇經過我，數起了防彈背心，我嗅到他身上散發的清香。

「1、2、3、4……」他數到一半愣住，帥臉轉頭看了看我：「你不是手受傷？要不要我多拿一件？」

「不用。」

「真的嗎？哎客氣什麼。」他哼的一聲站起，自顧自地抱起六件防彈背心。一個帥哥戴著帥帽拿著一疊東西，是國際快遞廣告吧？

「我說不用，我自己拿。」我試圖掰開他的手。

「沒問題的。」

「不用！」我抽起他多拿的一件，另外又拿起四件。小宇只是笑著搖搖頭。我們出發後經過一兩棟建築，我聽到後面小宇跟客家班長聊天。

「……哎又，都這麼熟了，幹嘛這樣。」小宇自信的嗓音。

「誰跟你熟——」沒想到連班長都敗在他的CK內褲底下。

到了一個寫著「軍械室」的鐵之空間。似乎是放彈藥的地方，警報器不斷噢咿噢咿地響著。我們放下防彈背心回寢室，大家都去餐廳前喊親愛精誠加強磨練了。

我在寢室坐在床上擤鼻涕，感冒越來越嚴重。

「飛哥，你感冒還沒好？」小宇走過來。

沒想到之前懇親假前騙你的感冒，這下成真了。

「嗯，被班長傳染的。」

小宇一手搭上我的肩膀：「沒關係！一起去吃飯補充體力！」

「嘖，小心被我傳染。」我別過頭。

「我沒有這麼容易感冒喔。」小宇的手逕自幫我按摩起了肩膀。「喔？飛哥很硬喔。」

這在幹嘛，快住手啊！按摩不是在想跟對方有肢體接觸時才會假藉做的事嗎？坊間的按摩店很多都包含前列腺按摩啊啊啊！

小宇溫暖的大拇指跟四指按推著我的頸椎，推開我痠痛的肌肉。那個痛楚雖然快要無法承受，卻又說不出的爽快。

**迷幻，世界都因你迷幻——不平凡。旋轉，世界都為你旋轉——不孤單**

「好了謝謝。」我縮著脖子。

「身體不舒服你要跟班長說啊，看能不能帶你去轉診。」

「啊……喔……喔……」我感到脖子一陣溫暖酥麻。

**你是我的迷幻——你是我的驚嘆，細緻的感性——大膽的性感**

## 你是我的迷幻——你是我的絢爛，細膩的感情——大塊的情感

蔡依林妳超煩。

「好了，可以了。」我站起身去內務櫃整理。「你先下去好了。」

「不一起去集合嗎？」他帥帥的明眸，大拇指指著門口。

「你先去，還有兩分鐘，我習慣一個人。」

「真的嗎？可是你不是都跟那個紅人一起洗澡嗎？」小宇苦笑了一下。

「那是沒辦法啊，班長規定要兩個人一間啊。」我緊張地解釋。為什麼我要解釋，跟別人洗澡不是天經地義的事嗎？戰鬥鴛鴦浴不是傳統嗎？

小宇只是直直地瞪大眼睛搖頭看著我，搖搖頭，笑著拍了兩下我的肩膀，走出寢室。又是他拿手的「盡在不言中」。

「軍中紅人」一詞，是指受班長萬千寵愛於一身，那些特別優秀有趣的男孩，而不是在健身房自拍的那種。不過小宇怎麼會說別人是紅人呢？他本身就散發一股明星光環啊！

幾個人來到餐廳。

「你公差去幹嘛啊？」黑胖胖夾著菜。

「搬防彈背心回去啊。」

「喔，你這個不要臉的。」黑胖胖瞪我一眼。

「為什麼？」

「不管，你這個愛偷懶的叛徒。」

班長，我可以換鄰兵嗎？鄰兵超負面還一直嗆人欸。那麼黑又胖跑步又慢，流汗又臭，居然還可以這麼沒口德。（誰沒口德？）

收餐盤的時候，我想起今天以後小宇不會等我了。

「我明天再幫你洗ＯＫ嗎？」我把餐盤拿給黑胖胖，示意不想讓傷口碰水。

「叛徒，我要跟你女朋友講。」黑胖胖不甘願地收下。

「好噢。」

我走到餿水桶旁，看到前方精實的小宇已經往前走，他旁邊站著瘦臉的小三，兩兩一起準備走到洗手台。小宇一轉頭，我立刻把眼神移開。

好奇怪，明明就是自己想要的結果，可是實際看到卻還是有點幹。

# 16 花木蘭No.2

下午刺槍課前，我把水壺裝滿水，餘光看到一個人站在旁邊，好像在看我裝水。是誰的眼神鎖定我，卻怕咬一口這蘋果？

我猛一轉頭，看到憨厚的國中畢業修機車男孩在旁邊。他微微下垂的眼尾，十八歲青澀的臉頰，毫不避諱地跟我四目相對。到底在偷窺什麼祕密，心裡在打什麼主意？

「怎麼了？」我只不過補個唇蜜，你也不用注目禮。

「那個……」黑手男孩面色猶疑。

「嗯？」

「請問你是，曉飛嗎？」

「呃，是啊，你怎麼知道？」我有點驚嚇，不同班的很少會叫名字。

「我……好像在軟體上看過你？」

花惹發。

「你是說……J開頭的軟體嗎？」我小心翼翼地看著他憨厚的臉。

「嘿啊……」他露出憨憨的笑容。

國防部長，就跟你說不要把同一個區域的人放到同個連當兵吧吧吧！不但會遇到國小國中同學，還會遇到同地理區域的網友啊啊！

沒想到同一個連，居然有另外一個花木蘭！

沒想黑手男孩和善的臉，豎起食指像是想起了什麼。

「啊——我記得你寫有B不約。」

「啊噓……」我把他拉到角落。「你講這個還講這麼大聲？」

「喔我想說別人應該聽不懂有B是什麼吧？」他不好意思的兩頰鼓著氣。

鬼才聽不懂吧？說一個男生有B會是什麼，罩杯嗎？還是B型肝炎？

「現在光頭你還認得出來啊真的很厲害。」

「放假的時候我回去逛到你，想說這個人很眼熟啦！」

「但你不是修機車的嗎？」

「嘿啊，怎麼了嗎？因為我家就是做這個的啊——」

「沒事。」

原來也有這種憨傻的Gay啊。我還以為Gay就是從小被笑娘砲，學生時期就因為字漂亮當學藝股長，畢業就參加畢業製作，大學越來越會打扮身材越來越好，出社會就開始當服務業在客人背後翻白眼，然後不管做什麼工作都整天在臉書Po自拍呢！（太詳細了吧喂。）

「怎麼很少看到你？」

「我在第十二班啊——你才是有B幹嘛用Jack'D吧？」

「吼，我只是看看朋友而已。」

我跟小俊的協議是，用交友軟體沒有關係，只要上面寫有家室、聊天有分寸就好。對我來說，軟體就像一個小船，男友就像我的亞特蘭提斯。乘著小船來到亞特蘭提斯定居之後，可以決定把船毀了，不再去其他地方。但有時候，留著船看看這世界其他陸地上的朋友在幹嘛也無可厚非。

「對了，要怎麼稱呼你？」

「我叫小狼。」他露出稚嫩的笑容。

「喔喔！」

第一百個小狼。自從《暮光之城》之後，就出現一堆叫狼人、雅各的。第一根據7%—10%定律，這個連應該會有至少有十五——十七個Gay，但是扣除去當替代役、免役的骨感美人或是憂鬱症突然發作的戲精，我想應該只剩十個。我班上那個小太監好像也是。

「一分鐘!!」樓下走廊大喊著。

「先去集合吧。」看著外頭的濛濛細雨。

「好——」他的臉，讓我想起他割過包皮的懶叫。我們下樓後，跟著大家在穿廊集合，每個人拿一把槍準備操槍。

「你們刺成這樣，不要以為下雨就只要在中山室背單戰報告詞。」班長持續噴：「走廊兩邊帶開！我們來刁動作！」

小兵交錯站成兩排左右交錯，一路延伸到隔壁連的寢室前，長長的走廊都是人，彷彿是長長的舞台，我們要表演蘇格蘭踢踏舞。

「基本刺，氣刀體一致，原地突刺——刺！」

「殺——」

「刺！」

「殺——！」殺郎嘿喲，只對你說。

「殺——！」殺郎嘿喲Means I love you。

代表著我，離不開你，每分每秒每一個聲音，只有你撒嬌，會讓我微笑。

對動作開始麻木，腦中不由自主的想起一些歌曲。

小俊為什麼不接我電話，也不寫信給我。我看著面前的雨，陰鬱地打入走廊上，到了地上纏成線，纏著我們流連人世間。為什麼周遭的男人一直出現，但我不能靠近，也不能回到男友身邊。

「迴旋。」「殺——！」

「連續動作！」

「殺——！殺——！殺——！」所有人用力踏步，整個走廊都在震動。殺殺殺？這好像是什麼三個女人穿旗袍的ＭＶ？

「迴旋！連續動作！」

北鼻 殺殺殺 噢那呀Shanghai Love——掐苦掐苦難他拿——

Baby 殺殺殺 噢那耶瞎哈拿——肚肚肚肚肚，嘿——

這是〈上海之戀〉吧？已經連韓文歌都可以亂入了嗎？

雙臂乳酸堆積，一層層堆上去，雙臂的痠痛漸漸快要爆炸。一個瞬間，我跟黑胖胖面對面。刺槍時每個人面向的方向應該都一樣，再怎麼樣都不會面對面。

「啊？」

黑胖胖的臉部猙獰抖動，要我趕快轉回去，我也立刻轉身。

「幹什麼？哪一個！造反了是不是？刺同梯嗎？」班長在遠方，似乎也看不出來是誰。

橙子焦糖妳看妳，韓國人穿什麼旗袍。別說〈上海之戀〉了，我差點都要下海被幹了，還「離鑑測剩下幾天了，還這麼散漫？」

好班長懶得理我。可惡好想聽這首歌啊啊啊，我要用手機！

「夾槍休息！」班長一喊。

大家把槍夾在大腿內側，讓長短兩支槍互相磨蹭。

「欸，你最近怎麼天天的？是有什麼心事喔？」黑胖胖喝了口水。

「沒有吧，只是有點感冒吧！」我吸了一口鼻涕看看自己的虎口。「而且手還有點痛。」

可是看到虎口的ＯＫ繃之後，我又愣住了。

「你怪怪的，要不要去保健室啊？」

「不用。」

心不在焉的刺槍課，牙一咬還是結束了。我腦中，都是〈上海之戀〉的ＭＶ。

最近除了遠離小宇、看到秦天的巨物、被杰倫班長傳染感冒、虎口受傷以外，又多了一個

黑手男孩跑出來說他超Gay。為什麼當個兵為什麼要這麼累？不是說好一個口令一個動作嗎？

下午的晚餐時間，我在寢室拿碗筷準備集合。門口一個身影經過，是黑手男孩。

「欸對了，你住哪裡啊。」他摸著頭，一副小高中生的模樣。

「我住桃園市。」

「我也是欸！怎麼這麼巧？」

「沒有，大家都住這裡……」

哈囉，整個連都是住同一區的人喔，約過砲的人都會一起當兵喔。

雖然黑手男孩笨笨的，但我還是好欣慰。花木蘭跟花木蘭相遇，總有不可言喻的親切感。

「啊你有Ｂ嗎？」我問。

「沒欸……唉……單身很久了。」他可憐的笑容，讓人很想安慰。

「多久啊？」

「不要問啦……」

「說啦。」

「當兵前分的，已經兩個月了吧……」

班長，我需要刺刀。兩個月也叫單身很久，是壽命跟蚱蜢一樣嗎？

「好啦，加油啦！」我跟他一起下樓梯，集合走入隊伍當中。

雖然跟小狼聊天很累，但是好歹也是個小鮮肉。小鮮肉做什麼都是對的。不管是多廢的文，小鮮肉的臉書就是充滿了讚。

吃完飯，跟黑胖胖洗了餐盤、分了洗好的衣服、收了淫水紀錄卡、唱了軍歌、打掃中山室。果然當兵就跟很多人說的一樣，一開始進去會覺得很緊湊、很痛，但幹久了習慣了就不會痛了，反而會開始有點爽，因為都知道班長的點在哪裡。（到底想表達什麼？）

「欸，今天你刷水桶喔，我手不想碰水。」我跟大根說。

「可是你刷比較乾淨啊。」大根又開始討價還價。

「不管！」

「好啦。」

交接好所有任務、回寢室前，我決定先去廁所尿個尿，一進去看到只剩下小狼在拖地。他似乎因為個子比較小，之前都會被我忽略。

「歐不！是曉飛──！」小狼一個同鄉的表情。「那邊我拖過了不要踩喔！」

「好。」我沿著旁邊，走到最邊邊的小便斗，掏出懶趴。

「欸，那你這兩個月有沒有對象啊？」我問。

「沒欸……」

「喜歡的人都沒有？怎麼可能？」

「硬要講的話……這幾天有一個啦……天啊我被套話了……」他緊張的摀住嘴巴。

這腦子還好嗎？給你修機車的人真的可以放心嗎？

「還真的有！」

「這……好吧……」小狼稚氣的臉，尖尖的下巴害羞的模樣。

「快說，到底喜歡誰。」

「噓，那個人你可能也認識啦……」他靠著邊緣走，將拖把放到置物處。

「你確定？你說這幾天才喜歡，意思是營區的人嗎？」

「嗯……」

「是誰？是班長嗎？」

「不是……吼只是欣賞，欣賞啦，就覺得他很優，不確定他是不是。」

「是第幾班的？」

「呃……」小狼看了看門口，確定沒有人經過。「是……第五班的啦。」

不會是小宇吧？

「5……56號？」我倒抽一口氣。

「你怎麼知道!!」小狼睜大雙眼，一臉吃驚。

整個第五班，就小宇腰束奶澎屁屁硬扣扣，態度NO.1喔喔欸喔。

「喂，你怎麼不說話？」小狼拍了拍我。

「喔喔，很好啊，就覺得他應該是你喜歡的類型。」我回過神來。

「真的好眼光──」他抿起下唇，讚許地狂點頭。

班長，請問單兵之間撞菜要怎麼辦？可以刺槍的時候不小心刺到同梯嗎？雖然已經決定要遠離小宇了，但感覺還是很幹啊。

「可是他應該不是吧。」

「難說喔──」小狼一副神祕的模樣。「他穿ＣＫ內褲欸──我在幫忙發洗衣袋的時候發現的。」

誰說ＣＫ內褲的就是Gay啊？明明就是2(x)ist才是吧？不行，我要幫助難能可貴的朋友，脫離這個神菜的網羅，小宇只是普通的富二代而已。

「可是我聽說他有交過女朋友欸。」

「是嗎？沒關係啦，可以掰彎嘛──」小狼認真地說著，聽起來很像在講湯匙。

唰的一聲，紗門被外面的人打開。

「欸！你拖好了嗎？」一個陌生的小兵問。

「好了好了——」小狼傻笑著。

「那我找班長過來檢查囉？」

我們走出廁所，結束這個話題。

「你要幫我保密喔。」小狼撐開單眼皮很認真。

「當然，你也是，那我先去忙囉？」

「好噢好噢——」

我轉身離開，什麼話都說不出來，拖著疲憊的身軀回到床前坐著。

明明知道小宇是異世界的人，但萬一小狼真的掰彎成功怎麼辦？不對，這些應該跟我都無關，我已經有小俊了，雖然我無論怎麼努力暗示，小俊都沒有寄信過來。

「床前就定位！」班長拿著手電筒亂照，走到我旁邊。我立正站好。

「這誰的？內務櫃關好很難是不是？」

我立刻走向前，把留有一條縫隙的內務櫃關好。

「對嘛！這樣不是很好嗎？」駝背班長一副嘴臉看著我。

所有小兵看向這邊，不知名的面貌在異度空間領域瞬間轉動，異樣的眼光全都注視著我，不知情的請都小心，因為我可能無法承受太多太多。

「這拖鞋是怎麼回事？」班長往前找下一個人麻煩，經過的每個小兵都要調戲過。

「十一點以前不要讓我看到有人下床！晚安！」班長在遠方吼著。

嘖，連聲音都這麼醜。

「班長晚安！」

本應是躺在床上的幸福時光，我卻想到小狼天真的臉信誓旦旦要掰彎小宇的神情。我真的很想說，可不可以不做你的朋友。

隔天早上，是一個單兵戰鬥教練的日子，我最恨的就是這堂課。身為一個純種的Gay，體育課就應該要在樹蔭下跟女生玩麻花繩啊！怎麼可以在太陽下曝曬、泥土裡面打滾，還要面對草叢裡面的小蟲子？雖然我不是只有喜歡在床上，但也沒有很喜歡打野砲，至少也要在廁所啊，最好是殘障廁所嗅。（到底想表達什麼？）

「今天我們要上砲擊，來，我們請人出來示範一次。來！」班長指著秦天。

「是！」

「砲擊！」

「迅速臥倒，將槍置於身體正下方，以兩手肘及兩腳尖支撐身體離地約十公分，張口掩耳，目視砲擊方向。」秦天一邊喊著，一邊做著動作。

「1……2……3……4……」秦天撐著身體。

「看到沒有，就是這樣，腰桿打直！離地十公分！」班長驕傲地說著。

等一下，我歪著頭，看著秦天的褲襠，好像有塊東西碰到了地上。

班長你看他啦！根本沒有離地十公分！這樣懶趴絕對會被砲擊震到的。

不愧是漏洞百出的報告詞！應該要改成：「以兩手肘及兩腳尖支撐身體離地至懶趴不會碰到地上為止」吧！（然後女兵都可以悠哉的趴著？）

臥倒、偵查、躍進、以火力掩護你，旋轉跳躍我睜著眼。班長就像健身房的核心肌群課程教練，只是再雞掰個五十倍。

「下課原地休息十分鐘，要喝水洗臉的去，稍息之後開始動作，稍息。」

「謝謝班長。」

炎炎夏日，整枝槍都被曬到發燙。

我走到裝半滿的浴缸前，小兵們都圍著浴缸洗臉降溫，但是洗完臉水又回到浴缸裡，這種水也太噁吧？

我走向一個濃眉的帥氣男人，拿著一只水瓢裝滿水。是小宇在一旁偷來。

他一手拿水瓢，一手洗了洗他俊俏的臉，融合汗水一同脫離下巴，水回到水瓢裡。

這水瓢裡的……

「欸，你很好意思欸。」我破例拍了拍小宇，本應該保持距離的。

「哎又，借用幾秒而已。喔——飛哥今天很關心我噢！不錯噢！」小宇抬起王陽明的臉，手刮過下巴，又把汗水甩入水瓢裡。

為什麼別人做這件事就很髒，小宇做起來就是如此清爽聖潔？是聖水嗎？

「居然想到可以獨占水瓢嘆——」我說。

「好吧——給你給你！」小宇皺眉笑著，要把水瓢裡的水給我。

我要把聖水裝進水壺裡！我要操課後飲水一千C.C.！這充滿男性費洛蒙跟個人體香的聖水，我要我的世界口味最特別，感動加上調味就會很完美。班長我要買精油燈，我要把水放在床頭每天熏香，我要熏三百天！

「謝謝，不用了你慢用。」我直接拒絕。

「真的？」他帥氣的臉看著我。「想不到你有潔癖喔。」

「我要去尿尿。」說完，我往另一邊遙遠的草叢走去，大家都在那個偏僻的地方尿尿。

「一起啊！」小宇低沉鼻腔共鳴的聲音從背後傳來。

「我很急，不用了啦。」我回頭一個微笑。

回頭你想要抱（抱），我只好跳（跳），轉移目標（標），是什麼也不乖乖的。

絕對不能再中圈套了！

「欸！」一個年輕的嗓音叫住我，咦？不是小宇？

我轉頭看到有點小隻的小狼，身高大概不到一百七，怎麼會叫小狼呢？應該要叫迷你犬？

「你為什麼可以跟帥哥講話？」小狼指著我，一副捉姦的樣子。

「你說？喔……沒有啊……就……認識啊……」我不自覺地結巴。

小狼原本憨厚的黑手男孩形象頓時無影無蹤，現在就是個笨笨的小Gay砲啊啊。

「就算他是，我們也撞號，放心啦！而且我都有家室了，沒有興趣啦。」我尷尬地解釋。

「真的嗎……」小狼瞇著眼，跟我站在大太陽底下。

僵持了三秒。

「耶！太好了，這樣你就可以幫我牽線了。」他開心地找到一線生機。

「呵呵，沒問題！我要去尿尿。」

「好噢好噢！走吧！」

哎，哥好不容易才脫離泥淖，換你想淌這渾水嗎？可是，我也沒有什麼好選的，對待朋友的方式就是這樣不是嗎？

「他叫莊博宇。」我說。

「喔喔。」

就這樣，我把一些簡單的資料告訴小狼，大概就是學校、救生員、出過國遊學之類的。看著小狼充滿希望的表情，我只能勸說跟異男要保持距離，雖然我好像沒有資格說別人。

炎熱的中午，一群綠色小兔兔回到營區內。大熱天感冒有點難受，依然流著鼻涕喉嚨微痛。這該死的細菌，早知道那天晚上就不跟班長睡了。（說得好像可以選擇？）

午休時我打開筆記本，我看到自己畫的月曆裡，有一個熟悉的日子。

「啊！」我叫出聲音。

「嘖，幹嘛？」黑胖胖往我這發射冷眼。

「不告訴你——噢噢噢！」

十幾天後，八月五日，是我跟小俊的交往一週年。

而那一天，剛好是結訓假的第二天！

也就是說，我完全可以出遊打砲慶祝，當兵假如此難喬，我居然還可以打砲慶祝一週年！

「太好了嘻嘻！」我在寢室沾沾自喜。

「神經病。」

我在筆記本上，把這一天塗粗成一個愛心的形狀，還加上幾筆閃光。這個世界終於要開始繞著我旋轉了。拎北真的不要天上的星星，我要凡間的幸福。

就在我喜滋滋地畫著時，我看到小狼進門偷偷對我招手，一副有祕密要說的樣子。

「幹嘛？」我掩藏不住上揚的嘴角。

「噗呲——噗呲——」他只是不斷招手：「欸，你覺得他會吃巧克力嗎？」小狼手中，拿著德芙巧克力。

「誰？」

「56號啊……」

是怎樣？《我的少女時代》嗎？為什麼要送巧克力啊！

「我不知道。」我冷冷地說。「而且你怎麼會有巧克力？」

「我收假的時候帶進來的，那時候不是說可以帶晚餐來吃嗎？我這邊還有多的，你要嗎？」小狼另外拿出一條。

「不要，你給他就好了。」

「可惡，好緊張噢，只跟他說到幾次話。」小狼的表情既期待又怕受傷害。

「他人很好啊，你要怎麼給他？」

「就拿給他說一起加油吧，等午休結束？」

「可以啊，加油啊……」

午覺時我依然把帽子蓋在臉上，擋住窗戶射進來的光線。風扇依然在轉，冷氣依然轟轟地響著，時間一分一秒地過去。

我應該好好對待我的男友，小宇怎麼樣都好吧？

**與你相遇，好幸運，可我也失去為你淚流滿面的權利。但願在我看不到的天際，你張開了雙翼，遇見你的註定，他會有多幸運**

午休越接近結束，我的心情越加五味雜陳。

「我去了喔？」小狼經過我的位子。

「加油加油！自然一點！不要太刻意！」我用力拍小狼的屁股，把他拍向小宇的床位。

仔細想想，小宇從來不聊女色，只是不斷的關心跟觸碰。那溫暖的神情，神見神愛、佛見佛愛也不意外。

看著小狼呆呆小小、拿著一條巧克力的背影，彷彿要去行刺秦王的荊軻，連我都跟著緊張了起來。要是他真的跟小宇要好起來呢？要是行刺成功怎麼辦？

不行，我看不下去。

我起身到室外走到走廊上，深呼吸一口氣。

我這樣是不是太自私，連個成人之美都沒有呢？只會寫成人的劇情嗎？

不對，不管怎麼樣，這都是少女人生重要的時刻。我跟自己妥協，決定幫小狼加油。偷偷打開小宇的窗戶，透過一個縫往裡面偷看。

「就是我有多的……一起加油！」小狼笨拙地站直直雙手捧著巧克力，那神情簡直是在頒獎。

幹，超刻意了啊啊啊！不是說要自然一點嗎？要不是大家午休起來迷糊糊，你這個態度一定會被圍觀的吧？但是我不得不說，這種勇氣實在可歌可泣，我國中以後，就沒看過這麼灑狗血的獻殷勤了。我只顧著看他們，裝作不經意心卻飄了過去，還竊喜他沒發現我躲在角落。

小宇起身，拍了拍小狼的肩膀。

但是小宇比較高，臉被上鋪擋住，我低下頭還是看不到，也聽不到他說了什麼，只看到他的手收下了巧克力，又拍了拍小狼，然後打開內務櫃。小狼就往回走了。

忙著快樂，忙著感動，從彼此陌生到熟，或許我們從沒想過。

真愛到現在不敢期待。

我回到床前，看著小狼的憨臉一副滿足的神情。

「怎麼樣？他說什麼？你現在什麼感覺？」我像記者一樣。

「沒啊，他就一直說他不吃甜的，但是我說我真的太多，他就收下了。」

「他有很開心嗎？」我問。

「就……我也不知道，應該吧？」小狼笨拙地笑著。

「真是，太好了？」我坐回床上。

「好噢好噢——」小狼開心的離去。

我打開成功筆記本想記錄什麼。抽出胸前的原子筆，筆尖碰在紙上卻動彈不得。只好翻了翻本子，看到月曆上有我午休前畫的愛心，是我跟小俊的一週年紀念日。

我不自覺地抿嘴而笑。

塵歸塵，土歸土。

一寸光陰一寸金，一朵曇花一朵雲，一個蘿蔔一個坑洞，一一捧在手掌心。一顆塵埃一菩提，一個屌進一個菊，一一捧在手掌心。

我扣起下顎帶，收起識別證，戴上進營區後就沒戴過的輕微度數眼鏡。把板凳穿過S腰帶，喀的一聲扣上。

還要求什麼呢？何必越愛越貪心呢？

「快點，剩下一分鐘，等等要打靶。」我催促還在著裝的黑胖胖。

「好啦好啦！你幹嘛偷看我！」

「我不等你了。」我吐一口氣，直接走出寢室。混沌到清晰，我從來沒有如此精實理性。

「今天是一百七十五公尺實彈射擊，哪個給我出錯，我會讓你們過得很痛苦！」精實的時刻，又換成了性感野蠻的初戀班長，我還記得幾年前他的厚唇，含著我熱狗的模樣。（精實理性的部分？）

「記好你現在手上那一把槍，他要陪著你一路鑑測！你對他不好，他就對你不好！到時候抱著爛成績下單位，就別怪連上長官對你不好！」

營長威風凜凜地站在兩個連中間，手握麥克風說著絕對嚴禁嬉笑打鬧之類的話，現場彌漫著一股肅殺之氣。

「膛炸，就是槍枝在擊發時槍機、彈膛、槍管等結構的爆裂。」

「放心！會膛炸的槍只有千分之一，沒這麼容易！」初戀班長幫忙信心喊話。

放心個屁啊？千分之一還是很高吧！飛機失事的機率還是萬分之零點五好嗎？身為純種的Gay，當然不能說打就打說幹就幹，管他流血流汗。到這個時候我才開始後悔沒有去當替代役。要是槍就在臉旁膛炸的話，自拍就不好看了啊！讚就會變少啊！

「第一波，上靶位！」

「開始射擊。」

「碰！」「碰碰！」「碰！」

幹，這個聲響！大聲到令人翹小指啊！

每一發都像是一萬顆氣球同時爆炸，空氣波震穿我的耳膜，連帶眼皮無法控制地眨著。這個爆炸聲平常遠遠聽起來像是煙火，靠近才知道有多暴力。

「碰！」隔壁連擊發時，槍口前端噴出的扇型高壓熱氣模糊了後面的景色。要不是親眼看到，絕對會以為這是3D遊戲做出的特效。

幹幹幹！拎北好害怕啊！

為什麼人類不能好好的相處要用槍射來射去啊！用小隻的槍磨蹭之後射在臉上不是很幸福嗎？誰誰誰吃飽沒事發明什麼火藥？害拎北的懶趴都縮進去了！

「下一波！射手就位！」

我直直地高端槍，兩手筆直地握住槍走向第七靶位，像是要被槍斃的死刑犯。一直幹我的初戀班長就坐在旁邊，沒想到他是我的靶助。

「臥射預備。」

「放輕鬆。」初戀班長出乎意料的溫柔，手伸過來調整我的姿勢，讓我的肩窩跟槍抵好。放輕鬆啊……

想當年，這是我以前最常對你說的話啊……

想到當年的我們初戀是如此青澀，你緊到我都快進不去了。

「慢慢摳，不要急。」班長說。

對不起我跟你道歉，我以前都摳得太快，讓你在你家叫到爸媽都聽到。

班長把彈匣給我。他溫暖的手碰到我冰冷發麻的手。

我看了看他，他給了我一個皮笑肉不笑。班長的臉已經看過很多次，他原始的臉暗示著他性慾很強。

「開始射擊！」

整個腦子一片空白，只有瞄準的念頭，到處都是爆炸聲。

「碰！」

槍的暴動撞擊我的外胸，整支槍上揚。

是啊，緊張一點意義都沒有，對進去一點幫助都沒有。

「碰！」

想當年，你躺在高中的教室桌椅上。

我指尖愉快瀏覽，你這黝黑精實的一本鮮肉書。

「碰！」

想當年，我們在停車場，你被我壓在汽車的擋風玻璃上。

解開你的高中制服，任由我貪婪的蠶食你每一寸肌膚。

「碰！」

想當年，在夜市的天橋，你也貪心地吃著。

直到被路人看到。

「碰！」

想當年，一開始你連洗都不會，但我還是進去了。

「碰！」

想當年，我們還不知道什麼叫做保險套。

「停止射擊！」「射手起立！」

「你在射哪裡？你有瞄準嗎？」初戀班長瞪著我。

回到了現實，總是開心掰開自己的你又莫名地變成一號。

廢話！你看到我沒在瞄準嗎？那不然你以為我一邊性幻想一邊打槍嗎？

我射在哪裡我怎麼會知道？都射進去了最好是看得到啦！

「有……」我卻只能回答一個字。

「有個屁！」班長撇了一眼，不搭理我。

浪漫的時間特別短暫，就這樣我下了靶台。接下來一個可怕不認識的班長，要看我們幾個人清槍。在大太陽底下，我的汗水都鎖在防彈背心裡，完全好自在不側漏舒薄蝶翼。

「欸，你打幾發？」黑胖胖跟我回到寢室。

「三發。」

「弱欸！我滿靶！」

「喔。」

「你怎麼回事？怎麼不回嗆我？」黑胖胖不可思議的看著我。

「沒啊，只是懶得理你。」

「噢喔噢——我是神射手。」黑胖胖爽到開始唱歌：「Let's rock'n'roll，殺無赦的射手。」

「被敵人擊中的機率也是兩倍的射手。」我說完走出寢室。

「幹！果然又變正常了！雞掰！」看來黑胖胖對我的心理狀態很了解啊。

晚餐過後班長說今天可以打電話。

我不斷想著跟小俊的交往一週年。

# 17 遺失的紀念日

在夕陽中拿著餐盤，一步一步地邁向洗碗之路。我等不及要告訴小俊，我們即將來到打砲交往一週年的紀念日。我們要去哪裡玩，要玩多大。那些曾經美麗的回憶都在我腦中播放。

上一次你過生日，你說行程裡面一定要有打砲，不能只是口爆而已。

這一次，我們也來一起討論一週年吧！想著想著我嘴角無法抑制地上揚。

「沒辦法，你們打靶成績這麼爛！還是只能打電話！」班長帶著隊伍，來到電話亭。

「十五分鐘後集合！稍息之後開始動作！」

我慢慢走向電話亭，拿出第二張電話卡。已經兩次沒有接了，小俊這次不會又不接了吧？一週年快到了欸。

「嘟……嘟……嘟……」

「喂——」小俊的聲音。

「啊！你終於接了！」我開心得幾乎要跳起來。

「吼對不起啦，前兩次我剛好在忙所以沒接到啦啦啦——」小俊開始賴皮。「原諒我吼？」

「嘖，那要看你接下來的表現啊——」我迫不及待的要告訴他這個好消息。「下下個星期日我放結訓假你有空嗎？」

「下下個星期日……那一天……」

嘿嘿，發現了嗎？

「那一天，我要跟阿學去衝浪欸。」小俊的聲音，從話筒傳來。

「你忘記一週年了嗎？……」我愣住。

「喔喔……啊……可是我已經答應阿學了欸。」

「你可以跟他取消吧？」

「可是……我已經答應他了……我們一週年可以延期嗎？」

小俊的原則，事情只有先來後到，沒有輕重緩急。重點是，阿學還是我介紹給小俊的朋友，完全是自己人。令我更火大的是，小俊竟然沒有說「那就一起去衝浪」而是說要延期。

「不用了，好吧沒事了。」我掛上電話。

有人一週年在延期的嗎？為了考試或工作延期還可以接受，為了跟我朋友出去玩而延期，這是什麼意思？

我看著筆記本裡頭，被我畫得閃閃發亮的愛心。

我又一次動了分開的念頭。

凌晨起床大家都還沒醒，走在蟲鳴鳥叫的走廊上，卻感到心情比平常還要幹。這已經不是單純的起床氣。

我一大早就想到小俊要跟我認識的幾個朋友去衝浪，丟下我一個人過交往一週年。這一掌之握，一心之房，三寸見方，擺放幸福的三寸天堂，心臟跳動擠出酸酸的血液。

我攤開筆記本，看到那個被我塗掉的愛心，果然真的。

**不再看天上太陽透過雲彩的光，不再找約定了的天堂**

**不再嘆你說過的人間世事無常，借不到的三寸日光**

「部隊起床!!」一個男人透過廣播鬼叫。

我蹲在臉盆前刷起牙，看著虎口的傷口，小宇的OK繃已經失去黏性被我撕掉。全身的延遲性肌肉痠痛，將我推回現實。打靶不及格、小宇收下小狼給的巧克力，這世界沒什麼值得開心的事。

我像顆在耗費的電池，感到有點失落無法抑制。還要不要垂死堅持？要不要乾脆全部消失？可是在軍中，只要心情不好就不會出包。憤怒似乎會化為一股力量，斬斷周圍某些白癡異性戀的牽連。

下午是小選的日子，我雖然超Gay也應徵超Gay的美工兵，但是我PS（Photoshop）超爛超不愛電腦繪圖。排在我前面的小隻犬系招風耳的男孩，手上的證照跟我的思念一樣厚厚一疊，我幾乎是抱著必死的決心在應徵這一場小選。

所以奉勸超Gay的你，ＰＳ要好好學啊！不要有了美圖秀秀就滿足了好嗎？不要整天用美拍搔首弄姿好嗎？不要整天騙照好嗎？（完全只是在罵人？）

突然有點羨慕黑胖胖跟小太監已經決定簽下去，根本不在乎這一場小選。總而言之，小選我完全不知道自己在幹嘛。像個第一次見網友的處男，只會親吻跟尻槍，連愛都不會做。填填問卷就結束了。

# 18 因禍得福躲避球

下午運動時間，班長召集整個連。

「今天，你們想不想打躲避球？」初戀班長手上拿著球問。

「想!!」

大家看到躲避球，好像看到AV女優的悠遊卡。

「要不要把單戰詞背完？」

「要!!」大家熱血沸騰。

「那你們會不會鑑測全部及格？」

「會!!」每個人腋下都在噴氣。

為了打躲避球，班長說全部開始做愛大家也會說好吧？

〔TT嵌入視屏〕〔xhamster〕上百軍人無碼露臉無套中出自拍訓練影片外流。新人帖

〔閱讀權限5〕……2 3 4 5……5 4 3 New（閃爍）

訓練什麼，根本是把自己喜歡的關鍵字放在一起而已。

「一到六班一隊！七班到十二班一隊！」班長發號施令。

一百多人的國軍露臉無套躲避球比賽，就這麼開始（好像多了什麼字），我們第六班被分配到內場。

「預備，開始!!」班長進場拋球。大家面對球的態度，讓我想起池塘裡被餵食的鯉魚。球莫名其妙地落入敵隊的人手中。

只看到小狼一直鬼叫，一直躲在一個身材不錯的男孩身後，那人居然也很自動的護著他。幹，這個死三八，在躲避球場還可以吃別人豆腐。

球在敵對場外傳來傳去，突然噴到高空，在夕陽下顯得美而奪目。我想起小俊跟我，曾經在河堤草皮上看著這樣的夕陽，那無憂無慮的日子。曾經我們悠哉的在校園裡散步，好像都回不去了。

突然，小宇瞪大眼看著我，往我這邊衝來。

「喂——！」他大喊。

我猛轉頭，只看到一顆球在我面前。那畫面幾乎是停滯著，我只能眼睜睜看著球緩慢旋轉，全身無法動彈。人類的本能反應時間，不允許我做任何事。

砰。

我的臉上被用力的開一槍，讓一切歸零在這聲巨響。世界空白了一秒，我望著天空，緩緩地向後踏了幾步，然後單膝著地。如果愛是說什麼都不能放，我不掙扎。

「喔喔喔喔喔！」近兩百壯士的嘶吼。

「嗶!!」班長吹哨指了指我。「喂！」

「哈哈哈哈！」眾人笑聲連成一片。

「笑什麼！有沒有同袍愛？一個人把他扶去旁邊休息！」

我仍單膝跪地，低著頭，好像什麼超人落地的畫面。我居然第一個出局，還用臉接球。這輩子打躲避球從沒有第一個出局過，通常情況是因為我超Gay超不愛接球，反而常常活到最後。（又在亂加什麼刻板印象。）

我的左腋下探出一顆頭，一股濕暖的氣支撐著我站起。我一隻手腕被抓住，腰被扶著往場外走去。一股令人振奮的清香，是我好不容易戒掉的味道。

「喂！你沒事吧？你剛剛……怎麼好像在看風景？」小宇的臉，在我的左下苦笑著。

幹，發呆被發現也太丟臉了吧？我試圖掙脫，卻被小宇牢牢抓住。

小宇的汗香漸漸淡去，取而代之的是鐵的味道。

「班長，我帶他去醫護所？」小宇向低ＥＱ胖子班長報備。

「不用，我沒事！休息一下就好。」我回答。

「你先帶他去寢室，如果還無法止血再去醫護所。」胖子班長說。

「報告是！」

止血？

我用指關節掃了一下鼻子，一股腥嗆味流竄鼻腔跟喉嚨，手指上像是沾了稀釋的番茄醬。

「幹，是血欸！」

「先不要亂動。」小宇摟著我，要我一手按住鼻梁、仰頭。

看不到路的我，一路被他暖暖的肩膀攙扶到二樓廁所。

「好了……我沖一下。」我打開水龍頭。

「我去拿衛生紙，你先用嘴巴呼吸，不要亂動喔。」小宇深邃柔和的臉上濃眉一挑，大拇指往後一比，就噠噠的跑走了。

我看著流出一點血的鼻子，只覺得想打噴嚏跟流眼淚，沒有真的多痛。

噠噠的腳步聲接近，唰地一下紗門被打開，小宇拿著一包綠色的衛生紙，上面有一隻可愛的拉布拉多幼犬，手指上正捲著衛生紙條。

「飛哥OK嗎？這個給你塞。」

「這是怎樣？你以為我鼻孔很大嗎？」我看了看那一大管衛生紙，快笑出來。

「哎又，OK的，你把它弄小一點。現在會不會痛？」他認真地看著我的臉，微笑著：「你剛剛恍神，是怎麼了啊？有心事喔？」

「唉……不要說了。」

「說來聽聽嘛，在這裡兄弟都要一起克服啊。」小宇搭上我的肩，一起往樓上寢室走。

克服嗎？這裡最需要克服的，就是你的勾引啊……

「砰！」

「喔喔喔喔喔喔!!」樓下百人G片的聲音依然廝殺著，一個一個被射爆出場。

在空蕩蕩的寢室，我坐在床上仰起頭，鼻子已經好了許多，血也好像沒流了。小宇坐在旁邊，把我的床當自己家。

「怎麼了，你跟你女朋友怎麼了?感覺飛哥不是很開心。」小宇拍拍我的背。

「唉，他就忙他的校園生活啊，然後……忘記交往一週年。」

「什麼什麼？完全忘記嗎？」小宇瞪大眼。

「是啊哼，我們的紀念日就在結訓假第二天。」我低頭冷笑。

「唉，我之前也遇到過年紀比較小的，發現一樣有代溝，難免啦。」他完美的臉龐看著前方。很少聽到小宇提起自己的事，也很少說話的時候沒有看著對方。

「我打電話跟他說的時候，他說已經約好了要跟朋友出去玩，而且還是我介紹他們認識的朋友。」我說著更令人痛心的話：「忘記真的沒關係，但是忘記還完全不覺得重要，這才是讓我難受的地方。」

「這……唉又，沒關係！有我在！結訓假我們自己去玩！」小宇抓住我的肩膀：「你女朋友要去哪裡玩？」

「他們要去烏石港衝浪。」我據實以報。

「那……那我們去……去更遠的地方！」

他堅硬的肌肉包圍著我，緊身的衣物蘊藏無法言喻的體香。而我只是想著為何可以遇見這樣的你，讓我不再懷疑自己，不再害怕失去，在茫茫人海裡不再透明。

「什麼啊白癡喔，幹嘛勉強啦。」我被他的安慰逗笑，感覺到臉頰開始發熱。

「怎麼可以輸……欸欸？你怎麼血又流出來了？」小宇緊張地抽了幾張衛生紙給我。

幹，露餡了嗎？

被小宇剛剛那樣一摟就再度流鼻血了，這是什麼巫術。

他明眸皓齒立體五官跟短短的鬢角，望著我的專注眼神，手上的靜脈跟身上散發的氣味，令我整個人開始發燙。

「我自己來！我自己就可以了！」我推開他的手。

「你這樣不行，要不要去醫護所？怎麼越來越嚴重了？」他又抽了兩張衛生紙。

就是你！你就是害我鼻血復發的人！拿乾柴來滅火啊！

「你先下去好了！你在附近太熱了。」我有點焦躁，感覺到自己快要硬了。你的愛是火，我的心是火，愛情就是火，都是火。

「好好好……」小宇舉起雙手像是在安撫迅猛龍。「那我先下去了喔？」

「好，快去。」我揮揮手，目送小宇走出寢室。拎北就是火，不能被誰澆熄。

床邊留下的是他的一包衛生紙。上面那隻可愛的拉布拉多，微微下垂的眼尾跟小宇一樣溫柔。你雖然像王陽明，但眼神並沒有那麼兇悍。

而且「那我們去更遠的地方」，是什麼意思？

小狗狗你說啊，為什麼只會這樣看著我？

要說當一個Gay有什麼壞處的話，最簡單的就是我們不應該愛上大多數的男人。抵抗該死異性戀男人的誘惑，也是每一個長大成人的Gay砲都練就一身的功力。

可是這個人不像普通異性戀。就連同性對他好一下，他依然湧泉以報，真的有這種人？

丟臉的時刻來臨，小兵陸陸續續地跑回寢室。打躲避球第一個被爆頭而且噴鼻血，這絕對是一段茶餘飯後的佳話。

「阿飛你還好嗎？」黑胖胖問。

「還好啊。」我鼻子插著衛生紙。

「你真的太誇張！」他立刻開始碎唸：「最好是有人打躲避球完全不閃的！你以為你是誰啊？還好我們贏了哈哈哈。」

籃球男經過我身邊露出讚許的表情：「你超坦[9]的欸，被爆頭之後還單膝跪地不動，不死的怒火根本泰達米爾[10]哈哈哈！」

9　坦：坦克，遊戲裡負責吸收傷害的角色。

「謝謝喔，你可以再宅一點。」我展示手上沾血的衛生紙。

「啊啊啊幹你很噁！」籃球男一個跳躍。

寢室瀰漫著年輕熱血的氣味，就像高中體育課後一般高亢，男孩們一臉像嗑了藥。

老實的黑黑小狼走進寢室，一看到我就一副微慍的臉。

「你為什麼這麼好！」小狼站直直地指著我。

「什麼，你說被砸很好嗎？」

「為什麼被砸還有人陪！我也要！」他控訴著。

「你最好是做得到看到東西飛來還不閃啦，你來啊！」我丟出鼻血衛生紙。

「噢不！流血喔，你還好吧？」

「沒事，已經沒流了。」

「好啦你保重。」小狼瞪瞪我，離開我的視線。

這個賤婢，看到朋友被砸居然只在乎有小宇陪。會修機車的花木蘭果然有問題。

晚上吃完飯有點飄雨，夜課在中山室集合。

「注意！」醜男班長持續值星，所有人立正站好。

「不會挺胸是不是？蛤？」班長臭跩的表情，罵著前面的小兵。我一直很不懂，要別人挺胸，結果自己駝背駝成那個樣子是什麼意思。就像一面轉貼無套影片，一面在下面提醒無套有風險一樣，說服力不知道在哪裡。

「每背好一戰，來前面背給坐在前面的班長聽，十戰每一戰都要簽名！」醜男班長甩著他的醜臉：「這個星期沒背完前四戰的，你們就祈禱不要被幹死！」

哼，被幹死是一時的，醜死是一輩子的喔。（一直人身攻擊？）

就這樣一群人在中山室背起了伍長與單兵的愛情故事，場面一片嚴肅。前面有幾個小兵找班長排隊，背著彼此「以火力掩護我」的愛情故事。

「喔，這裡有人背完十戰囉！」杰倫班長指著他面前的男人，所有人大吃一驚抬頭望去，卻沒太意外的表情。

「嘿！」秦天高舉手四面揮揮，像是在競選什麼。

「等等要背的也可以找他背，但是讓我抓到放水就倒大霉囉！」杰倫班長授權他可以當小老師。

就這樣，排隊的隊伍多了一條，就是小宥勝的背誦路線。活生生就是偶像簽名會。

我站起身，走進小宥勝的背誦隊伍。完全不想找班長背誦的我，此刻眼前出現一條生機。對，我就是色慾熏心我就是外貌協會我超Gay。

「欸，是飛飛！」秦天看到我，開心地抓起我的手腕摸著我的手毛。「開始吧。」

「單兵注意抬頭觀察由左至右由近而遠反覆觀察。目標前方二十公尺土堆，伍長命令你就

10 泰達米爾：《英雄聯盟》裡的角色，血剩下一點點的時候不會死。

射擊位置，問單兵該如何處置。報告伍長……欸。」

「怎麼了？」秦天視線離開報告詞，抬起頭看我。

「你這樣我會分心。」我指著他的臉。他的臉頰蹭著我的手。

「蛤，會喔？」

廢話，人家單兵在作戰，你一直在那摸手毛調情是怎樣？超分心！之前被小俊吸著一面跟朋友講電話，總覺得好像是在跟朋友做，這樣不好啊！

「好吧。」秦天無奈放開手。

「呃……報告伍長請伍長以火力掩護我，以便我就射擊位置。好，我以火力掩護你……請鄰兵以火力掩護我……」很好奇真正在戰鬥時會有那麼多時間可以這樣唐詩三百首嗎？這個世界上真的還有「麓柴」這種東西嗎？這些動作應該實地操作比較快吧！有些事情就是要靠實戰啊！將槍置於口中，嘴唇微張藏住牙齒，先舔槍眼再舔槍頭，最後含住槍頭，舌頭用力！深喉嚨，暫時停止呼吸，直至整根沒入為止，有人在背這個的嗎？

沒有嘛。

我繼續坑坑洞洞地背誦起來，秦天不斷偷偷用動作提示我，但是我根本就不想看他，因為他大塊的肌肉跟陽光的笑臉，只會讓我想去廁所釋放火力。

「好——下次還可以再更熟一點。」他點點頭，在我的紙上簽名。我拿起來的時候，看到簽名尾端除了壓時間，他還畫了一個愛心。

這個不正經的。

我回到位子上，很有成就感地背起下一戰，手臂上還留著秦天摸我的觸感。

「欸，你知道這個單戰詞是什麼時候的嗎？」黑胖胖偷偷問。

「什麼時候的？」

「聽說國共內戰就在用了。」

「真的假的？那是五十年前的事？」

原來我在背中古世紀的詩詞嗎？算了，反正唐朝的〈長恨歌〉也要背啊，大家都希望自己是楊貴妃，天生麗質難自棄，自拍一笑百媚生啊。

而且第十戰「敵軍投誠」是什麼意思。

「親愛的共軍弟兄們，你們已經被包圍了，不要再做無謂的抵抗了。放下武器，起義歸來吧。我們的政府是寬大為懷的，絕對保障你們的生命安全。」我邊背邊翻白眼。

怎麼想都是我們被包圍吧？確定不背一下怎麼投降嗎？

背誦途中，我只要腦子一空，就想起約小俊慶祝交往一週年被打槍的事。當兵後幾乎已經沒有其他需求了，偶爾放假一起出去走走，連這點都做不到。重點是，為什麼跟我認識的人出去卻不能帶上我？

我越想越氣，氣到一個不行，回過神來才把自己按回紙上——不行！要背台詞！請伍長以火力掩護我……以火力掩護我……我……

我一定要跟阿學這個朋友絕交，幹。

「不用背啦——」大根小聲地說：「到時候考試再跟大家一起動作，嘴巴假裝動一動就好了。」

這樣說好像有道理，但是全班都是這種人怎麼辦？到時候大家嘴巴都在動然後沒有人說話，跟魚一樣，整個班就飛天了喔，飛天鯉魚喔。

沒有約澡局的今天，直接就是和不性感的大根一起洗。晚上就寢前，大根隔壁的籃球男還不斷在床上做伏地挺身，充滿了正面能量。

而我，想著小俊在電話裡說著要跟阿學還有幾個人去玩的口氣。

越想越憤恨、越想越有氣。

你他媽就這麼不需要我嗎？

我想起了我在電話裡問過的問題：

「你會變心嗎？」

「我沒有要變心啊。」小俊當時的聲音好溫柔。

這沒有要變心是真的，但是越來越沒心也是真的吧？朋友就像禿鷹將我的愛情掠奪一空。這一次，小俊把我的地雷一次踩遍。

另一個突然出現那麼認真而溫暖的表情，好像ＯＫ繃一樣，在每一個這種時刻都陪著我。

「我們，去更遠的地方。」小宇自信地拍拍我。

# 19 鬼影廁所

「欸欸……」我的腳被拍了幾下。

我睡眼惺忪，瞇著眼看了看蚊帳外的人影，是小狼。看看手錶，現在時間是晚上十一點零三分。

「你幹嘛啊？」我一股無名火。

「陪我尿尿……」小狼雙手合十，暗影中一副楚楚可憐的模樣。「我不敢去廁所……」

「為什麼？」

「今天聽到一個鬼故事，就不敢去尿尿了。」

「好吧，就這一次喔。」我無奈下床。

班長說有颱風即將登陸，窗外傳來呼呼的風切，樹影詭譎地搖動。走到沒有開燈的廁所，我在陰暗裡摸索著燈的開關。

「到底什麼故事啊？」我好奇地問。

「有人……晚上在這棟看到白影在走動啊。」小狼說。

幹！幹你媽！我操你媽逼！

居然在最黑暗和我最累的時候說這種事，這哪裡是鬼故事，完全就是靈異事件。不行，一號怎麼可以害怕這種事，一號常常都要進入未知的黑暗深穴啊！常常都會不知道對方有沒有洗乾淨啊！（到底在寫什麼？）

驚恐中找到開關，把燈全開，什麼都沒有。

「欸，所以你覺得博宇不是嗎？」他前去尿尿。

「我哪知，我覺得不是。」我也上前一起。

「可是他好帥欸，他今天有跟我講話！」

「喔。」

「他說謝謝我的巧克力，他之後會吃。」

唉，小宇是對大家都很好吧？

「對了，那裡超恐怖的。」小狼洗完手，指著廁所裡面的一個小走道。

「會嗎？」我看向廁所角落，有個長長的走道，旁邊是一間間廢棄的浴室，盡頭有一扇破舊的門，門上面用好幾片木板凌亂地釘死，不知道通往哪裡。活生生就是恐怖片的畫面。

「啊——」小狼在我背後叫了一聲。

一股陰氣侵襲背脊，我們立刻高速競走（跑？）出廁所。我真的很想殺死小狼，三更半夜不睡覺，把別人吵起來講鬼故事，就是有這種白癡的Gay，幹。（干Gay屁事？）

早上起床發現今天是星期四莒光日，想到有大量耍廢時間，一切漸漸晴朗起來。

「我們要練習鑑測刺槍的定點！向右轉，目標旅集合場，起步──掕！」客家人班長帶我們到司令台廣場，地上遍布十字記號。小兵們被全部撤下場站好，場面聲勢浩大，整齊如秧苗。

「原地突刺，刺！」

「刺！」「殺──」「刺！」「殺──」「刺！」「刺！」「刺！」

「前進突刺──刺──刺──刺──刺──刺──刺──」

跳起來──跳起來──

女神驕傲的姿態，銅牆鐵壁不崩敗。

跳起來──跳起來──女神無人可取代，愛自己的人最跩。

**交往一週年被打槍**──

刺死你，幹！

下午在中山室坐板凳看電視。莒光園地裡頭的主播一男一女，穿著軍綠的西裝播報新聞。國軍篩選出來的男主播，短髮陽光的臉散發正氣凜然的純樸男人味，這才是同志天菜好嗎？（是軍警癖天菜吧？）

「今年度的全民有獎徵答活動，特別規畫了兩百題抗戰題目，期使國人及官兵透過作答，更加了解歷史真相。」雄性渾厚的聲音，可愛帥氣的臉龐緊張地唸著無聊大字報。

我終於知道為什麼富商都要把主播了，因為他們知道大家都沒在看新聞。他唸他的新聞稿，你在螢幕前尻槍；你唸你的國父，我在桌子底下幫你舔，完全沒問題！（走出門立刻被特戰隊狙擊。）

「現在，我發下去每個人鑑測的編號，這幾天要別在衣服上。」班長把一張張A4大小的塑膠布發給大家，上面各自大大寫著每個人的編號，暗示我們皮要綳緊。

下課十分鐘，我們開始聊天，放鬆板凳上的屁眼。

「欸，你知道最近有人看到靈異事件嗎？」

「什麼意思……怎麼個看到法……？」我全身一抖。

「有人看到走廊盡頭有白影在跳舞。」黑胖胖緊張說著：「聽說是以前的安官。」

「我不要聽。」我心不在焉在筆記本上亂畫，心裡想著這樣以後要怎麼半夜起來上廁所？

「欸！借我看！」黑胖胖抽走我的本本。

「不行！」我試圖搶回來，但是黑胖胖體型實在很大沒有很漂亮。

「咦？我看這篇就好！」黑胖胖翻到一篇我的抱怨文。

「怎麼可能會簽嘛，接近怎樣的人就會變成怎樣的人，接近這些腦殘我會笨死吧。國家就是需要這樣的人啊！加油啊你們……」

「……」黑胖胖看著我，眼裡流露出被背叛的神情。

他是個決定要簽下去的人，當時還受到我的鼓舞。而且智力測驗要超過九十分才可以簽，他每天還在背題庫。雖然說士官長說一定讓大家過。

「我……我寫的不是你啊……」我搶回本本。

「……」黑胖胖沒有說話，靜靜地埋頭寫起大兵日記。

我們的革命情感，好像出現什麼裂痕。

# 20 月下美男

離鑑測的日子還剩幾天，颱風天，一半的班長出去救災，軍心渙散到每個人都靈魂出竅。惡劣的天氣，讓操課時間只能在中山室背單戰詩詞，每天都是自習課一整天。能夠當兵當這麼輕鬆，要感謝的人太多了，就謝天吧！（陳之藩：拎北不是這個意思。）

莒光課結束，意淫觀賞完電視上三點不露的帥哥美女荒腔走板保密防諜劇，繼續背單戰詩詞，我真的覺得很累。

營區裡的萊爾富開張了，颱風也離去，但是班長依然堅持走在路上要戴鋼盔，防止天上有牛掉下來。就像幫對方尻槍，對方堅持要你先做健康檢查一樣，感覺很沒必要。

「十五分鐘之後，原地集合，誰讓我看到拿下鋼盔就立刻集合！稍息之後開始動作，稍息！」班長把我們趕走。

前往營站的小徑，秦天跟班長幾個紅人有說有笑。小宇跟他們班的幾個人聊天走進營站。

「我先打個電話噢。」我跟同班的黑胖胖這一群報備，走到電話亭區，解開鋼盔釦，拿起電話打給小俊。

第三通。

「喂？嘿！」小俊的聲音。

「你在外面啊？這幾天還好嗎。」我說。

「還不錯啊怎麼了？」

「好啦，我是想問，那幾天你真的不能跟我出來嗎？」我不甘心地再次確認。

「吼就已經答應阿學了啊，我不好意思拒絕，而且我也沒去過宜蘭啊。」小俊的語氣有點不耐煩。

「好吧，那下一次出來是什麼時候？」

「不知道欸，可以再看看。」

「沒什麼事，那等你有空再出來吧。」我看著公用電話上放著好幾張電話卡，都是點數用完被人隨便丟棄。

「好噢──」

「掰掰。」我不自覺地露出微笑。

「ㄅㄅ。」小俊操著小大學生的語言。

掛上電話。

不好意思拒絕我朋友，寧可拒絕我。

呵呵，經過好幾天，連一句抱歉都沒等到，我還期待什麼？

小宇正在跟鄰兵買東西吃吃喝喝，我自己走上那個戶外神祕的樓梯轉角，這裡安靜得像宇宙。我全身一麻，身體熟悉的化學反應，是感情逐漸死亡的感覺。

將近一年的經營，就這樣了嗎？我幾乎可以確定，我們撐不過這一年。視線模糊，這鹹鹹的愛，還有什麼未來嗎？

小俊的缺點鋪天蓋地襲來，我想起每個他抱怨的時刻、每個對我生氣的畫面、每個不願讓我介入的生活。我也想起了每個快樂的回憶：一起到處吃飯，去過台灣好幾個地方，認識彼此的幾個朋友。

我們跨年、聖誕節、不斷上台北找他、跟他家的狗狗玩樂。見過了他辛苦的媽媽，他見過我家人。雖然沒有家人知道我們的關係。

交往期間，小俊只有找過我兩次，一次是我們吵架，一次就是懇親假。唉，為什麼非得要我想離開了，你才要我別走？又為什麼一旦我回來，你又忘了我會離開，不斷這樣循環呢？

一瞬間，情緒潰堤。

我聽見颱風過後，那毛毛雨的聲音，你用唇語說愛情，熱戀的時候如此任性，不顧一切的約定。現在都無法兌現了，眼淚自動落下悼念，明明念頭才剛動。

聽到腳步聲，我立刻準備起身。

「唷？飛哥——」小宇從把手探出戴著鋼盔的頭，笑起來。

我站起身。

「幹嘛！你坐你坐啊！怎麼……你怎……怎麼了？」小宇瞪大眼，看著我的臉。

我擦了擦眼淚，覺得自己很窩囊。

「沒，分手的念頭一直出現，很煩。」我看向別處。

「怎麼怎麼？你女朋友……又說了什麼嗎？」小宇自動坐到我旁邊，看著我。

「他沒說什麼，只是不太鳥我，電話也不愛接，也不知道要聊什麼。」

「哎又，難免嘛，她可能不知道這裡的生活。」

「他就是平常不太鳥人，只有出來的時候很開心。」我認真地說出我的不滿：「但是比喻來說，我不想要平常吃稀飯偶爾吃西堤的感覺，我寧願每天都吃便當……每天都能……」

「嗯……我懂你意思。」小宇點點頭發愣，那臉在昏暗的月光下，仍像在夜店的天菜。

「不要想太多啦！來來來喝飲料，不要難過啦——」

他搭上我的肩膀，把手上的麥香綠茶遞給我。

「不用了謝謝……我不是難過，是哀悼。」我擦擦眼淚：「就像小寵物死掉的那種……」

因為在軍中拉開了距離，我才知道我跟小俊要的東西多麼的不一樣。我要的是精神的同在，他要的卻是實際的陪伴。感情愛著愛著會變，誓言愛著愛著也會忘記。

「但是整個結訓假她都沒有空嗎？」小宇疑惑的問。

「他要去跟朋友玩三天，剩下有空的時間不知道，我受夠了。」想到這裡，我瞇起眼睛露出奇怪的表情，眼淚又硬生生滴下。難過的還真不是被冷落，而是這個念頭一下，就知道美好的回憶都不會再繼續。

「好啦好啦！沒關係我陪你！好兄弟！」小宇用堅定的眼神直視我側臉，把我頭推往他肩上輕靠，又不斷拍著我的肩膀。

「白癡喔。」我也沒什麼好抵抗的。

「哎又，客氣什麼。」他繼續把我頭按在他的鎖骨上，輕輕調整我的鋼盔。

即使他整個人暖暖香香地籠罩我，哀傷的感覺仍源源不絕。愛醒來時都會像一場夢。我的眼淚不停沾抹在了小宇的綠色汗衫上，他卻一點都不嫌髒。閉上眼睛就可以感受著小宇的心跳呼吸，此刻地球似乎只剩我們兩。時間一分一秒過去，我一邊受傷一邊被治療著。

「還有……三分鐘喔。」他打斷沉默，看著他的CK手錶。

「好了，不好意思可以了。」我用手擦擦眼睛，看到小宇的左胸上濕了一小片。

「哎又客氣什麼，這是我的榮幸，有好一點嗎？」小宇微笑的唇形，勾著我的心。

「好多了，你很會安慰人。」我用袖子擦乾眼眶。

「我沒有安慰你，我是說實話，喔？所以結訓假我們要去哪裡啊？」

「還真的咧。」我笑了。

「當然！一定要的，還是我們也去海邊？那時候颱風應該走了。」

「那，你……要找妹嗎？」我問。

「哎又。」他又露出不耐煩的苦笑：「那個再說啦！」

「一分鐘——」集合的聲音傳來。

小宇把綠茶舉起：「你不喝我喝完囉？」

「嗯。」

我看著眼前奇怪的人。不像同志，卻也不像異性戀，是一個無法被分類的存在。從他的眼裡我看不到性，卻有無盡的愛。

抱著五味雜陳心情回到寢室。我不喜歡尋找安慰，也不喜歡跳入一個沒有結果的火坑。但是如果可以從小宇身上學到怎麼愛人，也不是件壞事。

「淫水紀錄卡拿來啦！」黑胖胖又在收卡。

「幹，摳我啊！我水超多！」籃球男孩挺出下體。

「來啊！怕你啊！」兩個人在寢室上互抓懶叫。

「拿去。」我把我的淫卡給黑胖胖。

「你剛哭喔……眼睛怎麼紅紅的？」黑胖胖看了看我。

「喔，沒有啦剛剛眼睛有東西。」

「而且你在微笑什麼？好詭異。」他收走我的卡，一臉不屑。

打掃時間、兵荒馬亂，那一疊淫水卡居然沒有交出去。

「班長說找人幫他簽，你字比較好看，給你簽！」黑胖胖把卡片塞給我。

當兵會學到的三件事：憤世忌俗、簽名、掃地。果然樣樣不能少。我簽好發給大家。

「喂，水多的。」我把最後一張發給籃球男，他也十八還十九歲。

「哎，可惜在這很難流水了……」他搖搖頭，露出無奈的眼神坐在我旁邊。

「怎麼了？」

「我從到營區後都沒勃起過啊。」他的手摸著我大腿內側：「早上起床也沒有一直勃起了

……好不習慣……」

喂，有人規定早上起來一定要勃起嗎？你不能勃起要害別人勃起嗎？

「像這樣會有感覺嗎？」籃球男好奇地摸著我的腿，幾近鼠蹊部。

「呃……沒有吧？那你這樣會有嗎？」我也摸著他的鼠蹊部，感受小鮮肉沒有毛的皮膚。

我已經準備好了，別人看到就說：老師是他先的！

「還沒有感覺……那可能要摸這裡。」籃球男認真地改用手搓起我的乳頭，我也伸手撥著

他的乳頭，那顆粒出乎意料地好找。

我們兩人開始深呼吸搓揉著彼此的敏感帶，一玩就是半分鐘的通體舒暢。

「喂欸——」他假裝驚訝的把手放開：「幹什麼！」

「你才咧！」我收手，這不愧是綜藝咖。對小俊死心之後，各種人都跑來撫慰我的心靈。

也許這是大自然的定律吧，老天幫你關一扇門，就會派一個人來搓你乳頭。

攤開棉被床上躺平，腦中都是踏步畫面、耳朵都是洗腦軍歌。我按了手上的黑色電子錶，

螢幕亮著十點五分。這支入伍前小俊送給我的錶，當時令我感動到不行，現在卻諷刺到了底。

我想起憲選的時候，遇到一個跟我帶著一模一樣手錶的宅男。

「你……你這是在哪買的？」當時受不了，還是開口問。

「喔，這是光南大批發買的便宜貨啦……有點忘了，應該兩百吧，你不也是？」

「沒啦……我是送的。」我笑笑回應。

雖然知道了價錢，但這支錶依然是獨一無二的，不貴很好，在土上翻啊滾的都不會心痛。問題是當兵前開心的送我一程後，就真的不心痛了。

就像孩童學騎腳踏車時，媽媽在後面推啊推，孩子騎到一半轉頭一看，媽媽早已放手就算了，還在遠方抽菸喝紅酒打麻將。運氣好的孩子從此就學會了騎腳踏車，運氣不好的就是立刻摔個狗吃屎。

「這不是早就知道的事了嗎？」我摸摸自己剛長出來短到不行的瀏海，感受一種狗吃屎的感覺。

# 21 探險的時候就該牽手

颱風過境的早上，滿地的斷枝殘幹，小兵都在出公差打掃。

「進餐廳！」換成初戀班長值星，這鑑測週全世界都變硬。

「加強磨練！」「兩路！」「服從！」

等著打飯班就位時，旁邊掃水的小兵掃把隨便一甩，唰的一聲噴得我腳上都是水，好幾個人也低頭一看。

「低頭的，舉手。」初戀班長一副不屑。「要鑑測了還這樣散漫？」

我舉起手，持續不知道幾分鐘，任由肩膀的三角肌哀嚎著。

有東西噴過來注意一下是本能吧？違反本能的要求合理嗎？好啊，你打噴嚏都不要閉眼睛啊，被幹的時候就不要呻吟，射精的時候就不要有表情啊！長的性感了不起啊！

用餐到一半，客家人班長起身宣布：

「吃不吃得飽？我們這裡有下麵給你們吃，安靜出來裝，開始動作。」

我跟著大家走出，像歐巴桑一樣出來搶著吃下麵。

小宇走出來對我笑著小聲說：

「今天，一起嗎？」他挑眉往門口一瞥。

「喔，可以。」

「嗯——」小宇意猶未盡地微笑，繞去後面排隊。

已經一個星期，我都抱病沒有跟他一起倆倆並肩。畢竟隔班如隔山。可是昨晚，他就像大海一樣帶走我的哀愁，帶走所有受過的傷、流過的淚。

「菜渣集中！」

「算了啊，就瞧不起我們啊——」黑胖胖看到我要自己去洗碗。

「不是吼。」

「好啊你就去找別人啊，留我們吃自己啊。」他臭著臉開啟咒怨模式。

「謝謝您的詛咒——」我笑著道謝，放棄。

吃完飯下餐廳，體態完美的小宇，像模特兒昂首挺立在前面等著我。

「走！」他手輕輕戳著我的腰，推著我前往倆倆並肩的隊伍。我們動作一致地開始前進。好吧，就讓我看看，你的溫柔到底如何呈現，你的愛到底有沒有盡頭。

「立正、敬禮、班長好！」我喊口令，一一經過班長沿路故意站的關卡。我們恢復了我洗碗、他整內務的習俗。

我回到寢室，看著已整理好的內務，裝滿的水壺，整個床位都是小確幸。

「要不要去抽菸？」黑胖胖跟籃球男說。

「呃……不用了。」我想起什麼。

「你不是可以抽嗎？」籃球男笑嘻嘻地秀出他的菸盒。

「但是我沒有菸癮啊。」

「一句話，走不走？」

「不用管我！你們去吧！」我轉頭，遮住臉。

「智障。」黑胖胖跟籃球男拿著板凳就離開了。

現在班長已經施捨給我們福利，說中午可以抽菸、打電話，大家拚了命的狂抽，還一直說班長是好人。這些本來就每天做的事可以變成福利，就像同志能不能結婚也要異性戀同意一樣，這不是基本人權嗎？剝奪再還給你就變成一種獎勵嗎？

「咦，你不跟他們抽菸嗎？」整個寢室人去樓空，小宇走過來，手上拿著一條毛巾。

「沒啊，我很少抽。」

「真的嗎——」他皺眉而笑，靠近我的臉聞了聞我身上的味道。好像聽著我的心跳，觸碰我的心跳，加速呼吸點燃我們之間的衝動。然後又扶起我的手指，聞了幾下。聽聽我的心跳，觸碰我的心跳，請你相信，我會願為你而活。

「真的吧。」我驕傲地微笑。

「不錯嘛，這毛巾給你。」

「為什麼？」

「檢查用的毛巾，真正在用的毛巾曬好就要藏起來啊。」他露出酷酷的表情。

「喔喔，難怪我毛巾都過不了啊。」我恍然大悟。

等一下。

**這毛巾給你**？

這是什麼情況才會聽到的話？

通常下一句就是：「你會介意我穿內褲睡嗎？」

然後就是半小時後：「幫我拿一下衛生紙，在那邊。」

再下一句就是：「我教你用熱水器，沐浴乳可以用這罐。」

（到底在寫什麼情況。）

「飛哥，你想好要去哪裡了嗎？」小宇自動坐上我的床，拍拍床要我坐，完全當自己家。

「你說海邊，那就海邊吧。」我也坐下。

「真的真的嗎？」他笑容很雀躍。

「走啊！」

我，還是鼓起勇氣問了最可怕的話。

「那還要約誰嗎？」

「看你，我都可以啊！」小宇瞪大眼笑著：「那就第二天，去過白沙灣嗎？」

「沒有欸，你知道怎麼去嗎？」居然忽略我的問題。

「我之前滿常去的，坐公車就會到了。」他拍拍我肩膀。

「好，我考慮一下。」

「還要考慮！你女朋友都跟別人去玩了，你還要考慮，Come on！」他不耐煩的樣子。

「好吧……」

「OK！」

小宇離開了我的床，雙肩往後伸展倒三角的背影，擠擠厚實的背肌走回他的床位。這男人可以接受沒有妹就算了，還可以接受單獨跟男生？

我看不懂，這跟我所知的異男實在天差地遠。

這個午休，我都沉浸在認知不協調裡。但相逢即是有緣，比起男友的冷淡、幾次的拒絕，不如把那些痛的記憶埋在泥土裡，讓大地試著開出下一個花季。

下午的單兵戰鬥教練，我們到圍牆外面踩著濕濕的泥土操課。我痛恨一直在泥土裡上體育課，班長！請給我麻花繩，Gay不適合上這堂課！我要跟政戰官講！

「跨大步！走這麼慢！腳步對齊！」班長不斷亂幹亂罵，像G片的一號。上課我們不斷抬頭觀察，由左至右；專心聽著說明，輪流操作，突然一個響徹雲霄的聲音，眾鳥在樹林裡紛飛：「噗噗噗!!」

所有人轉頭望向聲音來源，那是班長的屁股。

「幹嘛？看什麼看啊？吃地瓜是不用放屁是不是？再看就來聞我屁眼十秒！」客家人班長相當嗆辣，所有人趕緊轉回頭。

當班長也太好！國軍應該開放一日班長給一些服務業上班族，心情不好就投錢來穿上制服罵一罵小兵。連自己放屁也可以兇別人，世界上還有什麼比這個更舒壓的事？

回到集合場，大家換穿水藍色小短褲，來到體能加強的時間。一模一樣的那些項目：露蛋拉筋、班面向右幹地球、腋下搧風開合跳。

「全部躺好！我要訓練你們的腹肌！」初戀班長喊。

「雙腳離地，與地面呈四十五度！預備……我數二十下！」

「1！」

大家躺著雙腿抬起，全都成為在家床上瘦小腿的女高中生。

「誰腳敢掉下來就全部重算！」

「雖然二十五下仰臥起坐很容易，但是我就要讓你們每個人都有六塊肌！」

等一下。

不是說好鑑測仰臥起坐躺著也會過嗎？是有要比六塊肌的美觀嗎？有六塊肌對班長到底有什麼好處？幹起來視覺上更有快感？

「2！」班長數得極慢，我看著藍色的天空，心曠神怡腹部抽筋。

「3！」其他班長像監考人員，繞來繞去就看誰的腿不再挺立。

「10！」我的下腹燃燒著，腦部製造大量電流讓腹肌持續緊縮。

「啊……哼——哼——哼……」已經有男孩開始喘氣。

「哎喲……啊啊……」

「啊哼……」四處傳來好多男人的哀嚎聲。

「11！」

「啊吼！啊——」居然還給我抖音。

這實在是……太好聽了啊！

「啊嗯……啊啊……」我看到左邊籃球男孩的臉，時而皺成一團，時而放鬆。

「啊啊啊……」又一個高亢的嬌嗔，幾乎跟被頂到一樣。

「隨便你們怎麼叫！但是腳不准給我落地！」班長一吼。

彷彿置身群交現場，叫床聲四起，人家電影是5.1聲道，這是十足的一百聲道。

班長！數到一百吧！一直有人姿勢不標準，一直有人腳落地欸！

「啊……啊……啊……」男孩呻吟聲音此起彼落。

「15！」

全部人腳同時砸地。

「吼吼吼嘶——」大家低沉一吼，下體大放鬆。

終於射了。

「休息一下，還有兩組！」

就這樣，男孩們在抖動的大腿跟叫聲中，射了三次。那聲音就像開了很多G片視窗一起播放，我腦中的集合場早已一地的精液。

「吼吼吼啊啊——」

「起立！」

謝謝班長讓我有一個這麼美好的回憶。謝謝徵兵制、謝謝幫我體檢的醫生，雖然他只是叫我脫下內褲，然後起立蹲下。

我的下腹同樣灼熱酸痛，但是完全利大於弊——完全ECFA——

晚上，又是背中古世紀詩詞的時間。前方坐著兩個主考官：客家人班長跟秦天。

小兵時而站起，時而回來坐下，中山室桌子跟桌子之間的走道非常窄。不知道在曖昧什麼，後面那桌暖暖的背有時候會不小心靠到我的背，雖然我根本不知道他長什麼樣。

「不好意思。」突然有個聲音在我背後。我往前一坐。一個人側身經過，一個暖囊凸物竟硬生生地拖曳過我的背部。

幹！這個觸感！班長！剛剛有懶趴擼過我的背！這種超自然陌生懶趴接觸，這是夜店才會發生的事吧？不，夜店也沒有這麼開放！原來中山室的作用是讓大家擼來擼去？

同梯接二連三去考詩詞，經過我背部的不是懶趴，就是操課後堅挺的屁股，我完全可以用背面幫這些同梯打分數，歡迎參加台灣好屌型！小兵們進進出出也打亂了我背詩詞的節奏，我必須很努力地往前坐才不會被懶趴擼到，好像是在炫耀什麼。一直被摸腿毛、聽淫叫、露蛋蛋、聞到費洛蒙，還要被懶趴頂來頂去，當個兵為什麼這麼累？

打掃中山室時要步步為營無法偷懶，班長一個靈機一動就要擦天花板的電風扇。

「蛤，防水袋都可以掉？這是誰的？」客家人班長撿到遺失物。

「報告不知道。」

班長翻著裡面的東西，試圖找出是誰的。「這張照片是女朋友吧？」

「眼睛這麼小！」

「真的欸。」

「這有必要帶照片嗎？我自己尻都比較快。」

喂，憑什麼對人家女友人身攻擊啊？是平常罵人罵慣了，看到路人也要罵一下嗎？可惡，居然可以這麼沒口德，我也想當班長！

手傷漸漸好轉，我又開始接起了刷飲水桶的工作，果然會做的事情越多，事情就越多。

「欸？今天換回飛哥喔？」小宇已經在洗手台刷著水桶。

但是這也表示，優秀的人總能聚在一起。（自己講？）

「等等最後一個要關燈喔。」小宇指向建築物水溝後面的總開關。

「可以不要嗎？」我想起了鬼故事。

「為什麼？」

「最近有人看到白影啊，還有廁所的封印。」我背後發麻。

「哎又，拜託！那一定是太累了啦！廁所怎麼了嗎？」

「不是有個走道，聽說門後有東西。」

「拜託！」小宇把頭往後一仰，吸一口氣：「等等一起去克服！」

什麼？就是有這種角色！鬼片裡就是有這種愛克服難關的猛男，每次都第一個領便當啊。

「不要。」

「真的啦！等等我們去看看！」

愛嚇自己的道理我懂：覺得身後有人就要轉身確認，洗頭閉上眼，覺得害怕就更要睜開眼。但是那個門……真的沒有必要吧？那裡連燈都壞了啊！

洗好水桶，去樓後面關燈。這點膽量我還有。裝好水，小宇說：「你準備好了嗎？」

「嗯。」

原本不是很害怕，畢竟我是鐵齒的人。但是跟在小宇身後，氣氛更像鬼片裡，那種去探險領便當的劇情。

打掃時間的尾聲，廁所地剛拖好，居然一個人也沒有。走近角落，一條大概十步遠的走道，旁邊有五格荒廢的淋浴間。從這邊以後的燈都壞了。

走道盡頭，隱約有被幾片木頭釘死的門。上次我跟小狼來的時候一樣，散發一股陰氣。如果只是走道就算了，旁邊一間間浴簾拉開的黑暗淋浴間也令人發毛。

「呼……」小宇看到這個畫面，深吸一口氣：「怎麼樣？你……要不要走前面？」

我聞到小宇身上散發的氣味，雖然很好聞，但那似乎是因為緊張而散發的費洛蒙。看來他之前根本沒有注意到晚上的這裡。不知怎麼，我覺得對他很不好意思。

「好，我走前面吧。」我走向前。

「你……你確定？」他搭上我的肩，笑著的表情卻像鬆一口氣。

我看向前面遠方的門，慢慢地往前走。

「那個，借我抓一下喔。」小宇抓著我的手臂。

嘴巴講要克服結果居然這麼怕，但是兩個人都怕就無法前進了。我感覺到他手勁很強。

「你抓這麼緊，等等我要怎麼跑？」我想起上次的狂奔。

「怎麼怎麼？等等……要跑什麼嗎？」端正的帥臉湊在我身旁，身上都是誘人性感的味道，根本是驅使我往前的能量。

「沒啦開玩笑的。」

經過第二間淋浴間。

昏黃的光線下，小宇男人味的小平頭跟帥帥的臉，就這樣貼著我。我很自然的把他的手挪低一點，小宇也自動地握著我的手腕說：「借我抓一下。」

完美的天使，還是有弱點的嗎？

「可是你這樣握得我手很痛。」

「喔喔，那這樣呢？」他笑笑鬆手。

我發現小宇什麼情況都會綻放陽光的笑容，是害怕黑暗的太陽神。

「這樣好了。」我把他的手放開，改成十指交扣。我看受到他手中的濕氣在我手心，他卻只是默默把我的手握得很緊，看不出來他這麼緊張。我好久沒有這麼想要保護一個人了，讓我成為你的金鐘罩鐵布衫，走在崎嶇的路上也不用害怕。

到封印的門前，我聽見自己身體的心跳砰砰聲，腦中各種鬼片情節毫不留情地閃過。

但是我現在牽著小宇的手，他比我害怕，所以我不能慌。

「開囉？」我握著門把。

「嗯。」

我用力一轉。

「喀……喀喀喀！」木條抖動，一些灰塵散落。

小宇交扣著我的右手，握得我好緊好緊，每個指間都隱隱作痛。

打不開。

「喀……喀喀喀！」

「鎖住了。」我怎麼轉，門就是打不開。

「怎麼樣……這樣你OK了嗎？」小宇手放鬆了許多，但掌心依然全是汗水。

「嗯。」我轉身要離開。

「換我走前面！」小宇笑著牽起我的手，往光源前進。突然自信起來。此時的他微笑像天使一般，我想這就是愛的奇妙。

愛存在這美麗新世界，我喜歡你自信的感覺。現實也會是這樣嗎？我總是把你拉向黑暗，而你把我拉往陽光？

到了小便斗前，我們掏出東西開始尿尿。

「這樣你有滿意嗎！就說沒什麼嘛！」他看著前方。

「結果是你在克服吧？」我也鬆了一口氣。

「哎又，難免好嗎？我只是在旁邊幫忙，主要是你啦！我先去外面喔。」

「好。」我看著剛剛被緊握的右手，指間被小宇握的痕跡有點紅，但是這點痛卻只能傳到我的神經，到不了我的心。因為我腦中，都是幸福的感覺。

走出紗門，看到小宇摸著肚子。

「怎麼了？」

「沒有，肚子有點痛，你還好嗎？」他苦笑著。

「我沒事，回去準備床定吧。」我拍拍他。

「See you——」他拍拍我的背，從前門走進寢室。

都嚇到胃痛了還有空關心別人，怎麼有這種笨蛋？

躺在床上滿腦子都是小宇緊張的神情。我把手放在眼前端詳，這強烈的幸福感像陽光般暖和全身，連班長拿著手電筒狂閃，我也不為所動。但是心，依然是酸酸的。

「部隊起床——」

一復一日拆蚊帳、折棉被毫無新意，唯一的變化就是更熟練後，壓力便減少了。也許未來的某天，我們就能恢復晨勃的力量。

「進餐廳！」

「加！強！磨！練！」

早餐是快樂的時光，僅次於洗澡、睡覺。因為三餐只有早餐會有奶茶或紅茶等甜的飲料。而今天，是綠豆湯。

「嗯——？」大根坐在對面閉嘴臉糾結，從嘴裡拉出一根什麼來。他瞪大眼看著那根像陰毛一樣深色彎曲的東西。

「噗！」我嘴裡的湯噴出。

「噗噗噗！呸！」大根不斷噗呸。「這是鋼刷的毛嗎？」

不，這是沒洗澡就口交的下場。

「居然有鋼刷毛……」我看著前面那一小鍋綠豆湯。

謝謝打飯班鍋子不洗乾淨，讓我看到男人吃毛的畫面，腦內自動補足吃毛之前做的事啊！但是大根的標題實在沒辦法寫天菜，頂多是：

〔xhamster〕台灣露臉口交，吃到毛害羞的樣子超可愛！〔閱讀權限50〕（有什麼好50的？）

「全副武裝還有雨衣，到中山室領槍。」塞雨衣雙龍入S腰帶，就知道今天是打靶日。場地很遠，軍歌已經唱到沒歌、不斷重複，班長依然甩著皮鞭要我們跨大步。

「左線預備。」「右線預備。」「開始射擊。」

「**碰！碰！碰碰碰！碰！碰！！**」兩個連三四百人，每個人六發子彈，至少要在我心上用力的開兩千多槍。班長卻虐待我們的貓耳不肯發耳塞，我那用來聽呻吟的耳朵啊。天靈靈地靈靈，有請生物學人格降臨！心跳加速、腎上腺的爆發都是為了大幅度的攻擊逃跑而設計的，對打靶一點幫助也沒有。打靶只需要摳一下食指，應該要比取悅男人女人都還容易才對，不要緊張啊啊啊。

最後我中三發，不及格。

「去那邊排隊，做射擊預習！」士官長點了不到四發的人，指著一旁正在人肉燒烤的小兵。七月的烈日底下，趴著一排男人被處罰射擊預習。

「哼，叫你們好好尻槍，不認真嘛！要來這裡。」客家人班長說。

站著都已經汗如雨下，在不透氣的墊子上面徒手臥射好幾分鐘，根本是噴汗練習。

「你看，汗都把墊子弄濕了，下一個人要吸收上一個人的汗水，體液都攪和在一起，你們噁不噁心！活該啊——」班長繼續酸著。

一看到排我後面的，是當時應徵美工兵的小可愛男孩，我立刻讓他排前面。

「謝謝。」他對我苦笑，浮現出臉上的酒窩。

「不客氣，早處罰早休息嘛。」我拍拍胸口。

馬的，汗水要混在一起，那也要選個可愛的混啊。

汗水攪和的處罰墊結束後，我跟小狼兩個人一起去尿尿。那是一塊充滿尿騷味的空地。地上都是濕濕的泥土，男人的尿液滋潤了這片土地，踩得鞋子都噗啾噗啾地出聲。

「來靶場這段路，真的會把我們後面這些小個子逼死……」小狼無奈地掏出雞雞。

「怎麼說？」我們各自噴出熱呼呼的弧線。

「行進時，班長要你們前面高個子跨大步對不對？」

「對啊。」

「但是又要唱軍歌對腳步！你自己說你們前面一八幾的都已經跨最大步了，我們一六幾的腳步當然一定會多走幾步啊！多走幾步又說我們腳步不對！」

「欸？這樣一說好像也是。難怪班長一直幹人哈哈哈。」

「就白癡啊！」小狼一生氣，尿噴得更遠。

難怪我們前面的總覺得後面的小兵是節奏感有毛病，整天搶拍唱歌越唱越快，原來是因為腿短趕路啊！（瞬間突破盲腸。）

「要柯基跟黃金獵犬用同樣的腳步走路，的確很不合理。」我點點頭。

「什麼柯基，我是狼人！」小狼挺胸更正我，但明明就是博美。

回到座位上，大家聊著安官桌的鬼故事、走廊盡頭穿著白衣服的影子，不免聊到女人。

「……拜託，很多妹超瞎的！只會Po自拍。」

「……你那個還算一般的好嗎？那種在家裡打卡的才有毛病好嗎？」

「對對對！」小兵們像是找到知音。

我腦中瞬間想起了好多姐妹，什麼×××的異想世界、××的窩、×××的加大雙人床，各種在家裡打卡的Gay砲。大家此起彼落地怒罵女人的動態，不知道多少姐妹背上也暗暗挨了幾千刀。

「整天就在那邊發討拍文啊！心情不好不會去散心，哭也要自拍。」

「討拍拍超煩！還有說要刪好友的，真的很煩。」

「還有在更衣室拍照，衣服又不穿好的那種！！」一個男孩氣到幾乎要站起來。

等一下，不要再罵我的好基友了！我還看過在更衣室完全沒穿衣服的，我還看過拉屎也要自拍的啊！

打槍結束回到連集合場，班長講起了鬼故事傳聞。

「你們不要在那邊猜廁所的那個門後面有什麼，那原本只是洗衣間。」初戀班長語調放輕：「因為一直有人去偷抽菸，我們就把它封死了。」

「ㄘㄟ——」一陣騷動。

左前方兩人遠的小宇，轉頭對我笑著點點頭。我也點點頭。

我看了看自己右掌心，想起昨天的十指交扣。只看到小宇也瞧了瞧他自己那爬著靜脈的左手，微微握拳，放開。

「……體育服裝，話說完還有四分三十秒，稍息之後開始動作，稍息！」班長解散連隊。大家發了瘋似地衝上樓，準備體能訓練。我眼睜睜地看著小宇往另一個樓梯走遠。

剛剛那個握拳是？

我果然不夠理性，明明是飛蛾撲火，卻因為一個小動作就以為自己會中獎，他可能只是手酸了而已。

但是卻不知怎麼，上一個傷口還沒好，你就闖進我的心窩，像乾枯沙漠開出的花一朵。

吃完飯是個詭異的集合，所有人都到餐廳，沒有按照規定，自由入坐。

「稍息！」「政戰官好！」千人爆炸的男聲。

政戰官是個字正腔圓的女人，看來是要我們簽下去所使出的色誘之術！（其實根本遠到看不見長相。）

色誘之政戰官播放了一個許多志願役們簽下去的勵志影片：

「薪水比外面高很多啊——晚上都自己規畫時間，我沒有後悔，我還會一直簽！」一個憨厚的男人居然連「一直簽」這種話都說得出口，自以為是簽書會嗎？

「我畢業之後也不知道要幹嘛啊，就簽了。」這段話，我不知道哪裡有任何勵志的成分。

「還可以在健身房健身，營舍還開放彩繪。」我看到畫面裡的營舍，被彩繪得很像國小。這樣好嗎？確定不找美工兵嗎？

「現在社會上找工作很不簡單，又能幫我管教孩子，所以我支持。」一個爸爸，像是在推薦安親班。

「開放使用智慧型手機，我可以跟女朋友保持聯繫。」這男人說的話怎麼有點哀傷。

「可以存錢，還可以進修。」

「領導方面，基本上都盡量讓他們自主管理。」一個上尉說。

吐槽也會累的，我已經不想說了。色誘政戰官快關掉這個影片吧！帥哥也太少了吧！

政戰官依然在數百小兵前循循善誘，玩一些心理測驗遊戲、還賄賂大家讓每班班頭去買零食回來發。

「我聽說有人每天都會寫日記，是誰？」女政戰官問。

「喂，不是你嗎？快舉手啊。」黑胖胖想拉起我的手。

幹，我全力下壓。

「噢噢噢噢噢噢——」台下遠方的男孩被拱出來，我的腋下才得以止水。女政戰官像表演女郎走到台下，拿起小兵的成功筆記本。

「別擔心，我不會亂唸的，咳咳。」政戰女郎開始朗誦。

「今天班長雖然很機車，但是也是為了我們好。我們一天比一天更強，前幾天終於學到了怎麼打靶，我們一定要全部通過鑑測，證明給班長看……」政戰女郎越唸越起勁，內容越來越勵志。

我把裝成功筆記本的防水袋緊握在手中，像是拿著一顆炸彈。什麼內褲、蛋蛋、好屌型，被唸出來應該是直接槍斃吧？我思忖如果政戰女郎真的走過來，我一定要立刻把日記給吞了。

女郎說話其實不無道理。她彷彿是年薪百萬的紅寶石業務：「沒有最好的工作，只有最適合自己的。」「真正的起跑點，是準備好的那一天。」重複完這些道理後，結束了這場招募催眠秀。

誰要聽這些？福利當然是要可以定時跟班長睡，或是小兵可以有獨立衛浴啊，這樣○號才可以做洗澡時要做的三十三件事啊。

回到寢室我在床上躺平，淺眠的我被一陣聲響吵醒，原來是杰倫班長全副武裝站哨回來。他偷偷摸摸地左右看了看，拿起一個菸屁股塞到床墊底下。

居然偷抽菸。

班長又左看右看，心滿意足地迅速抬起頭。

碰！他的頭狠狠撞擊上鋪的鋼樑。

「嘶……」班長呲牙咧嘴地摸著頭，五官糾結在一塊，握著拳搖頭晃腦痛得無處發洩。

都當兵多久了還可以撞到上鋪，果然是做虧心事啊，這畫面幾乎要讓我笑到漏尿。但是笑出聲一定會被班長找機會偷幹我的，只好窮盡吃奶的力量憋住氣。即使眼角已經泛淚，即使整個床都為之震動。

「嘶……」班長摸著頭，可憐兮兮地轉身向著內務櫃，解開上衣釦子，回頭望向蚊帳裡面的我們，然後脫掉迷彩服。

我瞇著眼看著他雙手交叉拉著衣服下襬，把軍綠內衣整個掀起。昏暗的小燈下，體幹班的班長背中間展露一條極深的溝，寬闊的背部左右兩大塊背肌分裂各種事業線左右堆砌，性感的腰窩下是包不住的翹屁股，媽的我在床上整個人都在燒！燒！燒燬！

班長脫掉上衣後，蹲下來脫掉軍靴，站起來解開腰帶，大方地脫下褲子。一件普通的灰藍格子異男內褲映入眼簾。先把大家吵醒然後開始脫衣秀嗎？這是為了招募的奮力一搏嗎？

可以了，很好看，班長別再脫了。

班長做賊般地左右看了看，背對床鋪，用極快的速度脫下了內褲，露出方塊般的結實屁股。抬腿褪下內褲時，會陰下方一袋黑影左右甩動。我的世界變得奇妙更難以言喻，還以為是從天而降的夢境。

班長！不要這樣！

他拿起自己剛脫下的內褲，湊到鼻子前大吸一口，確認自己的臊味，然後又舉起一隻手，聞著自己站哨後的腋下。講話萌萌的小眼班長，居然不斷做出撩人的動作。

我簽，我簽好不好？不要在寢室裡面招募了，讓我好好睡可以嗎？

班長換上運動服跟內褲，一個轉身鑽進我旁邊的棉被裡，抱著棉被露出安詳疲倦的小臉。

好吧，雖然你把感冒傳染給我，每天晚上又用小惡魔臉龐面對我，但是下次不可以再半夜招募了喔，小壞蛋。

身心俱疲，班長晚安。

幹，早安。

總覺得每天都睡不飽。（自己半夜太興奮？）

翻開小本本，距離新訓結束只剩下四天，明天就要開始鑑測，最後抽籤單位然後放假，雖然現在根本沒心情管放假的事。

「鑑測如果北區第一名的話，全連立刻請吃雞排加奶茶好不好！」班長想振奮軍心。

「好!!」所有人大吼。

好個屁吧，颱風一來、班長去救災，就至少有五天都在耍廢背單戰詩詞，好幾天都在中山室盲選背後的懶趴，已經到了麻痹的境界。鑑測能不能有名次只能完全靠運氣吧？

班長發給每人一張題庫，鑑定測驗也包含學科測驗。學科的考題比大學體育課的題目還要少，簡直就是汙辱人類的智商。

無論如何，這些人造的痛苦都將解脫，跟這幾個天使與惡魔的緣分也到此為止。從單純的小宥勝，到現在摟著我的手聊色的秦天；從被看到便便的ＣＫ男，到現在總是給我溫暖的小宇；從憨厚男孩，變成花癡的小狼。一直幹我的初戀、一直萌萌的杰倫、一直很醜的駝背班長，我們終於要告別。

我看著隊伍中的小宇，跟大家一樣在看著學科小紙張。

你在我旁邊的前面，但影子卻肩碰肩，偷看一眼，想知道你的唇邊是不是也有笑意明顯。想問個愚蠢問題，我們再這樣下去，究竟會走到哪裡？

「奇數班到中山室取槍，然後分給偶數班！」

明天就要期末鑑測，幹部們卯足了力抱佛腳。小兵一個個從中山室拿槍出現，從台階上走下來，就像巴黎時裝週。

突然鋼盔下一副濃眉精緻的五官、完美的身體比例、只露出小麥色的脖子挺胸走出來。日復一日的動作早已麻木，只有小宇的帥，說什麼也無法習慣。

「放心，我有挑過，不會亂給。」他直直走向我，笑著把槍遞給我。

「好，解體就找你。」我也笑著接過。

你說的是挑槍，還是挑給槍的對象？

「喀。」旁邊一個彈匣掉到地上，小兵立刻撿起。

班長們像被驚動的ＮＰＣ[11]，頭上立刻冒出驚嘆號。

「幹什麼！爛兵想被幹是不是？看人出菜是不是？想挖洞給我跳嗎？」醜男班長立刻衝上

去罵人。

「一定要我值星才行是不是？數個人數很困難嗎？」初戀班長把醜男叫過去，居然上演了上士罵下士的慘劇，看起來好過癮啊！雖然醜男被幹不是很好看，但是只要戴泳鏡就可以接受，重點是身材好，然後要無碼特寫。（到底又在寫什麼。）

從白天的刺槍，到晚上的槍枝大部分解。

「幹嘛？腿會痠？」低ＥＱ班長不斷亂操我們。

七點半到八點十分，整整四十分鐘一直呈現不符人體工學的戰鬥蹲姿，大腿已經又麻又痛，很多人一度跪下來開始啜泣。

操……操……我聽到大根已經蹲到哭起來。

然後我發現我蹲得太用力又太標準，大腿前端似乎有拉傷的疼痛感，只要一蹲下就會痛。我一直以為當兵能讓身強體壯，結果是身體越來越爛。回到寢室，我的腿還在隱隱作痛。

「飛哥，要不要一起洗？」小宇拿著臉盆，身上是微緊身的體育服。

「不用吧……」

「走啦！剩下三天可以一起洗澡了喔。」他又露出不耐煩的帥臉。

「我鄰兵要我等他啦。」我指著空空的床位。

11 NPC：None Player Character，非玩家角色，遊戲裡不受玩家控制的電腦人物。

「真——的——嗎？」

「真的啦。」

「哼，好吧。」他苦笑轉身。

我嘆了口氣。

「真的不一起？」小宇轉身回馬槍。

「去洗你的啦！」我把他推走。

對不起。

我不想跟其他人一樣，莫名奇妙的看到彼此的懶趴，從今以後看到這個人，腦中就浮現那玩意兒的形狀。就像秦天他那巨大爬滿青筋的巨屌，根本就是心靈創傷，害我從此根本無法跟他好好聊天。

洗澡時間快結束，小狼在走廊上叫住我。

「曉飛！最新進度！剛剛排隊跑到博宇後面，聊一聊就一起洗了！」他嘴角笑到整個裂開，講得好像要訂婚了一樣。

「是喔？」

這個沒節操的。

「他人魚線直接連到底欸……」小狼比劃著，從骨盆到胯下：「超明顯的，我都受不了了。」

小狼一副害羞的模樣，現在才害羞來不及了吧？

「喔，我知道啊。」

「你也有跟他洗過？」

「沒有，只是看得出來。重點是結果怎麼樣，有發生什麼嗎？」我想起第一次跟小宇說話，就不小心擁抱的觸感。

「沒發生什麼欸，他幾乎都背對我，不過肩膀超寬的，不愧是救生員。」小狼一臉興奮，突然抓住我的肩膀：「等一下，我才想問你，你們常常聊天講話，你們到底有沒有啊？」

「怎麼可能！」我放下小狼的手。

「有沒有！」

「只是剛好聊得來而已……我就在他右後方啊。」

「什麼聊得來，到底有沒有啊！」

有沒有，有沒有。不要再問了，氣死你氣死你偏不說。

「我不知道啦。」愛又不是說說就能成功。

「好吧，不要騙我噢。」

「掰——」我走向浴室，隨便排在一個人後面。

今天，隨機抽屌。

好奇怪，明明什麼都沒有發生，卻有種被侵門踏戶的感覺。明明就是想跟小宇當朋友，卻又忍不住在意他跟誰洗澡。小宇不是隨便的人，他的所作所為都令我感到放心。就像天使一樣，給我依賴也給我力量。

我回到寢室，面對打靶從來都沒及格的筆記，黑胖胖把淫水卡拿給我說：「欸，軍械班說昨天歸零的時候，你那把槍怎麼打都脫靶，連士官長下去打都只中兩發，最後就直接換掉了。」

「真的假的！幹，終於！」聽到這個消息，我幾乎要跪下來。

果然！就是爛槍一隻啊！難怪我怎麼打就是脫靶。

班長居然還騙什麼都是歸零過的，沒有歸零要怎麼射嘛！

那把槍別說是歸〇了，根本偏一。

不，是純一！連洗都不會洗！根本沒有歸〇！（不是那個意思吧！）

「這樣說來，我打得比士官長還準欸哈哈！」我想起我的成績是三發。明天的鑑定測驗即將開始。之前的訓練，我的手榴彈投擲在二十四公尺的及格邊緣、打靶沒打超過四發、單兵戰鬥詩詞只熟到第四戰，一切都是即將吃屎的節奏。

班長，可以考麻花繩嗎？不然跳繩、刺繡也可以喔。

# 22 期末鑑測

第一天測驗的項目是三千公尺、一分鐘仰臥起坐、一分鐘伏地挺身。

我一定要好好的跑完，證明給班長看！我要努力把仰臥起坐跟伏地挺身做好做滿！成為最優秀的新兵！

才怪，誰管你優不優秀，班長只管你出不出包。

兩路跑三千的人潮，塞滿整個柏油路。槍聲一起，所有人跑起來，長長的路上都是年輕猛男的肉味。我在茫茫人海中試圖尋找一個身影，但是隊伍實在太長，這人潮太擁擠，太多人有祕密，後來才在汗水中明白，有些人一旦錯過就不再。

「等等伏地挺身的時候，下巴一定要碰到海綿墊，屁股打直，不然都不算！」

鑑測班長們坐在椅子上，張開大腿指著胯下海綿體前的海綿墊。小兵一個一個趴下，開始一上一下的用下巴碰著海綿墊。整隻手臂擺動如飛，愛就要Say耶往前衝不要轉彎，愛就要Say耶沒翅膀也飛起來。

讓我們看著他們的胯下做伏地挺身，班長真是太貼心了。

「仰臥起坐，慢慢做！這個大家都會，做好做滿就可以了！」

小兵們兩兩的做愛比賽，躺著的人上上下下自己動，跪著的人叫喊著數字，畫面如此熟悉。Volare給我個擁抱，Volare鄰兵替我撐腰，Volare現在就擁抱，向前頂敢做自己我最驕傲。

「等等學科考試，題目很簡單！不要給我看到作弊的！」

我拿起筆，五分鐘內寫完了考卷開始發呆。想到即將大抽，不知道會抽到哪個單位的我們，會不會有一點無奈，會不會有一點太快。

隔天一大早，勵志丟芭樂時間。

「新兵戰士067，於手榴彈投擲場做第一次投擲。」

偏彈。

「媽的會不會啊！用全力！操是不是男人啊唷！」初戀班長模仿超級賽亞人，看起來想把每個人分屍。

「新兵戰士067，於手榴彈投擲場做第二次投擲！」我用全力喊著。

「投擲啊!!!」初戀班長扭曲的臉。

我瞪著他，用盡殺氣與性慾，全力射出一發畢生的精華。

我們像是吵架的情侶，在眾人面前丟名牌包，喊著有種你就走。

你他媽的夜長夢很多，你就不要想起我！到時候最好別來要認錯！

「二十五！」遠方的小兵一喊。

滿臉猙獰的初戀班長，這才鬆了眉，對我點了點頭。我站起身吸口氣。謝謝你，經過三十四天的固砲關係，我們放下一切的愛恨情仇，但是我想還是不要再有聯絡了。

「殺——！殺——！殺——！」

上海之戀刺槍，有人的水壺噴出來被幹到空中停不下來。

「把這些偽裝草弄成這樣。」晚上杰倫班長舉起一個盆栽，那是被草裝飾後的鋼盔。「明天要上戰場，哪一個爬單戰爬到一半給我掉毛的，就倒大霉惹！」

拖車送來一桶又一桶的雜草，讓我們用線縫在鋼盔上，最後鋼盔全部放到中山室，盆栽擺滿桌面像是國際花卉博覽會。

第三天早上的單兵戰鬥。所有人像樹人一樣，頭上、肩膀、雙腳之間都插滿長長的野草。每一連的草質感都不一樣，行經第一連的偽裝草我笑了半天，他們的草又長又多，每個人像是機器洗車裡會旋轉的巨型拖把。

「兩兩互助！這偽裝膏沒有毒！把臉畫滿不要給我看到有人露出皮膚！開始動作！」

黑胖胖跟我開始分發如何配對，正要上前去拿這個化妝品。一個帥哥一轉身，手上已經捧著一小坨灰黑色很像髮蠟的濃稠物體。

「飛哥，要一起嗎？」小宇在陽光底下瞇笑著眼。你是阿波羅，樹人阿波羅。

我看了看黑胖胖，就是棵花椰菜。

「哼。」黑胖胖使了眼神，轉身去找大根。

「好啦。」我無奈地笑著。

「那誰先塗？怕不夠要我先幫你嗎？」小宇挺挺的鼻子在我面前，臉上有幾滴汗。

「笨喔，這明明就可以一起用。」我把他手上一坨偽裝膏刮來一半，弄了一點在手指上。

「對耶，那我要抹囉，不要後悔喔？」小宇笑著確認。

「幹嘛後悔啊？」

我們面對面，我把手上的東西膏弄均勻。他看著高他六公分的我，微微抬頭，我幾乎可以感受到他的鼻息。

我用袖子把他臉上的汗擦乾，像是安慰一個哭泣的男孩。

幸福來得太突然，這像是一場夢，瞬間所有秒針都以分針的速度前進。謝謝班長，謝謝老師各位同學，各位營長各位旅長各位國防部長。

我的拇指緩慢橫滑過小宇的臉頰。他被曬黑的皮膚很有彈性，沒有因為操練而粗糙。雙眼皮時而眨一眨。他被我指尖劃過的眼角，呈現灰黑色的粗線，像是印第安人。

謝謝你，你是我的天使。

小宇眼神專注地用手指滑過我的臉，我感受到一股溫膩的觸感。即便我們的臉是可以親吻的距離，他清澈的眼神也沒有一絲退卻。你就像是一道光，如此美妙，指引我們想要的未來。

心流讓周遭都靜止，只剩你我輕撫著彼此的臉，這一刻無須千言萬語，只有兩人的心跳呼吸。你偶爾被我弄癢，反射性的笑著眨了眨眼。

我輕撫著你柔軟而有彈性的帥臉，鼻頭、人中，看著你的唇粉嫩而光滑、眉毛稜角分明濃而不雜。偽裝膏擦在你的臉，溫度卻印在我的心。就算以後到了不同的單位，你也要好好的溫暖別人喔，我這輩子都不會忘記生命中有過這樣的你的。

**紅橙黃綠藍，迷彩的歐若拉，但願愛就在心中，相信就會存在**

小宇的拇指一路從耳朵滑到我的頸部，我不自覺地吞了口水。當我摸到他的下巴跟喉嚨，他也抿了嘴唇，這似乎都是正常反應。

周遭的人依然忙亂喧囂著，我只感受到每次拇指跟食指的溫暖觸感在臉上，直到我們抹得滿臉跟脖子都是深綠色。我暗自慶幸一臉的滾燙被偽裝膏掩蓋，否則我的臉早就紅到爆炸。

明明已經擦完了。

我依然漫無目的地補修小宇的黑臉，摸著明明就已經很完美的地方。

原諒我的自私，但我希望這一刻永遠不要停止。小宇也沒有不耐煩，他手指一路在我臉上塗均勻，按摩著明明就已經塗抹過的地方。你是不是也知道，一旦我們放開了手，就再也找不到觸碰彼此的理由？

「三十秒！！」但是時間並不會等人，班長像是牧羊犬般趕起了我們，一陣乒荒馬亂。

「呲，還滿像敷面膜的。」我看著他黑掉的臉笑出聲。

「真的，真的嗎？不好看嗎？」小宇笑了，笑咪咪的黑臉。

「怎麼可能。」

你像是掉入巧克力裡頭的男模，讓我想咬一口。

「不好看嗎？可是我覺得你這樣還不錯啊，有點像混血。」小宇的黑臉端詳著我。

「集合了！畫個妝這麼慢，等一下要去約會是不是？」客家人班長喊。

「好啦，去吧！」我拍拍小宇身上的草。

「OK的！加油加油！」

我們道別回到那原本三步的距離。黑胖胖已經變成了極黑胖胖，大根也變成了黑蘿蔔，每個人都一副包青天的臉，在烈日底下，開始爬起了第一戰話劇。

「單兵注意。抬頭觀察，距離攻擊發起前還有三分鐘，伍長命令你做攻擊前準備，問單兵該如何處置。」每個人都面面相覷才開始動作，深怕跟別人不一樣。

什麼？不一樣又怎樣？

不一樣就會被幹啊。

「看什麼看！欺敵啊！」班長大吼。

到了第五戰後，我們幾乎已經不知道自己在幹嘛，只要有一個人動，大家就跟著他的動作，一個一個傳遞下去，簡直是卡農戰鬥教練。

# 23 永恆之槍

「幹！這殺小啦！」測驗完，所有小兵在浴室瘋狂洗澡卸妝。地板都是泥水，沒人在乎形象，彼此瘋狂搓揉。

「你耳朵沒洗乾淨啦白癡！」

「靠北喔，眼皮都綠的啦，畫眼線喔？」

秦天黑綠色的宥勝臉在我面前出現說：「耶，遇到飛飛了！」他聲音更沙啞了。

「幹嘛裝可愛啦？你才天天咧！」

「你什麼態度，有種一起啊！」

「一起啊！」我也懶得抵抗，反正是最後一次。

在浴室裡，土味四溢地寬衣解帶後，一條蟒蛇垂掛在他只有一小撮毛的下面。秦天不斷搓揉著自己的臉，晃著他那巨大的肉條，包皮藏不住的龜頭流甩著水，像是尿液四濺的畫面。我在這裡感謝先總統蔣公，感謝國父的奮鬥。

「我脖子還有嗎？」秦天轉過身，展露像鎧甲巨人般的背肌。

「這邊還有。」我搓著他脖子下的綠色區塊。

我們互相檢查彼此的五官，他每一塊的肌肉跟天真的笑聲，都不斷在提醒「簽下去」。

「天啊好熱喔。」秦天擠著小酒窩。

「你只開冷水就好了啊。」我說。

「好欸！」

他用力一轉水龍頭，一陣咕嚕聲。

水從牆壁一路經過水管，噴發出一扇形的分散水柱，熱霧爆發。

「啊啊啊啊啊啊啊啊！」秦天大叫，立刻往後一退。

「啪。」他背部撞上我的胸前。

「靠……」我被他一撞有點暈眩。

「噢喔噢開到熱水！」秦天不斷往後壓。

幹你媽的搞什麼？

為什麼跟他洗澡，水龍頭永遠都有事？天生跟水龍頭有仇嗎？

我前胸貼著他遼闊的背肌，他胸前幾公分處灑著霧氣彌漫的燙水。

他滿是沐浴乳的雙臂擠壓著我的骨盆，我的器官被他卡在臀間密不透氣。

「快關水啊！」我試圖把幫他喬位置，卻發現他也沒多餘的地方可以去。

「在關了。」秦天手不斷朝水龍頭探去，但是破爛的蓮蓬頭一直流下燙水到水龍頭上，他只好不斷縮手。我的肉條被他雙臀的縫隙壓著壓著，居然腫脹了起來，根本是泰式按摩。

他每戳一下水龍頭，熱水就變小，我的下體卻越來越脹，直直頂著他的股溝下方。

「欸你……」秦天把水栓牢，場子一靜，滿地的熱水，還有他愣住的表情。我看著秦天的側臉跟脖子，他依然全身貼在我身上。

我的槍順勢被他結實的大腿夾在中間，頂著他的會陰，指著他的蛋蛋。如果可以，我應該要喊「不准動」。

「這……這是正常反應喔……」我舉起雙手，呈現投降姿勢。

秦天低頭下一看。

「我真的……」

「幹，有Fu欸？」他轉頭看向我。

「你說我嗎？我沒地方去啊……」我說，秦天屁股的縫隙夾著我整根，幾乎快把小曉飛壓壞。他這才往前一站解放我，我卻整根直挺挺地指著他。

「我是說我也有感覺耶……」他一轉身，整根純粹喝咖啡像是坦克的大砲，朝上四十五度角轉向我，好像找到敵人。才幾秒的時間，他就完成阿姆斯特朗旋風噴射阿姆斯特朗砲。

「為什麼啊？呼……呼……」秦天一手握拳抵在自己的鼻子前看著我，粉紅龜頭和爆著青筋的整根硬著。

「不是，沒事……我不小心的……」我說。

「你怎麼辦到的？」他一手護著屁股，一臉驚訝的看著我。

「什麼怎麼辦到的？我什麼都沒有做。」我雙手依然舉高，香腸卻還脹硬著，兩人頂尖相對。我原本對自己的相當自豪，但在秦天的士林香腸前，卻成了普通熱狗。

「不會吧？我喜歡飛飛？」秦天雙手試圖遮住他的巨砲，一臉錯愕。

「什麼啦！講人話。」我這才跟著遮住我脹大的東西。

「可以換我抱一下你嗎？一次就好。」他比出「一」的手勢。

「可以不要嗎？」我看著他下面的巨物，說實在有點害怕。

「剛剛你都抱過我了，不公平！」

「好吧……只有一下子喔。」我依然遮著下體，緩緩移動到他身邊。

秦天濕滑的壯碩的兩手從我腰間環繞住我的胸腹，他雙腿微彎，兩塊裝甲般的胸肌擠壓我的背，我沾滿沐浴乳的腿間，一根明顯的硬物一路頂過我的私處，擠滑進我的大腿中央，直直地頂到我的睪丸下。我可以感受到龜頭的邊角刮痧一樣的觸感一路刮過我的胯下內側。我低頭一看，居然可以看見他的龜頭，是天使的號角，完整版。

「嗯哼……飛飛……」秦天突然越抱越緊，下體開始更硬更脹，像是按摩棒擠壓著我的下體，整個都有了酥麻感。

這不是號角，這是永恆之槍[12]。

幹，原來當〇號就是這個感覺嗎？

「喂！」我掙脫他的熊抱。

「啊……抱歉抱歉。」秦天一臉害羞，頻頻擺出敬禮的手勢。

「好啦不要玩了。」我拍了一下他的永恆之槍，只看到超大的槍上下晃著。我不知道這是二十還是幾公分，也不想知道。但是我沒有很喜歡粗大的，畢竟我根本不想用。

「太扯了……難怪……」他低下頭睜大眼。

「難怪？」

「我女友一直說我是雙性戀啊……」秦天手指按摩著太陽穴，看來依然在震懾中。

「真的假的啊？」我愣在一旁。我很少接觸到雙性戀，不知道該如何是好。而且就算互捅也絕對是我吃虧啊，那支永恆之槍根本等於普通人的兩根吧？

「對不起啦……飛飛你不會生氣吧？」他摸摸後腦勺，露出沒有毛的腋下。

「沒有啦，是我先的欸。」我打開水龍頭，開始沖水。

打打鬧鬧可以，要動真格我就不行了。我們安靜沖洗，氣氛有點尷尬，周遭嬉鬧聲不絕於耳。我倆的懶趴也慢慢縮了回去。這善惡的分界，不是對立面，每個人那最後純潔的防線，要如何逃過考驗？

直到我擦乾身體要離開淋浴間，他才開口。

---

12 永恆之槍（Gungnir）：北歐主神奧丁的所有物，一擲出就一定會命中目標。

「不要不理我喔！」他單眼皮帥臉看著我，一手拍拍我的肩。

「不會啦！」

「那以後還可以……抱你嗎？」

「呃，看情況吧。」我打開門。

「Yes！」他握拳手肘往腰際一壓。

回到寢室，那會陰被巨砲擠壓的陰霾揮之不去。

但是沒空想這些了，等等吃完午餐，還要面臨最後最麻煩的打靶。

碰碰碰碰碰碰碰啪啪啪啪碰碰碰啪啪碰碰！打完了靶也不知道成績。

「右手四指在前，拇指在後，握住彈匣底部，裝上彈匣，起立報好！好！」大部分解結合結束。

鑑測全部結束！（打靶部分太敷衍了吧喂。）

我們像是考完期末考的大學生，大家都準備好要搬宿舍。剩下明天的大抽，要跟誰下哪一個單位，都不是自己能決定的事。

晚上我在人來人往的廁所刷完牙，無意識的走到那條恐怖的黑色陰暗走道前。記憶中小宇緊張的味道，他的臉龐就在我轉頭之間。想就這樣牽著你的手不放開，可不可以像這樣單純沒有傷害。

# 24 大抽

炎熱的七月底，所有同梯來到了餐廳。有人的手上畫了眼睛，有人拿出當兵前被拆下來的護身符，有人雙手合十。不知道哪來的傳言，這次外島籤有六成。

而我知道，現實裡沒有童話。

「新兵黃致捷，手中無籤在此抽籤。」遠看一個有點可愛的小兵排到前面。進度非常緩慢的進行著。

「五號籤！花東防衛司令部。」

「花東防衛司令部！」

「花東防衛司令部！」麥克風複誦抽到的單位。

一小時過去，座位中多了許多空隙，像是散場的電影座席。

「後面的，往前坐！」我聽見班長的聲音。

我們站起身，跨過幾個板凳往前，前方的小宇已經被人影擋住。

「嘿！」秦天身上薯條的味道，跟他陽光笑容一起出現，坐到我的身旁。

「喔喔，你看起來很不緊張啊？」

「哈哈很緊張啊！」他坐在我身邊，散發極度自在的氣息。

「我是沒差，反正抽到哪都好……啊幹!!」

我的小腿突然一陣刺痛，整個人差點要彈跳起來。

只看到秦天彎著身，手指掐著一根我的腿毛。

居然拔我腿毛？

「幹嘛啊！你白癡喔？」

「嘿嘿，你毛那麼多，拔幾根做紀念啊。」他一臉興奮。

「不要鬧，很痛欸。」

只看到秦天把我剛剛被拔下的腿毛隨便旁邊一丟，往我的小腿繼續探察。

什麼意思？做紀念就是隨便丟到地上嗎？那每天垃圾桶裡的衛生紙也是在做紀念嗎？

「那我摸一下就好！」秦天沒等我答應就伸手摸起了我的小腿大腿。好像越是生死關頭，他就越不正經。

「靠！」我又是一陣刺痛。

「可惡！沒成功。」他看著指尖，沒有我的腿毛。

「陸軍六軍團53工兵群！」

「陸軍六軍團53工兵群！」前方喊著。

為什麼？明明很正經的時刻為什麼要一直拔別人腿毛？愛不成就要毀了我嗎？

我瞪大雙眼，打了右下的他的頭。

「好啦我不拔了，希望會跟飛飛抽到同一個單位嘛！」秦天摟著我的腰，開始撒嬌了起來，完全我行我素。

「跟你同單位也沒有好事吧？而且抽籤也太久，我想畫畫你不要吵我。」我拿起手中的紙筆開始思忖如何構圖。

「好你畫，我不吵你。」秦天看著我，像是看著主人吃飯的狗狗。

一位展翼的國軍天使飄在空中，身上載滿陸軍裝備，舉著一把極大的步槍，規則在空中漂浮的十把刺刀漸漸出現。不知不覺，我也成為一個中二的軍事迷。

突然感覺奶頭癢癢的，我低頭一看，才發現秦天臉湊得極近，把手從旁邊伸進我的袖子裡，手指摳著我的乳頭。

「嘖。」我把他手推開。

正前方掛著「威武」兩字的餐廳，前面正在生死交關的抽籤，班長也在附近，有人在這種狀況下在玩奶頭的嗎？

「喜歡在公共場合是不是啊？」我不甘示弱，手撫摸起了他光滑小麥色的大腿內側。

「自從上次你在我耳邊講話，我就是你的人了。」秦天笑著挑眉，又伸手隔著衣服搓著我豎立的乳頭，撫摸著我。

我們就這樣面對前方看著大家抽籤，手卻不斷讓彼此開心。就像董事長在開股東會，會議桌下面卻有個秘書在貪婪吹著簫。此刻我漸漸成為快感的奴隸，腦中開始有了不入流的畫面。大量的電流在空中啪啪作響，從小宥勝的指尖傳到我的乳頭。我想停止，卻還想要更多。

直到我感受到摸著他大腿內側的右手背，不斷碰到一個東西。

我往秦天的褲襠一看。

是大神咒，是大明咒，是無上咒。

他已經從褲管探出半顆粉紅色的頭，縫裡還流出透明液體在我手背上牽絲。

神。羅。天。征。

我這才從快感中驚醒，猛然甩開手深吸一口氣。

「啊？」他也發現異狀，起身拉低短褲，藏住他褲管探出的大龜頭。

「你……」我心臟怦怦地看著手背上濕濕的前列腺液，一直流到小指，我驚訝到無法眨眼。還好附近的小兵只是逕自聊著天沒在看我們，不然真的要震驚七十億個馬雲。

「對不起……」秦天立刻把我手抓去，用袖子把他的黏液擦掉。

國防部長，快讓我們放假吧？已經有人子彈上了膛，刺刀閃寒光了，整個營區都要變同性戀了。

我下意識地看向小宇的方向，他在遠方挺著胸站在隊伍裡，馬上就要抽籤。我卻在這裡享受性快感，一股從來沒體驗過的偷腥感油然而生。

「不要再玩了喔。」我指著秦天的鼻子，像跟狗狗發號施令。

「好啦好啦。」秦天說完，雙手折疊在膝蓋、把頭趴在上面開始睡覺。

居然公然睡覺？

算了反正班長都愛他，也不知道為什麼。

看著前方即將輪到小宇，我的心怦怦跳著。所有人中最帥氣的他往前一步、又是一步，最後走到籤筒前。

「新兵莊博宇，手中無籤，在此抽籤。」他的聲音雄厚有力，在筒子裡撈了好幾下，才變了表情，取出一個籤。

「陸軍後勤司令部——六軍團補油料庫——蘇澳補給分庫。」

另一個長官接過再唸一次。

「陸軍後勤司令部——六軍團補油料庫——蘇澳補給分庫。」餐廳迴盪著複誦。

小宇走到一旁，登記了起來。

蘇澳嗎？

這什麼單位超長的。

而且蘇澳似乎挺遠的，就算是已經在一起的情侶我也可能無法承受。

但是如果我在花蓮、宜蘭、台北的話也許就可以……不對，我在想什麼？只要我們沒有在同個單位，幾乎就很難有見面的理由了。小宇不是中央空調，他是那種只會溫暖周遭幾個人的人。

「第二連，唸到號碼的出列。」長官在前面喊著，我站起身走向前，看著前面的黑胖胖跟大根，一個一個接近籤筒，彷彿哈利波特的分類帽。

傳說中的六成外島籤嗎？我冷笑。

無所謂，外島也好、實戰單位也罷，總之讓我離開這一切。小宇可以保護任何人的守鶴之盾、秦天那可以貫穿一切的朗基努斯之槍、冰火九重天的男友，不管我願不願意也得全部重新開始。大根已經抽到聽都沒聽過的南竿，而黑胖胖跟小太監要簽下去，在什麼單位，I don't care。我直直走到方形的籤筒前，對著攝影鏡頭。

給我一個痛快吧！

「新兵黃曉飛，手中無籤，在此抽籤。」我舉起手，掌心朝前，腦中好多好多這一個多月來的回憶。手不由自主地伸進那個密封的恐怖盒子。我後面還有七個人，裡面也只剩下七個籤。我往盒子角落直直一摸，只摸到一個小塑膠條，一把抓起，像是抽衛生紙一樣隨便。

「1號籤！」

我閉上眼。

「**陸軍後勤司令部，六軍團補油料庫……**」拿麥克風的長官，居然唸著剛剛聽過的字眼。

前面都跟小宇一樣。

「**基隆補給分庫**。」

果然不是同個單位。

真是……太好了吧？

我拿起筆在單位的地方簽了名，抄寫了一些資料。雖然沒有緣分了，但心中是憂傷竊喜參半，至少不是外島。

「新兵孫秦天，手中無籤，在此抽籤。」聽到後方秦天的聲音。

「陸軍關渡指揮部，機步營機步一連。」長官說著與我無關的單位。

果然，再見了小宥勝。跟你在同個單位的話，我一定會精盡人亡的。

走出餐廳，大多人默默地走回寢室，鐵青的臉色直逼毛公鼎，回到連上開始大掃除。

「欸，你抽到哪？」我拍了拍籃球男的肩膀，觸感卻像拍到屍體。

「馬祖。」籃球男一反綜藝咖的表現，嘴角一路垮到下巴，像法國鬥牛犬。

「你呢？」我問陣頭男。

「東引。」他搬著中山室的椅子，臉上的表情像是被無預警內射。

好幾個人的臉，比剛入伍的時候還要無血色。

我像記者一樣統計了一下，第六班總共十三人，志願役兩人、戶籍地抽籤一人、本島三人、外島七人。

慘不忍睹的六成外島，簡直是大屠殺。

整個連上突然只有兩種人：一是剛被內射的喪屍，一是嘴角自然上揚的櫃哥。而我的籤，也讓我成為發自內心微笑的服務業，笑容大概是空少的等級。但是我發現空少們都不會表示得太開心，因為太多人有滿腔的怨念，此時囂張的話，很可能被抽到外島的喪屍們攻擊。

「班長說打掃中山室了，要打掃到最高標準。」黑胖胖臉上掛著一個古怪的表情。志願役某種程度上可以選單位，我可以感受到他內心的空少之心。

「好的。」我藏起雀躍的腳步，走進瘋狂打掃中的中山室。

# 25 兩男一杯

喪屍跟空少們，用盡全力打掃這棟樓的一切。我也拿起抹布，尋找一些非常牛角尖的地方擦拭。

「喂，去把那個擦一擦。」斯文白淨的傑尼斯班長，指著門外豎立在牆柱上、「中山室」的藍色牌子。

「是。」

我拿起板凳，非常不穩地站上去，用抹布伸手往藍色橫牌一擦。

「喀——喀喀喀——」

中山室的橫立牌，整個掉到地上。

黑色笑靨掉了，雪白眼淚掉了，該出現的空少表情瞬間掉了幹。

這中山室也他媽也太脆弱？根本是陷阱吧？

我冒出一身冷汗撿起牌子，看著空蕩蕩的牆面。這次捅的簍子簡直如夢似幻，夢魘級的。

「報告班長，這個掉了。」我腋下全濕，跑去問白淨班長。

「哇靠，你死定惹。」

「有強力膠嗎？」

「沒有噢，加油。」班長說完就飄走了。

等一下，說別人死定了然後走掉？這什麼見死不救的班長？

我立刻去找了一卷透明膠帶，站上長凳，決定燃燒人類的最高智商把招牌黏回去。

「喔？飛哥你在幹嘛？」

我往下一瞄，小宇抬著頭看著滿頭大汗的我。

「我在……黏這個，剛剛掉了。」我持續纏著膠帶，沒空搭理他。

「怎麼怎麼，要我扶嗎？你這樣太危險了吧？」

「你應該有其他事要忙吧……」

「哎又沒差啦！」小宇說完，我立刻感受到板凳突然穩住，看到他雙手用力壓著板凳。

「喔喔謝謝啊！」我擦了擦汗。這工作就像要把一本書站立的黏在牆上，非常困難。

「哇──！你在幹嘛啊？」一個略微沙啞熟悉的聲音，是雙性戀秦天。（新稱號？）

「怎麼樣啦……沒看過出包嗎？」我有點不耐煩。

「不是，你這樣太危險了，我也來幫忙！」秦天一屁股面對我跨坐在板凳上，兩手各自按在我的大小腿上。

「喂！」我抖動一下，大腿內側一陣敏感。

這男人在軍校是念什麼的？公然性騷擾科？

「你……你確定你是在扶嗎？」小宇雙眼睜大，又笑又瞪地看著秦天。

「對啊，你不覺得這樣很穩嗎？」秦天傻笑著，雙手上下擼著我的腿毛。兩人都坐在板凳上固定著我的板凳，在我的膝蓋高度互相對望。

「你這樣他會不專心吧？」小宇的聲音。

「飛飛你會不專心嗎？」秦天聲音傳上來。

「呃，還好。」我全神貫注，思考著要怎麼用膠帶建立支撐點。

「飛飛？」小宇的聲音：「你綽號叫飛飛？」

「不是，呃，都可以。」我回答完，突然發現事情好像有點不對勁。

「飛飛是我取的。」秦天驕傲的聲音。「你不覺得聽起來很可愛嗎？」

「……」小宇沒有出聲。

我眼前是充滿膠帶的橫向立牌地獄，你們卻在那邊給我搞這種心機的對話。

「好啦，欸你們抽到哪啊？」我一邊跟物理定律搏鬥，一邊轉移話題。

「蘇澳。」小宇。

「淡水。」秦天。

「那飛哥呢？」小宇的聲音傳上來。

「基隆……好像跟你一樣是後勤什麼的。」

「喔，聽起來有機會遇到喔。」小宇的聲音。

「你們本來就認識嗎？」秦天的聲音。

「沒有啦，只是熟了而已。」小宇。

「喔喔，我還以為你們本來就認識欸。」秦天。

幹，一定要聊到我嗎？聊我提議的事情就這麼不重要嗎？

「……」小宇沒出聲。

「飛飛，今天晚上還要一起洗澡嗎？」秦天抱住我的腿，臉貼在我的大腿上，一陣暖暖的感覺。居然這時候問！什麼時候攻擊性這麼強了？

「不要吵我!!我需要專心。」我用筆把膠帶戳斷。班長！現在立刻馬上Right now把我殺了，我從來沒有這麼想死！

我們三個人安靜著。

「嘖嘖嘖……」小宇扶著我的鞋子。

喂，不是你想的那樣啊！我不跟你洗澡是因為我怕自己會愛上你，不敢讓自己靠得太近啊。這現場，簡直就是「砲友逼正宮」，都是什麼「我這裡有跟你B拍的照片」、「你不在旁邊的時候他都是在我這邊睡喔」之類的對話。

「欸哈囉！」有人跟秦天打招呼：「你抽到哪？」

「關渡，超操的機械化步兵哈哈。」秦天說。

「幹，我抽到東莒，馬的根本不知道是哪個鬼島。」路人小兵。

「博宇哥呢？」

「蘇澳，後勤補給兵。」小宇說。

「聽起來很爽欸。」

「拜託！爽單位有爛缺，爛單位有爽缺啦。」小宇還不忘安慰路人。一張板凳，聊天方式卻是一邊一國。只要路人跟秦天講話，小宇就安靜，輪到小宇講話，秦天也不搭腔。

「好啦那我先去打掃。」路人小兵說。

「掰。」

「掰掰。」

「好了，我黏好了。」我把秦天抓著我腿的手撥開。

「不，不要走。」秦天又抱緊我的大腿，不斷撫摸我的腿毛。

「不行！回去！」我指著他，像是對寵物發號施令。

「小氣欸。」

我跳下板凳。

「飛飛那我先去忙囉！班長在等我。」小宥勝說完，還對小宇挑眉笑一下。

靠，班長在等你，你還在這逼宮逼半天？

「一起啊！」小宇抬起板凳，示意跟我一起搬去放好。我們面對面，只看到他張大眼笑著，搖搖頭說：「看起來，我們的授槍代表很愛你喔？」

「沒有，他很愛開玩笑。」

「真——的——嗎？」小宇講很慢，一臉狐疑。

「真的啦！」

「好吧，明天就放假了！我們一樣約後天？早上九點桃園車站？」突然跟我確認時間，我措手不及。

「嗯，先暫定這樣，再跟你說。」

「你不會……放我鴿子吧？」小宇搭上我的肩，一股誘惑的味道飄來。

「不會噢！」

這是，不會生氣的正宮嗎？

「啊啊啊啊你白癡喔，你把魚弄死了！」外頭的小兵大喊。

「智障喔不是我啊！他自己死掉的啦！」另一個聲音。

「欸，神兵你流好多汗喔。」小太監拿著掃把，看著長得像青蛙的威陽。

「沒有……我今天……還沒流汗。」威陽緩慢地說。小太監指著威陽的額頭，還有濕一塊的胸口。

「啊……不小心的。」

就算我誠心你誠意，但周圍擾人的環境始終，讓我們無法自由相對。忙碌和一個又一個的愚蠢事件把我們拉回現實。

「那我先去掃了喔？」小宇笑笑，拍拍我的肩膀。

「好。」

已經約定一起過下個週末。我也不知為何，明明傷口還沒癒合，你就這樣闖進我的心窩。

「欸黃智障！你去很久欸！」黑胖胖在寢室不耐煩。

「有什麼辦法？誰叫中山室這麼脆弱？媽的你才智障。」我比了中指，發現異男垃圾話用字都很重，什麼「你這個白癡、智障喔、毛病耶、弱智」很容易讓細膩超Gay的我大動肝火。要嗆人就是要不帶髒字啊！

晚上，喪屍跟空少們集中在中山室做離營宣教。在板凳上的我們，覺得人生從來沒有這麼快樂過。

「你們放假也是在執行任務，不要去聲色場所！ＫＴＶ、夜店、晚上不要在外面遊蕩，定時跟班長回報，聽到沒？」輔導長今天罕見地穿著迷彩褲，不是穿緊身褲把懶趴朝上擺。

「聽到了！」

「也不要去叫小姐開房間！如果有需求的，請直接找我。」輔導長接著說。

「哈哈哈哈哈！」大家開始大笑。

黑框眼鏡，講起話來可愛可愛的壯壯輔導長，居然說有需求可以找他。你確定嗎？教室有上百人欸？

「如果你們不好意思，可以到軍官寢跟我說，我是說，如果你們需要我的話。」輔導長繼續自以為幽默。

「哈哈哈哈！」又是一陣笑聲。

我腦中立刻浮出畫面：一打開小房間，一個男人粗壯大腿張開開胯下緊身褲剪一個洞被綁著，手被銬住嘴被貼住，只露出小穴掙扎著。

是什麼《肉便器輔導長》嗎？這種片可以嗎？

「那接下來，我們請營輔導長跟各位說話！」

「營輔導長好！」我們立刻站起。

只看到一個額頭很高的中年男子，緩緩地走到大家面前。面帶慈祥的笑容，一示意大家坐下就立刻開口：「我知道軍中不容易適應，進來之後**你們有沒有什麼問題？**」

什麼意思？

等到我們全部熬過了，最困難的鑑測都結束了，你才首次登場，問大家：「有沒有什麼問題？」人家都射了你才在那邊問：「怎麼樣？有感覺嗎？」這樣可以嗎？

「沒有！」大家一致喊。

「真的沒有問題嗎？」

「沒有!!」

「有問題要說喔，不要到時候放馬後砲喔！」高額頭宣教著。

「是！」大家異口同聲。

什麼馬後砲？都已經洗完澡了你才在那邊說：「放輕鬆，不舒服要跟我說喔。」到底什麼意思？營輔導長真的很需要道歉。

# 26 結訓假海邊

一早，我們收拾著行李，在炎熱的寢室等待中午家人把我們領走。我從包包拿出一罐止汗清涼噴霧。

「結果這個根本沒用到。」

「借我噴看看。」黑胖胖接過噴霧，掀起衣服往身上一噴。

呲——白色的香涼氣噴出。

「喔喔喔喔喔喔喔！」他突然高聲大叫：「喔呵呵好爽喔！」

「我也要！」籃球男接過清涼噴霧，掀起袖子，往他嘎吱上濃密的腋毛一個對準。呲——

「啊啊啊！這會高潮欸！」籃球男又噴了另一邊，腋毛被噴到中分。

「這誰的？我也要我也要！」陣頭男孩也跑來。呲——呲——

「噢噢噢！拜託借我！」一個個小兵對我雙手合十。

「好吧。」

大家瘋狂地往自己衣服裡面噴，儘管用冰涼噴霧攻擊私處釋放壓力很浪費，但是每個都要央求我一下，讓我感受到什麼叫做「老鴇的權威」。

小兵不斷掀起衣服、露出二頭肌、腋下，簡直就是性感比賽。

「你們幹什麼！這誰的？」杰倫班長突然出現，搶下那罐噴霧。

「他的。」有人指著我。

「我也要我也要，借我噴一下！」班長很激動。

「好……」

只看到班長掀起衣服往裡頭一噴。

「喔喔喔！好爽欸！」他的表情非常享受。然後杰倫班長的小臉，閃過一絲猥褻的笑容，把短褲連同內褲拉開，露出上半撮陰毛。他把噴霧放進去對準自己的胯下。

呲——表情像是被頂到一樣，皺起了眉頭。

呲——一部分氣體像乾冰一樣洩出褲管，在空中飄蕩。

這……這一團空氣……就是經過杰倫班長下體的空氣嗎？不行，要忍耐！不可以對空氣有性幻想！這樣太不實在了！

班長食髓知味霸占著噴霧，還不斷拉開小兵的褲管往裡面狂噴。被噴的小兵卻是一臉快感，超級嘶ㄍㄟ奇摸幾。

如果說，女孩們一起換內衣才會出現會讓男人賞心悅目的畫面，那只要給男人一罐清涼爽身噴霧，他們就會自動做出撩人的姿勢，表情美不勝收。

「一分鐘！」

大家穿好便服匆忙下樓。我對著空蕩蕩的寢室，心想六天之後再回來，就是睡一覺然後下部隊了，有點感慨地關上門。下樓梯時，遇到初戀班長，他正一個人跑上樓。

「班長好！」我穿著死老百姓的衣服。

「嗯，你好。」初戀班長抬起臉，看到經過的是我，停下腳步：「我有看到你畫的大兵日記，很可愛。」

「謝謝！」

「以後機靈點，知道嗎？憨憨的你。」他的眉毛不再兇悍、也沒有露出想殺我的表情。仔細一看，他的面容比剛來的時候憔悴很多。

「是，沒問題。」

「好啦，下去吧。」班長笑著拍拍我的上臂。

「謝謝班長。」我們一笑泯恩仇，班長轉向前方走廊的陽光像是追逐著什麼未來，我們前往各自的方向。讓我想起那些年錯過的大雨，那些年錯過的愛情。

看到爸媽就在樓下，我們就算穿成死老百姓，依然得喊雄壯威武。

「……解散！」班長一喊，小兵各自撲向各自的家人。

我跟著爸媽，看見小宇跟我點點頭，我揮了揮手。坐上老爸舒適的車，打開我二十天沒開機的手機，臉書有幾十則未讀通知。但是我一點都不急著看，只是打開音樂，塞上耳機在後座，看著風景享受這遼闊的視野。

獨自一人的沙發，煩惱變得很遠，穿越時空。這一刻巴黎的鐵塔，忽然埃及腳下，釋放我最偉大的想像。我點開了小俊的動態。

畫面充滿了他跟朋友的互動，還有跟阿學邀約去宜蘭的討論串。煩惱跟那些爆炸的資訊爭先恐後地塞回我的腦袋。他們半個字也沒提到我。小俊也沒有用訊息敲我來個浪漫時空蛋。所有對話，就停留在上次放假的那一天。

我們不會真的是感情很好的固砲吧？不想再花力氣扮演完美情侶、不想再把一段關係當遊戲、不想再做夢去麻痺自己。

叮——手機震動，傳來一句Line。

博宇：看開點，enjoy屬於你的日子。☺

這男孩幾乎具備讀心術的能力。

我決定還是先敲小俊，畢竟他還是我男友，脫韁的男友。

飛：哈囉——

俊：！！！

俊：出來了！

飛：哈哈，最近如何？明天有空出來嗎？

俊：明天在準備迎新要開會欸。

飛：四天後呢？

俊：最近比較忙，但是四天後有空，你要來台北嗎？

飛：好吧，那我再看看。

俊：好噢好噢。

那個態度，好像根本忘記我放假一樣。很忙還有空去玩個好幾天，我珍貴的假日居然敵不過大學生暑假一天，以為我沒當過大學生一樣。一股火幾乎已經穩定地在一塊心房上紮營。隨便吧，反正我不需要裝乖，Tone不對就放開，我的浪漫我的眼淚，你不愛就說掰。

回到家，覺得這世界是那麼的美好，時間如此珍貴，坐在沙發上的每一秒都是那麼的幸福。沒有緊張的步調、沒有人隨時盯著你的屁眼、沒有混雜的氣味。這日子不再充滿綠，又斑駁了幾句，剩下搬空回憶的我在大房子裡。爸媽安排好了明天的行程：要去奶奶家吃飯、給阿公上香。

我打開手機，點開小宇的對話框。

飛：嗯，沒事，看開了。

博宇：:)

幹！為什麼回這麼快！

我立刻從椅子上跳到床上。這是什麼甜蜜的感覺？明明就一個笑臉而已，我居然在床上翻滾，他多回一點我是不是就要跳街舞了。

冷靜，這明明就跟貼圖一樣敷衍。冷靜，我把眼神從小宇Line那張脖子掛著全罩耳機像夜店ＤＪ的帥氣大頭照移開。用臉書約了幾個朋友吃飯——傳說中的當兵之後特別重視友誼的約吃飯。

休假第一天，就在跟阿罵吃飯、阿公上香、看《變形金剛》ＤＶＤ中度過，任何事都跟做夢一樣幸福。我不斷Google自己的基隆單位，卻找不到什麼線索，似乎很冷門。直到晚上，該死的不真實感又漸漸出現。

我對這次出遊感到害怕。

跟不小心喜歡上的男人單獨出遊，這太不像是我的作風。我躺在床上，望著右手虎口結痂的疤，想起了小宇的臉。他總是喜歡搭我的肩。

「你不會放我鴿子吧？」他昨天才說。

明明什麼要求都沒有，卻霸道地占據我的內心。我們之後在不同的單位了，明天就體驗看看你這該死的溫柔吧？

# 27 城牆與城堡

一早前往火車站，一個無懈可擊的身影在月台裡朝我揮手。

黑色嘻哈帽反戴、大件寬鬆的黑T跟土色的休閒短褲，比較像是路邊表演饒舌的ABC，一點都不像要去海邊。

「飛哥！喲，不錯嘛！」他笑著迎接我，看著我的黑背心、海灘褲跟拖鞋。我也反戴帽子，兩人上半身就像從剛練舞出來。

「你才吧！你怎麼這麼快？」我問。

「我家住中壢啊，坐火車過來，其實也才剛到。」

他的模樣，讓我望著出了神。

看多了緊繃的衣服褲子、激凸的背心，這種嘻哈的調調反而已經絕種，雖然已經不是第一次看到，但在眼前的人依然像是Jason、潘瑋柏的朋友，經過的路人都會多看先他兩眼，才再看我兩眼。

坐上火車。他在我身邊滑手機，用白色iPhone5聽西洋樂曲，頭還會跟著點，似乎很喜歡聽音樂。

「對了飛哥，要加臉書嗎？」他突然轉頭靠近我，這距離讓我想起了塗抹偽裝膏的那一天。

「蛤……可是我真的很少用。」

「真——的——嗎？」他每個字都加入雄厚的鼻腔共鳴，用定住的帥臉笑容表達最深的抗議。

「嗯。」

其實是因為我臉書太多Gay，而你應該也沒有興趣。一路上我們聊著營區的瑣事：誰偷喝飲料被幹爆、最後鑑測是怎麼回事，還有我們抽到類似的單位，討論搜尋這「補油料庫」到底是何方巢穴。

轉捷運再換公車，風越來越鹹，房屋越來越矮，樹越來越綠。一個轉彎，我們看到了海。

「哇——」

「今天平日，應該沒什麼人。」沙灘上空空蕩蕩，他自信地笑著，一邊把雙腳換上夾腳拖。

前方一望無際的海平面，海的聲音廣闊而細碎地傳來，小宇就在我身邊，視線看著遠方。海的魔力，就在於只要一靠近就會奮不顧身走近，可能因為人類本來是魚，我們的基因記憶。就像我無法抗拒你一樣。

這瞬間，我才知道什麼叫做第一天我存在，第一次呼吸暢快。站在地上的腳踝，因為你而有真實感。小宇被風吹拂的側影陪我看海，海那麼藍，我好像不應該把你想得有點壞。

「我喜歡海，我希望我能變成跟大海一樣。」小宇瞇起眼。

「你已經是了啊。」我說。

「真的嗎？」他看著我，笑得很開心。

接近中午的沙灘又滾又燙，我們放下包包。

「你要擦嗎？」他拿出一罐防曬，上面沒有中文。

「又是你在美國買的嗎？」

「對啊！那時候當救生員一定要擦。」他說完，雙手逕自往上一撩，脫下了衣服。

這好像是我第二次看到他的上空。第一次是剛入伍領衣服叫他ＣＫ男孩的時候。他方形的古銅色胸肌，每一條線都刻劃著性感的形狀。鹹鹹的海風吹過他的身體，融合他味道的撲鼻而來，微微的肚毛旁是又深又凸的人魚線。

看那藍色的海，海上的雲，雲的那端。

「要不要我先幫你擦？」小宇拉拉我的衣服。

「好……」我脫了背心，視線一滅一明。重新映入眼簾的，是小宇正在脫褲子的畫面，裡面居然已經穿好一件白色海灘褲，左邊印著藍色的字，是Superdry。

「你這一路上都穿兩件？」我超驚訝。

「我在捷運站出來的時候換的啊，那時候你在尿尿，你忘了嗎？」小宇瞬間就換裝完畢，從暖男變成小太陽。

「哈哈我還想說你怎麼大號這麼快咧。」

「拜託！」他無奈的笑著，整理起包包。

他的人魚線像漏斗，從腰際向前連接大腿，從六塊腹肌肚臍向下延伸，隱沒在褲子內。因為被肌肉撐起，海灘褲與人魚線的中間，居然出現空隙。從某個角度看，幾乎可以看到褲內的黑色陰影。我第一次看過這種人魚線。

「那我塗囉？」他在我身後，擠了一點白色的液體在我肩膀上。濕濕黏黏的手掌均勻推開我的背頸和脖子的肌肉，他溫柔地用手指撫平我每一寸躁動，無憂無慮漫步每個角落。

「不錯喔！」他捏了捏我的肩膀。

「還可以啦。」

「好！」小宇幫我擦完，把防曬乳給我，自動轉過了身。

我擠了些在他身上，撫摸他倒三角厚實的背，把液體均勻抹開，小宇一直不自覺挺胸闊背伸展，我摸著凹凸不平的肌肉，全身比沙灘還熱。

「前面要嗎？」我開玩笑，作勢把罐子還給他。

「喔？你……你要幫我嗎？」他轉過身面對我笑著，聳聳肩幫自己脖子按摩了幾下：「你OK就可以啊，有飛哥服務當然好啊！」

「那你不要亂動。」我把濃稠的液體擠上他兩塊有稜有角的胸肌，看到他右胸肩膀有一小塊黑青。「你這也是打靶的瘀青嗎？」

「是啊，你也有喔。」小宇指著我的右肩窩，我卻看到別的東西。

他那兩顆小小淡粉的乳頭有精神地向前下方挺著，我認真地抹著防曬。今天以後，我們就是蘇澳跟基隆的距離了。

「要……要我幫你嗎？」小宇看著我的臉，我們距離只有三十公分。

「好啊。」

他接過防曬乳，也擠了點在我胸上。手摸過我的脖子、上胸，一點也不含糊，遠遠看來就像在沙灘上前戲的兩個人。

「我喜歡這樣。」小宇突然開口。

「蛤？」我心頭一震。

「我說，我喜歡這樣的步調，跟你在一起悠哉的感覺。」

「像是在樓梯上聊天耍廢？」我說。

「欸，有了解我喔。營區裡面什麼都好趕，不知道在趕什麼。」他苦笑。

「沒辦法吧，人多就這樣，他們就是有很多東西要教吧。」

「這樣說是沒錯啦……」

「如果很悠哉，就不是當兵了。」我抹著抹著，已擦到了他的臉。

「對啊……但是這才是人生嘛。」小宇也擠了一點乳液，抹在我的鼻粱上。「這裡要多上一點，不然今天的太陽真的會脫皮喔。」

「這裡也是啊。」我塗了一小坨在他黑亮的額頭上，像是幫獅子王辛巴加冕。

我打開包包裡的手機，看到臉書浮現一則動態。小俊被標籤的新貼文，是一群人在火車上的合照。

動態標著：**陽光衝浪團，出發囉——**

全世界好像除了我以外，沒有人知道我跟男友有一週年這件事。

「怎麼了？」小宇等著我。

「沒事。」我關上手機，起身在烈日下涼涼的濕土上行走：「你之前當救生員，有沒有發生什麼有趣的事？」

「有趣的事嗎？」小宇看著地上，想了幾秒：「常遇到的就是不會游泳又要下水的吧。」

「那你要一直下去救嗎？」

「通常都是先丟游泳圈啊，不行才要下去。」他笑。

游泳圈都應該要沒收的。

聊著聊著，走到一個較寬闊的沙灘。

「我想蓋東西。」我蹲下來。

「什麼什麼？你要蓋什麼？」小宇眼睛一亮。

「還不知道。」

我把濕濕的沙子集中，一層層堆成方形，看上去像別墅。

「你不會是在蓋房子吧？」小宇笑著蹲在一旁。

「是啊，在蓋未來的家，還要有游泳池。」我指著被挖空一小塊，裡面有水的地方笑著。

「喔，那要我幫忙嗎？嗯？」他身上的味道傳來，讓我無法專心。

「好難講解喔，你在旁邊看你隨便想蓋什麼吧。」

「好吧！」他應了一聲，走到我身後海的旁邊專注地挖起來。看來不管多大的男人一到了沙坑，都會變成小孩子。

我心無旁騖地蓋起沙雕，想起小俊、想起那些前任，我的人生好像又回到了原點。

挖窗戶、挖小徑，加上手指輕拍，一個有車庫、有游泳池、前面還有小花園的小城堡，占地有一個小行李箱這麼大，我才心滿意足的起身，看了看小宇。

被我遺忘的他，推了一道長長的ㄇ字形山脈。

「這是什麼啊？」又厚又高的ㄇ字型牆，小腿這麼高，牆前有很深的溝，圍繞我的城堡。

「蓋城牆啊，這樣，你的家就不會被沖掉了。」他帥帥的側臉蹲在旁邊，汗如雨下吃力地挖著坑，再把沙子堆砌在牆上。專心的蓋著他的守鶴之盾。

「笨喔，好醜噢。」

「功能！重點是功能！」他燦爛一笑，啪的一聲再把沙堆在牆上。

我終於知道為什麼我昨天一度想要取消這個行程了。因為跟你在一起開始會痛了，也開始愛了。世界上最遙遠的距離，就在我們之間。

為什麼。

這個牆好醜，我卻有點想哭。

「沒有用的……海浪一來就什麼都沒了……」我看著他的身影。

「沒關係！撐越久越好！呼——」小宇氣喘吁吁地跑來我身旁坐下，好像在說著我們的關係。

總是趕都趕不走，總是這麼自以為，說得好像有你在，我就不用擔心外面的風風雨雨一樣。這霸道的溫柔令我全身發麻。

我們倆躺下，太陽逼得我瞇上眼。

「你為什麼不交女朋友啊？」我從眼縫裡看見藍藍的天。

「你真的想知道？」

「啊不然咧。」

「嗯……你聽到不會笑吧？」他正經的聲音。

「我發誓。」

「因為，我對女人沒什麼興趣。」

「蛤？」一陣天旋地轉，我臉上的肌肉不自覺抽動起來，一時無法理解。

「但是對男人也沒有。」

剛掀起的狂風暴雨，被一道天雷夷為焦黑的平地。

「真的假的？那你……需要那個嗎？」我轉頭看向他。

「你說清槍嗎？其實不太會。」他皺了一下眉。

「那你都怎麼……」

「就，順其自然啊……」小宇也坐起身看著我：「怎麼樣，會很奇怪嗎？」

他完美的身形散發性感的味道、那充滿磁性的聲音、極度溫暖的一切。我這才突然理解為什麼他不像異性戀、卻也不像同性戀的原因了。

這一切都說得通了。

「難怪你不太聊女人啊。」

「之前還是有努力認識女生就是了，在想是不是沒遇到對的人。」他手放身後撐著身體。

「但是沒有什麼效果嗎？」

「喔？曉飛很懂喔？你不也是，很少聽你提到女友以外的女人啊。」

「我也……」如今，你都跟我說了這樣的祕密，那我該出櫃了嗎？

「怎麼？」他瞇起一隻眼看我，陽光的笑容。

「我其實……」我無意識的玩起手邊的沙。任由愛化成沙，微小得可怕，在手心中慢慢地落下。原來再見一霎，還是無法說出內心的話。

完全無法。

「……我跟女朋友，好像差不多了。」我話鋒一轉。一切都這麼措手不及，只看到你對女生的無感，沒看懂你對男生的友情。

「唉又，沒關係！有我在！你看，蘋果。」他拿起一顆用沙子握出的球。

「矮額，這是大便吧？」我接過沙球。看這小宇，這才是我的蘋果，就像天邊最美的雲朵。看久了，他已經不完全像王陽明，多了好多稚氣跟可愛。這真的可能是無性戀嗎？

「來比賽，看誰丟得遠。」我站起身。

「怎麼怎麼？手榴彈投擲嗎？」他跟著站起，用沙子做了一顆球。

我左右觀察，整個白沙灣只有幾個人在岸邊的棚子裡。

「新兵戰士067！在白沙灣做第一次投擲！投擲！」我兀自大吼著。擲出手中的沙球，蔚藍的海平面上，一個小點遠遠地噗通墜入海中。

「哈哈哈，好換我。」第一次聽到他大笑。

愛情不只玫瑰花，還有不安的懲罰，快樂呀誤解啊，隨著時間都會增長。

「好！投擲！」小宇丟出一球，看不出誰比較遠。

退潮的愛像刀疤，傷過給一個說法。放了才能夠快樂，讓心好好休息一下。

「去他的手榴彈!!」我又丟出一顆球。

「好！去他的！」小宇也丟出一球。

「幹！」我怒吼，球在空中散開，化為好幾道水花。

「Fuck！」小宇的球，從空中直直掉入水裡。

滿腔的熱情，跟著沙球一同沉入海中。即使我永遠無法對抗大自然的力量，在這個難以尋找對象的世界，我也要發洩那微不足道的不甘心。

直到筋疲力竭，我們才癱在沙上。全身都是沙子，我們走進海裡漂浮著降溫，洗掉一身沙。喜歡游泳的我，頭在冰涼的海水中後仰，露出一張臉在水上飄著，活像隻水獺。

「舒服嗎？」小宇的聲音。

「嗯。」我閉上眼，想起這是靈修的一種方式。

除了海平面的界限，所有的觸覺都消失了，只剩下水咕嚕咕嚕的聲音。我不知道小宇在哪裡，此刻的我什麼都可以不在乎，時間的流逝也逐漸模糊。

好像，隨時都可以死掉。

「嗯？你這樣會漂走喔。」小宇還在旁邊。

「沒差……」我用氣音。

「不行不行，這是救生員的職業病，要把你救起來。」突然，我的手被小宇拉住。

四周的海水依然上下蕩漾著，而我是一艘被拖曳的小舟，一陣一陣的海浪時而順推，時而回流，我卻逕直地被往岸上拉。

拜託，救我的方式，就是放我在那。越拉，我就就陷得越深。

「快到岸囉。」小宇的聲音。

我的背慢慢蹭到了沙，再也漂不起來，這才站起身。

沖了澡，我們回淡水吃飯。到處人來人往，小宇點了阿給跟魚丸湯，還買了一包鐵蛋。一路上，我們回顧著過去、憧憬著未來。

坐火車回到桃園的路上。

「你要不要聽？」小宇笑著把一邊耳機遞給我。

「好。」他像個大男孩一樣，聽著音樂自High舞動。螢幕顯示是黑人饒舌歌，小宇有力地律動，像個ＤＪ一樣相當陶醉。

回到家，我看到小俊的臉書──跟五個朋友去衝浪的照片。而我，手機裡存放著幾張跟小宇的自拍，還有小宇跟我們城堡的合照。我們沒有加臉書，當然也沒有打卡。

謝謝你，陪我走過那些路。痛，是以後無法再給你幸福。而我跟小俊還是有一搭沒一搭的道晚安，我不敢想像，要是沒有了小宇，我這個一週年紀念日會有多幹。

剩下三天假日，在電影、書堆、飯局中度過，無論再怎麼充實，還是要結束。跟一般人不一樣的地方是，我用盡全力在搜尋「無性戀」的資料，不論是個案、故事、還是人格特質，都像極了小宇。

# 28 再見，再次見面

收假下午我拖著空洞的雙眼回到營區，心裡抱著一份期待。因為明天就要離開這裡，離開這個幹來幹去的地方。就算換地方被幹，至少不同班長、不同地點，總能蹦出些新滋味？

寢室，所有人都在這，但也不在這。

「天啊！好不可思議，再睡一個晚上，明早就要離開了！」黑胖胖當起了班頭開始感性時間。

「我覺得第六班的大家都好好，除了曉飛一直嗆我，還一直去跟帥哥約會。」

「誰給你約會，嘖。」我弄著蚊帳，心虛到了極點。

「哼哼好啦，班長說等一下要集合，排明天要被載走的隊伍順序。」

「我們難道就直接載去上船了嗎？」外島籃球男一臉哀怨。

「不知道欸，可能吧？」

晚上的連集合場。

小宇就在隊伍的左左前方。他好像也感覺到什麼，轉過頭來，笑了。可惡，還來不及仔細寫下關於你的事，描述我如何愛你，你就要微笑的離我而去。

「等等旅集合場會唸你們下的單位名稱，同樣單位的就出列排隊，聽到沒有？」

「有！」

「蘭陽地區指揮部！」寬闊的旅集合場像拍賣會場，班長像是人口販子。

「21砲指部的這邊！」

「裝甲542旅！」

「東引地區指揮部!!」

每個隊伍人或多或少，有的兩大排，有的不到十人。

「三支部！」

我聽到了我的單位，快速走出隊伍，走到那支小小的隊伍裡頭，跟前前後後的人點了點頭。

「不用看！這些人只是跟你們一起待撥交！」一個不認識的小隻班長喊：「待撥就是在你們新訓跟下單位的中間，先在別的單位等待。可能會有好幾天，也給人事一個緩衝的時間。」

也就是說，在同一個指揮部底下的會一起上車，出發到同一個地方待機好幾天嗎？我前後一望，少說也有二十幾個人。

「你們等一下。」班長拿著紙，跟另外一個班長討論起來。

而我隱約看到前面有一個似乎很優的男人看著後面，我不知所以然地皮膚一陣疙瘩，散光一百多度的雙眼自動瞇了起來，才逐漸把身影交疊在一起。

是小宇？

他看到我點頭之後才轉回去。

對啊幹!!

在同一個指揮部底下啊？還要一起待撥!!

幹，我都已經做好心理準備了！你還要跟！（明明是自己沒做好功課。）

那感覺就像期末考延期一樣，一喜一憂占據著我，喜的是我還可以多學習幾天什麼叫愛，憂的是愛很累。

「曉飛，你剛剛走好快。」刷牙時間，小宇走過來。

「嗚呸。」我吐掉牙膏：「我不知道還會遇到啊！」

「嘖嘖嘖。」小宇搖搖頭：「你這樣就太不夠意思了，那我先去了？」

「嗚晚安。」

我看著他的背影，想起前幾天對「無性戀」的搜尋，這就是傳說中那1％的人嗎？

隔天早上，一輛一輛出現的，不是我們想像的遊覽車，而是卡車。我們背著大包小包在集合場上，班長給我們抽菸放鬆，整個連集合場樹蔭裡像是火燒山一樣冒煙。

「啊！飛飛！」秦天走過來。

「怎麼了？」

「快寫你的電話。」他拿出小本本跟一支筆。

「喔。」我接過來，寫著。

「不要亂掰喔，亂寫你就死定了。」他單純的眼睛，銳利的眼尾看著我。

「好啦，喏。」

「拿來啊！」他伸手把我的小本本拿走：「我寫這裡噢？」

「喂。」

「不行，寶貝到時候想我的話怎麼辦？」秦天遞還給我，望著我的臉，手不忘摸著我的手毛。

居然叫我「寶貝」？

約砲法第兩百一十四條：砲友動感情是大忌。

而且「寶貝」頂多只有在做愛的時候會叫吧！哪有人在連集合場叫的？

「放心，北鼻你乖。」我把秦天手拿開，嘴巴不忘吃他豆腐。

「可惡，放假我一定要找你！寶貝不准不理我喔。」秦天笑著揍我一拳，就離開了。

我想起了他牽絲的馬眼，我們都回不去了。

「上車！小心腳下！」路人班長喊著。

小宇跟在我後面，我們上了十噸半——外頭罩著一張綠色帳篷的卡車。

左右觀望一下，車子發動，毫無避震的感覺簡直就像坐在無數個跳蛋上。

遠遠看去，我這才發現我們住的寢室，就只是一棟普通的三層樓高中教室；前面那一片水泥地，也只是一塊普通到不行的水泥地；手榴彈投擲區單戰場，也只是一片草地，散落幾個廉價的障礙物。這些場景都越來越遠，消失在轉角。

這麼簡單的幾個場所，我們卻日夜在上面換姿勢給班長幹、洗鴛鴦戰鬥澡、一邊便秘一邊屁滾尿流。人真是很會找莫須有的事情來煩自己。

營區的大門關上，我們一車的難民跟這個新訓中心說再見。這些人，其中會有幾個是要陪伴我度過未來十個月的人嗎？我突然對新的緣分感到期待，即便小宇就在我右邊，散發著迷人的味道。

「呼——終於。」一個身上有刺青的台客原住民拿出菸，開始抽起來。

「哼……」小宇面有難色，眼睛微微上吊。

我該做些什麼嗎？

「欸……這樣很悶著抽菸不好吧？」我說。

「蛤？不然把帆布打開啊！」刺青男跩跩地說著。

後面同梯把尾端的帆布拉開一條縫。

「對嘛！這樣不就好了。」刺青男把菸給了其他小兵。我對未來開始幻滅。

# 29 全新夥伴

大家昏昏沉沉像是家畜一樣的被運送著，每個轉彎身體都要出力才不會飛出去。以前看到一堆軍人在車上，都很想跳上車來個什麼多P車震的畫面，現在上了卡車才知道多P原來如此無奈。經過一兩個小時，到了桃園大溪之類的地方下了車，某個ㄇ字型建築物廣場已經有一些小兵等著我們。

「我是人事官，你們也可以叫我排長。」一個白淨的男人站在隊伍前，戴著眼鏡約莫二十五歲出頭。

等一下!!

這排長未免也太可哀（愛）——

寬寬的下巴，有神的雙眼，一臉書生樣。根本是戴了眼鏡的邱澤！

我們都是小資男孩向前衝啊啊啊！（六千薪水是微資男孩吧。）

「你們接下來的時間，就是給我管。等等可以抽菸喝飲料喔。」邱澤一點威嚴也沒有，是一個小兵在帶隊的感覺。

其他鮮肉一卡車一卡車送來，邱澤排長拿出一張紙。

「我們要排隊伍，來，桃園分庫的舉手……」

「有！」

「排這邊……然後新竹分庫的舉手。」

「有！」

排長看了看隊伍中的人：「基隆分庫。」

「有！」我舉手。

我冒著必死的決心，左右看了一下舉手的其他三個人。

這就是接下來十個月的夥伴!!

前方一個小眼大叔舉著手轉身，有一點點鬍渣，眼睛瞇成一線天。眉毛雖然濃，卻只是一副好爸爸的樣子，我想不到任何對應的明星。

熟男我無法，對不起。（跟誰道歉？）

右後方，一個略矮我一點的小臉男孩，戴眼鏡的眉宇間透露著憂鬱，烈日曝曬後的黝黑模樣，有點像是哀傷版的陳坤，一副冰山美男的模樣。

排長，這個我可以。

左邊，一個矮矮的圓臉高額頭的男人舉著手，戴著大大的黑框眼鏡，一副貪官的猥瑣樣。

排長，可以換人嗎？

我們四個人排在一起，小宇硬生生被醜醜的貪官擠開。

「看清楚，這就是你未來十個月的夥伴。」排長提醒著，真實世界裡面沒有童話、現實是殘酷的、心痛比快樂更真實、生於憂患死於安樂。（開始亂寫了？）

突然，我聞到貪官身上傳來一陣惡臭，好像什麼小動物死掉的味道。

沒有童話也不至於要這麼煉獄吧？

我們來到寢室，背著行囊。

「等等三點整，你們選好床位、內務整好，到樓下集合。跟你們未來的同梯好好培養感情吧！開始動作。」可愛邱澤排長溫柔地說完，所有小資男孩一陣兵荒馬亂地衝出，尋找最好的位子。有人尋找插頭，有人看到下鋪就直接放下超大黃埔包。幾個剛認識兩兩一組的同單位小兵也開始配對成為枕邊人。

「曉飛！」小宇在人潮洶湧中叫住我。

「欸──哈囉。」

他在我的右後方的右後方，我們已不是新訓時左前方一個手臂的距離。

「你跟同單位的一起睡嗎？」小宇轉頭看了看斜對面床位一位瘦小的黑炭男孩，他正指著床位示意小宇。世界被調整成以微秒為單位，人來來去去在我們倆的眼神間。

「呃……」

「那是跟我同單位的……」小宇解釋。

「去吧。」我微笑。

幹嘛解釋？同單位的睡一起是天經地義。我緩緩地轉身，自行離開小宇的視線到櫃子前。雖然看不到小宇，但是我可以想像他苦笑著的臉。拉開綠色黃埔包的拉鏈，我把衣服拿出來掛。

你走了嗎？

我轉頭看著剛剛他站的位置。

小宇厚實的背影，剛要走向那個小黑炭。

在那裡站了半分鐘嗎？

我坐在床上，拿起筆翻開隨身攜帶的記事本，寫著的許多事都是關於你。愛得痛了，痛得哭了，哭得累了，矛盾心裡別總是強求。

「你要睡上鋪嗎？」一個年輕的嗓音，一個憂鬱的眼神。是憂鬱男孩。

冰冷的小帥陳坤，眉毛卻跟范冰冰一樣哀傷。

「噢對啊！你也是基隆的吧？」

「對啊。」

「你也要睡上鋪嗎？」

「喔，我沒有要睡上鋪的意思。」他冷冷地說完，就繼續整理自己的東西。

「嗯。」

幹那你問屁？新夥伴都這麼難相處嗎？剩下一個貪官、一個大叔，我根本不想去找他們睡。（自己好到哪裡去？）

「這裡有人睡嗎？」一個濃眉小狗眼的男人，指著我旁邊的床位。

「目前沒有。」我剛剛撞到冰山有點悶。

「那我要睡這裡！這裡離門口比較近！」他把黃埔包一丟。

「你確定嗎？」我苦笑。

感謝各位國防部長，感謝國父……感謝袁世凱、感謝溥儀的付出。

「對啊，放心，我不是Gay砲啦！」他也笑著：「我看起來有這麼娘嗎哈哈？」

我充滿感恩的笑容瞬間消失。

幹你媽，Gay礙著你了？你不知道Gay「看起來」都很Man嗎？

長得可愛就可以亂說話嗎？

我看了看他深邃的大眼與五官，還有那高壯的體態，全身散發的一股男人味。

好吧可以。

「一分鐘!!」樓下喊起了距離集合時間。

我們整隊走到餐廳，身高由高到矮分別是我、冰山男、大叔、猥瑣貪官。

我也立刻發現，在邱澤人事官溫馨的帶領下，所有人的腳步都亂七八糟，拖地的拖地、無力的無力，簡直像是一群觀光客。

「你們不會走路嗎？看你們這樣走我很痛苦欸。」人事官臭著白白的臉。

大家持續散漫的走著，軍靴拖地的聲音此起彼落。

魔鬼連出身的我簡直不敢相信，居然可以這樣走路，這連我看了都很痛苦啊！

「1、2、1、2！」人事官喊著。

瞬間大家腳步回歸一致。

然後人事官一安靜，又開始散亂。

邱澤的臉寫著「放棄」兩個字，仔細看的話其實寫著「馬的這群廢物」。但是他也懶得精實的樣子，看來這個暫時收留我們的單位滿涼的。

同單位的我們聚在一起填資料。這裡的餐廳是兩個長桌併在一起成為一個正方形。好幾十個正方形。

「黃……曉飛？」猥瑣貪官看了一下我的資料，一股惡臭傳來。

「嘿啊，你叫什麼？」其實我根本不在乎，拜託你離我遠一點。

「噢呵呵呵，我叫陳春凱，耳東陳，春天的春，凱旋的凱。」

管你是發春的春還是春藥的春，你他媽有洗澡嗎？

你為什麼不洗澡？

「欸，你笑起來好像我一個朋友。」大叔突然說話。

「你是說，笑起來很陽光嗎？呵呵。」貪官笑了，露出牙齦。

「不是，笑起來很猥瑣。」

「真的……笑起來還滿淫蕩的，超色的。」憂鬱男孩搭腔。

貪官被這樣猛烈的砲火攻擊也會生氣的吧？我轉頭一看。

「噢真的嗎噢呵呵呵！」春凱只是用假音燦爛地笑著，彷彿你把他懶叫剪掉他都不會生氣。大家初次見面居然就很友善的互相攻擊嗎？這個矮貪官陳春凱，輔仁經濟系畢業，我叫他色凱。憂鬱的陳坤總是似笑非笑，在人群中安靜得像宇宙，黑框眼鏡下的臉小而帥氣，但是眼鏡框底下有一路延伸到耳朵的兩條白色曬痕，文化大學企管系畢業，身形不胖不瘦，叫藍江弘、憂鬱弘。

大叔叫洪任真，清大統計畢業，在他極小的瞇眼裡我看不到眼球，就叫他大叔吧？反正老臉我真的無法，體育學院的大叔也是不行的。

「等等下課時間，你們看到外面的區域了嗎？」人事官指著餐廳外：「那個地方是吸菸區，抽菸可以去那裡抽。」

下課鐘聲一響，一半的人都彈起身走到外面吞雲吐霧。人事官邱澤，現在淫水紀錄卡不用寫了，要不要考慮弄個吸菸紀錄卡啊？搞不好對慢性病研究很有幫助？

看到小宇依然坐在遠方的位子上，不知道為什麼我也沒有任何抽菸的慾望。

「下部隊之後，你們衣服就要自己洗了，這邊有曬衣場。」澤澤排長（越叫越親切？）推了推眼鏡，指著一座有屋簷、很像豬圈的地方。

意思是，大家的內褲都要光明正大的掛在這了嗎？會不會太……幸福？

感謝段祺瑞、感謝馮國璋、感謝胡適跟魯迅的付出！

晚餐時間，我們這桌的人固定下來，成員就是基隆分庫的四人跟桃園分庫的五人。桃園幫有個頭頭，是原住民刺青男，濃眉大眼，卻是滿臉痘疤，很需要「精滑液」的滋潤。

「吼，要等好久噢！」坐定位時，刺青男不斷抖腳。

「沒辦法的啦——」一個矮子小弟回他。

只看到刺青男身體一趴、雙嘴一張，伸出舌頭像在舔什麼小穴似的，勾起碗裡的一坨飯開始咀嚼。

所有人看到簡直不敢相信。憂鬱弘轉頭跟我對到眼，大皺眉頭。

澤澤排長，我想換桌。

# 30 恐同黑狗男

與其說待撥是調適教育，倒不如說是耍廢。

炎熱的午休沒有冷氣，幾個有刺青小兵都脫下衣服展露肉體，有的是惡魔，有的是彩色的魚，一時像是來到什麼情色書法展。有的在床上看書，有的用手機講話，有的就在聊天，好像比誰過得悠閒。

「喔呵呵呵……」一個愛聊重機的胖子，拿著手機電話跟女人聊天。

「呵呵呵呵——」大家學著他。

「呵呵呵呵……」胖子的聲音。

「呵呵呵呵！」大家複誦。

「啊？」胖子發現他的笑聲被複誦，從床上彈起身。「幹。」

「哈哈哈哈哈！」寢室幾十個人笑得人仰馬翻。

「白癡。」小狗眼男孩躺在我身旁，不但裸著上身，連褲子都脫一半散熱。

「你這手機也可以通過啊？」我看著他在按手機。

「嘿啊——這不能照相，你沒有帶喔？」他側過身轉向我，我一直想不起來他像誰。

「沒有欸。」

「啊哈哈，弱！」他露出一副屁孩的笑容。「你要借就說喔，只是不要講太久。」

他把手機在我面前晃啊晃，黑黑的手臂傳來一股說不上的鮮肉味。我接過那隻螢幕很胖的黑白手機，卻完全想不到要打給誰。

已經不知道要跟小俊講什麼了。

「還你，我暫時用不到吧。」

「蛤，對了啊你之前念哪裡啊。」他拿回手機。

「世新。」

「我實踐設計，你們那裡正妹很多吼？」

「嗯，滿坑滿谷。」我想，連男生都超正。

意興闌珊的聊了一些妹的話題，我就累了想睡。討論各校妹的差異不是我的強項。他像是隻單身發情的公狗，開口閉口就是女人。有些人只要一聊天，就知道未來有沒有彼此。

晚餐後，澤澤排長說到樓下整隊，帶著水或飲料到餐廳集合。

居然是看電影！

這是部香港警匪片，充滿諜對諜，劉德華郭富城幾個熟男彼此在警車上弄來弄去。

「排長是不是對我們這梯特別好啊？喔呵呵。」色凱灌了一口可樂。

「沒有，他只是懶得理我們，就讓我們看影片。」

「說得也是欸，但是放A片更好啊呵呵。」他的臉在半明暗的光線下，像極了強姦犯。

上百人看A片嗎？那是什麼樣的一個畫面？看哪些人沒在看螢幕就露餡了啊！

「你真幽默。」我其實想說的是，你的衣服真酸臭，你真的是要跟我下單位的夥伴嗎？而憂鬱弘微東南亞精緻的臉，在一旁露出與世無爭的表情。只有電影出現大爆炸死很多人時，他才會發出嘖嘖兩聲，是個冷豔空靈的男人。

至於大叔在幹嘛，I don't fucking care.（我道歉。）

洗澡時間，我站在門口，看著大家爭相走進浴室。這裡獨立單間的，而且間數超多，大家居然都自己一個人洗澡！

一個又一個的打擊，不斷衝撞我的內心。

我走到最後一間排隊，裡面的小兵走出來，我進去立刻注意到左手邊是一扇窗戶。

那窗戶，大大一扇開到腰。

「幹，這間是怎麼回事？」我看著外頭的夜景，但這裡是二樓。

「哈哈洗澡還有觀景窗喔。」剛洗完的小兵頭也不回離去。

我關上門，無奈地脫了衣服，看著外面。旁邊就是馬路，車子跟人不時會經過。好不容易有一人一間的浴室，居然洗到這種暴露狂專用的。

「哇靠，誰啦，我這間地上好像有洨！」其他間浴室傳來聲音。

「應該是沐浴乳吧?!」

「堵在在排水孔欸，靠。」

「額，我這邊好像也踩起來怪怪的！」

別身在福中不知福了，我在這個跳起來就會露屌的景觀浴室，別說尻槍了，連用太醜的姿勢洗澡都很危險。一想到經過的軍人抬起頭就可以看到我的裸體，我就覺得這種感覺……

好……

好……

好特別？（臉色紅潤摸臉頰。）

洗完好特別的澡，我們在床前掛蚊帳，這一整天就是荒謬。

「明天要出很多公差體力活，今天你們好好睡啊。」澤澤排長走進我們長長的寢室。

「好——」人來人往停住，充滿沐浴乳的香味。

就在這個時候，身旁的小狗男脫下了衣服褲子，爬上我上鋪的左邊。滿身鮮肉味洗澡後變成茶樹的香味，像是在芳草裡打滾過的小黑狗。

已經先進到可以只穿內褲睡覺了嗎？

「飛哥，晚安。」小宇經過我的床，從下方笑笑看著我。

「晚安。」我回笑。叫我「曉飛」的時間，果然只有前陣子那一下下嗎？

「對了，有一件事想問你……」小宇想說什麼，卻看了看我的左邊。小狗男只剩下一件鬆鬆的直條紋內褲，寬鬆的開口朝向我，只有兩顆白色的小釦子封印著什麼。

「嗯？」我故作鎮定。

「我想問一下……」

眼前一黑，大燈開關達達地熄滅一切，瞳孔來不及放大，周遭一片黑暗，只剩下一樓路燈將樹的影子烙印在窗上。

「明天再說吧？」我看著小宇的剪影，沒有他的臉。

「好吧……」

你會問什麼呢？

不要用我的愛來傷害我，你知道我有多脆弱。

天亮了，我眼睛一睜開，發現。床下爬來幾個穿著軍服的同梯。每個都殺紅了眼、額頭爆滿青筋，像喪屍一樣要爬上我的床。

「不要!!不要！幹！幹你娘！」我不斷把他們踢下床，為了阻止他們接近我身後那──折好的棉被。

越來越多的喪屍同梯跳上床，我單腳伸直蹲低，在床上踩著太極八卦陣，拳打腳踢保護著我如豆腐般的棉被。一不留神，其中一隻喪屍穿越我的八卦一百二十八掌，抓到我折好好的棉被，棉被掀開。

「呼！呼！呼！」我睜開雙眼，滿頭大汗。

原來是夢？

我慢慢起身，微亮的窗戶跟手錶，才五點多，我決定去尿尿。對剛剛愚蠢的夢嘆了口氣，看來我真的很怕棉被弄亂。

是什麼樣的殭屍要攻擊棉被？在夢裡我的智商到底是有多低？

我轉過身，要爬下床的那一刻，發現旁邊一座用布跟棒子搭建的三角篷。

你是……「晨伯伯」？

昔孟母擇鄰處，子不學斷機杼。竇燕山有一方，教五子名俱揚。

孟母果然很會，選好鄰居才能看到很多「具陽」？

黑狗男孩蚊帳裡，他抱著棉被的五官相當霸氣，眉毛、鼻子眼眶都又深又大。但那直條紋的內褲，不但被勃起頂得扭曲，還微微彈動著。

「!!」我像是遭遇到玩家的ＮＰＣ，頭上出現驚嘆號卻動彈不得。除了男友以外，人生第一次這麼近距離看到晨勃。

整件內褲被撐緊，連兩顆懶蛋都被擠到一邊呼之欲出。渾圓中間有縫的小狗頭把內褲的鬆緊帶微微撐起，肚毛一路延伸到內褲深處。而那兩顆鈕子只靠著兩條綿線勉強撐住，像隨時都會彈射出來。整根地獄犬隨著他的心跳同步顫抖著，彷彿在大喊：「快放我出來！」「我快吐了！」

「為什麼我走不了？明明就好想尿尿啊……」下體的尿意進逼，我全身卻像是被點了穴般趴在床上。似乎在好奇春天的第一綻花朵，等待著秋天的第一片落葉。

突然，龜頭犬開始推起內褲的鬆緊帶，像是舉重選手的一聲長嘯，想把內褲撐破一般腫脹著肌肉。我瞄了一眼小狗男的表情，他皺著眉頭，手繼續抱著棉被，腳跟不自然地用力，呼吸越來越急促。

「嗯……嗯……」

突然，內褲頂端冒出一泉白色岩漿，兩道、三道色澤如溫泉般的生命之液，浮起而後被內褲吸收。冒出、吸收，無窮無盡似地洩洪。

變成深色的內褲地圖不斷向外擴張，一副元世祖稱霸歐亞大陸的模樣。濃重的味道隨之而來。有些人喜歡，有些人不喜歡。一切有為法，如夢幻泡影，如露亦如電，應作如是觀。

「嘶——」小狗男深吸一口氣。

我轉過身，才聽到他翻滾的聲音。床晃動了下，我知道他醒來了。

「靠。」他的聲音。

現在不准笑，絕對不能笑。

先別說自尊問題了，他恐同的程度不比一般，動不動就說自己不是Gay。

「媽的，又來了。」

第一天我存在，第一次呼吸暢快。

床嘎嘎搖動，他下床唰地一聲打開衣櫃，然後是穿上拖鞋啪嗒啪嗒地離開。

忽必烈率領兩億大軍從山頂攻陷內褲的畫面，在我腦中久久揮之不去。感謝李宗仁、感謝康熙、雍正、乾隆皇帝們的努力。我這一生，算是值了。

只要有心，每一連都是兵器連。

心中有愛，幸福就在。

# 31 那些年，我們一起耍廢

「部隊起床！」

尿過尿、才突然覺得想拉屎，但是廁所裡有一半的馬桶都是壞的。從新訓我就有一個聰明的毛病，在排隊等待的時候就開始培養便意。不論是唱歌、冥想家中廁所的擺設，都可以幫助節省排便時間。

可是在廁所外，我已經等了五分鐘。

叩叩！我敲了敲門。

叩叩！有人回應。

沒關係，繼續培養吧。我對自己說。

太久了。

等等就要早上集合了啊。

Ring **啊鈴叮咚，請你快點把門打開**

Ring **啊鈴叮咚** Be my hero be my knight

叩叩！

叩叩！

感覺就像跑完一千公尺障礙，我等在門外越抖越厲害。

「一分鐘。」外頭喊著集合的聲音，我決定放棄。

我憤恨地看著這扇門，裡面不知道是哪個屎男。我培養許久的便意，成為我的致命拖油瓶，這告訴我們做人不要太聰明。我想，是凌晨看了「生命之泉」的報應。

不愧是公差日，排山倒海的廢棄物，還有一整座屋子的廢墟待清理。

「這也太多！我們是來清宿便的吧？」憂鬱弘嘆氣。

「免費勞工啊，不用白不用。」我無奈。

我們搬著櫃子，只看到色凱從遠方柏油路推來一張有滾輪的椅子。與其說是推，不如說是小孩在玩碰碰車，他坐在椅子上滑過來。

「噢呵呵呵呵——」色凱呼嘯而過，一臉嘲諷的模樣。

「媽的。」憂鬱弘皺了一下標緻的眼眶。我們好不容易才把櫃子搬到一旁休息一下。色凱一路獰笑，持續滑著一張張的輪椅，目無王法地飄。

小宇在遠方，放好手中的廢棄窗戶，走到我旁邊。

「**一個團體裡面，很需要這種人。**」他叉著腰搖頭微笑。

「是嗎？」我看著色凱，一副隨時都在討幹的滑稽模樣。

「嗯，但是這種人只能有一個。」小宇說。

「他身上有一股怪味，整個營區也只有能一個吧？」我沒好氣地說。

鈴聲響起下課十分鐘，色凱跟大叔緩緩走向我們。

「對了，我昨天其實是想問你，你們單位有誰住宜蘭嗎？」小宇繼續問。

「為什麼這樣問？」我看著他。

「因為……」小宇的眼神，看著很遠很遠。「我想換單位。」

「什麼意思？可以換單位?!」色凱一聽，跟著坐下。

「基本上是不能吧？但是蘇澳離我家真的太遠了，從我家到營區至少要四小時。」小宇的神情異常嚴肅：「人事官說在同一個指揮部底下換不是沒有可能，只是要有人也剛好要換。」

小宇的眼神，是想要改變現狀的決心，跟其他人的隨遇而安完全不同。

「你這是什麼？《吸引力法則》嗎？」我想起風靡全球的一本書。

「大概是那個意思。」小宇帥氣的搭上我的肩膀，散發一股天然麝香。

當你真心渴望某樣東西時，整個宇宙都會聯合起來幫你完成。

「我們是不是也該換到近一點的單位？噢呵呵呵？」色凱也搭上我的肩膀，散發的卻是一股屍臭。

吸引力法則如果存在的話，當我真心痛恨某樣東西的時候，整個宇宙也會幫我摧毀它吧？

我看了看右邊的色凱，這是我想摧毀的東西。

「你……你有洗澡嗎？」

「什麼？我有洗啊！」色凱收手。

「你衣服好像有一股味道。」我繼續說。

「真的嗎？」色凱站起身，後退一步聞了聞自己。

排斥力法則，好像行得通？

「你衣服都曬哪裡啊？」小宇跟著關心。

「都曬衣櫃裡面耶。」色凱說。

曬衣櫃裡面？不管是曬還是晒旁邊都有一個日字旁吧？好歹也尊重一下太陽呢？把衣服悶在衣櫃裡面也叫曬，那大家每天也在曬懶趴嗎？

「原來是這樣，我還以為你沒洗過澡。」大叔放下他的統計學課本，露出一股野口般的笑容。他手邊永遠都有一本統計學。

「你們幹嘛不早講。」色凱聽到，更是往後一退。

排斥力法則，果然行！

「沒關係，下次洗衣服注意就好了。」我說。

「幹——」色凱拉長音，淫穢的臉上錯愕：「你們一定覺得我很臭。」

「還好啦！普通臭。」

超臭，離得越遠越好！消失在這宇宙中，貫徹愛與真實的邪惡。

「我們只是看你什麼時候會良心發現而已。」憂鬱弘皺著眉頭，放出最後一記冷箭。

「可惡……啊啊啊！我好想死啊！」色凱崩潰，右手拳打左手布不斷大吼，離開我們一夥人，他情緒很誇張。

憂鬱弘笑了，大叔也笑了，小宇也搖搖頭笑著。

排斥力法則！果然行！全宇宙都在幫我消滅同梯啊！

小宇嬉鬧的帥臉卻也提醒著我：吸引力法則也是有極限的，有些東西超越了法則。

午餐的伙食，味道不是人吃的就算了，量還極度稀薄。我在日記上寫著：「八月十日，五顆咖喱馬鈴薯，一口高麗菜，兩根蘿蔔，小棒棒腿。」

吃飽飯，小兵在一邊排隊撈湯，電視則是沒日沒夜地播著洪仲丘的新聞。

鏗、鏗鏗！撈湯的小兵，總會把那超大勺子碰到自己的碗。

身為一個出身軍事教育家庭的Gay，最恨的就是撈湯時聽到鏗鏗鏘鏘的聲音。重點不是吵，是口水混在一起非常沒衛生，這年頭口爆都要漱口了。

如果我是長官，我一定下令：帥哥才有資格讓公用勺子碰到碗！

突然撈湯聲音安靜。遠遠地，我看到有隻手懸拿著勺子，安靜而穩重撈湯。

這裡，還是有家教的人啊？

我抬頭看了看撈湯的人，是小宇疑惑地看著我。

「曉飛，怎麼了？」他走到我位子旁笑笑。

「你不錯啊，我發現很多人撈湯都會碰到碗。」

「喔？對啊，很不喜歡有人一直碰到碗。」小宇的表情像是碰到知音。全宇宙請不要幫助我，我不渴望得不到的愛情。

午休，黑狗男孩躺在我身旁翻著書。

「欸，你要怎麼稱呼？」我問。

「叫我阿毅就可以了。」他看了看我：「對了你說你念什麼？」

「我叫曉飛，念廣告。」

「喔喔，我是唸工業設計，你看這個好厲害。」阿毅把書攤給我看，是一只以蝴蝶為主視覺的藍色曲線花瓶。

一個老實樣的小兵走來，戳戳他的手臂。

「阿毅，借一下手機？」

「說就說，不要碰我！我不是Gay！」阿毅把手機遞給他。

「好咩。」小兵離開。

「欸，你看這個杯子！超美的！」他又翻給我看另一本全是日本設計的書。

「喔……好像真的不錯？」

「哎你不懂！你不夠細膩啦！這超美的！」他不斷搖頭，看著那個透明杯子的圖片，只差旁邊沒有播蔡依林的音樂。

噴，既然你超恐同，你就不要這麼Gay好嗎？

我真沒看過一個異男在那邊讚嘆曲線杯子很美的。

而且看過地獄犬噴水之後，短期內我應該是看不到更美的東西了。

帶領著我們的，是個精實瘦黑的志願役學長，他的臉有稜有角、散發出一股G片男星的魅力。我們到一間小屋搬雨衣。

「1、2、3、4、5、6、7……」他一邊丟一邊數著數量。

「幹，好悶熱。」G片學長揮汗如雨，直接掀起衣服，繞過頸部露出整截上半身。體脂極低的腹肌、刀刻般的子彈肌，兩邊深色的乳頭堅挺而出，偶爾滴下幾滴汗。

「45、46……加9！」G片學長一口氣丟了九包雨衣，自己突然愣住。

澤澤排長！我簽！我立刻簽！快給我紙！我要留在這！快說說這是哪個單位？

「46加9……」

「46加9……」他腹肌上都是汗水的光澤。

「46加9等於多少？」他問。

「55。」色凱回答。

「好！55！56、57、58！」G片學長繼續丟雨衣。

等一下，這個智商是怎麼回事？志願役平常是過著怎麼樣的生活？每天拿啞鈴打自己頭嗎？肌肉線條跟腦真的無法兼得嗎……

人事官不好意思，我再考慮一下，畢竟一簽就是四年，我還是得要找個身材好又聰明的男人啊。

下午運動時間，澤澤排長說可以打籃球，這也是我們第一次在營區使用籃球場。

「報隊喔！」黑狗阿毅在一旁叫著。

「來啊！你要打嗎？」憂鬱弘不甘示弱叫回去。

該死，我對籃球超沒勁，超Gay就是要打女子排球啊！什麼棒球足球都最討厭了。

「走啊。」我想起高中時籃板王的稱號。學生時期當Gay真的很累，又要會打籃球又要會拋繡球，又要會打「ＣＳ」又要會玩「戀愛盒子」。

果然整個打球過程，我就是不斷搶籃板跟蓋火鍋。什麼帶球撞人、三分球、前中鋒後衛都跟我無關，畢竟我超Gay我連運球都懶。（亂製造什麼刻板印象？）

「幹，你手也太長。」阿毅的腋下噴氣。

我憑藉著單純的手長腳長，含淚打著籃球。

整個球場揮灑著男人的汗水，我開始能嗅到一些不同的男人味道，就像催狂魔吸食人類的快樂感情、悟空的元氣彈一般。

「籃板根本不用搶嘛！」

「太扯了。」憂鬱男皺眉而笑。這個男人汗滴禾下土的味道，正是我能量的泉源！

突然，阿毅一邊看著運球的隊友一邊快速後退，腳踝竟不小心勾到了我的腳。我張口卻無法發出聲音，阿毅整個人往後一仰。我一個皺眉，幾乎可以感受到腎上腺的爆發。瞳孔放大視覺清晰，全身肌肉一震轉身伸手。阿毅本能的揮舞雙手，抓緊我的手，直接往地上一拉。

只有一個想法，就是保護他的頭。

我另一手護著他的後腦勺，兩人摔在一起。

碰。

我只感覺到小狗男短短的頭髮滿是汗水，他身上的味道如悍馬奔騰。我壓在他身上，下巴抵著他的額頭。幹，有夠痛。

緩緩撐起身，我們四目相對。我看清楚他漂亮的眼睛，迷濛地皺著眉哀哀叫。他的雙腿張開，我一隻腿在他胯下，感覺到軟軟的東西。回過神，我立刻移開眼神站起身，把他拉起。

「靠……好痛，我剛剛以為我要死了。」阿毅猙獰的臉滿是濕汗，緩緩站起。

「喂，你們沒事吧？」四周有人圍過來。

「怎麼可能沒事，拜託。」阿毅狼狽地拍拍我：「欸，救命恩人你沒事吧？」

「好像……還好吧？」我檢查刺痛的手臂，兩處手肘兩塊破皮，右腿還留著剛才壓著一個軟軟東西的觸感。

「你不要怪我喔！你也可以不拉我的！你剛剛放我去死可以了啦……」阿毅跟我一起走到一旁休息，開著玩笑。

「我也沒有很想救啊，身體自己動的。」

「靠北！」他笑著。「要是你剛剛是女的就好了，兩個男的抱在一起很噁。」

「哈，是有多噁！」剛剛應該讓你摔死，沒摔死再用高跟鞋踩兩下。

「可是我剛剛有被你感動到欸，如果你是女的我一定跟你交往。」他濃眉小狗眼看著我，比了大拇指一副信誓旦旦的模樣。

這一直遇到Gay事的恐同男，就算你是Gay我也不會跟你交往的，這什麼鳥個性！

晚上，又是看電影的時光。

「再後！」在餐廳旁一間有投影機的教室看電影，大家不斷指揮澤澤排長進去按快轉，要跳到昨天看的進度。

「我們看到更後面了，再後！」大家喊著，畫面又跳。

白淨的排長走出放映室。

「再後！」

排長又走進去按快轉，然後走出來。

「再後!!」大家齊聲喊著。

排長又走進去。

我這輩子，沒有看過這麼好使喚的排長，簡直就是我們的奴隸。

看電影的大家，喝飲料的喝飲料，睡的睡，笑的笑。這真的是在當兵嗎？我腦中都是電影的情節，卻沒有人可以討論。排長只是一片又一片的用電影餵我們，卻根本懶得討論劇情，就像一直埋頭苦幹的一號不管你爽不爽，或是顧自己爽的〇號也不叫幾聲來聽聽一樣。

每天的任務，只剩下掃地搬東西、掃地搬東西、還有看鄰兵睡覺。

# 32 黑狗男的溫度

一早睜開眼，寢室空蕩蕩地沒有半個人。

靠……這是？被拋棄的畫面嗎？

我立刻往窗外一看，一樓的大家正在整隊。「幹！」我大吼一聲。

根本不知道要穿什麼，也不知道自己的櫃子在哪裡，整個人都慌了。

「死定了！」我不斷翻找著衣櫃，卻又不知道衣服在哪裡。

「喂！喂！」一個男人的聲音。

我漸漸看清楚一個帥氣的野蠻男孩坐在我身旁。原來剛剛那是夢？現在是養成了每天都要做一個惡夢的好習慣嗎？

「起床了，你看起來表情很痛苦欸。」阿毅笑笑，放開抓著我肩膀的手。

「喔，好像夢到你啊，就覺得很不舒服。」我起身，拿起牙刷。

「屁咧，夢到我你應該要很舒服啊？矮額好噁心，我後面是處男好嗎？」阿毅講自己時兩手總不斷搓著自己的手臂，好像很冷那樣。瞬間，我又想起了他內褲畫地圖的畫面。

排長，我要掛精神科。

意興闌珊地整隊，我走進隊伍，小宇在後面不遠處對我抬了抬頭，用唇語說聲早。我們的距離已經不是旁邊的旁邊，而是後面的後面。你想換離家近的單位，而我也只能默默的支持你，只是我的基隆怎麼樣離你家也近不了多少。

我們像是少林寺的和尚，整天掃落葉搬東西。看著一棵棵的樹，覺得種它們就是為了生產落葉，讓我們有事做；就像精液生產的目的，就是為了讓我們每天能定時看G片一樣。

見到幾個長官，大家快速地揮舞掃把。

新訓時，見（賤）人就是矯情，見到長官就是立正敬禮屁股翹高高，而現在看到長官經過，卻只是盡己所能的裝忙，好像在夜店遇到前男友一樣。一草一木都是敵兵，每一個長官都像是約過的砲友。

「剛剛點到的十五個公差，舉手！」澤澤排長白淨的帥臉，在隊伍前面。

「有！」一群人。

「1、2、3、4……13、14？怎麼少一個？剛剛點到的十五個公差！誰沒舉手?!」

一陣安靜。

「我再問最後一次，剛剛點到的十五個公差，沒舉手的我等等叫大家指認。」

慢慢的，有一隻手緩緩舉起。是桃園幫幫主原民刺青男。

居然擺明了想打混？

難道你指望排長說：「噢原來剩下十四個啊？剩下一個呢？好奇怪——妖怪咧妖怪咧妖怪咧妖怪咧，呼叫妖怪快出來——」這樣嗎？

為什麼要這麼不長眼，澤澤排長都不開心了啊！

「排長說，下午有指揮官要來訪談我們。」憂鬱弘說。

「這好像是我們在這裡唯一重要的行程？」我拿著掃把。

「好像就是確認一下有沒有問題而已，你以為他們真的會鳥我們嗎？」

「喔呵呵，有訪談的話，搞不好你朋友就換單位成功啦？」

「也是。」

我內心有個聲音其實是希望小宇不要換單位，因為不論是桃園或大台北地區，都會離我近一點，這樣更難熬。但同時又有個更微弱的聲音，希望小宇能留在我身邊。

午查行進途中，我們看到一個奇行種班長。她綁著一大把馬尾，是個很像「英雄聯盟」奈德麗的黝黑女人，這也是我第一次看到「女班長」這種生物。整個隊伍的灼熱視線毫不遮掩地射送著：

「這個屁股我可以！」色凱的聲音。

「嘖嘖嘖……奶子太小。」憂鬱弘說。

「第一排往前站！班長下去量體溫！」奈德麗整好隊，命令志願役。我們一個個被耳溫槍抵住額頭，好像被掃條碼的商品。

「這個人量不出來。」G片學長，一次又一次抵著小狗男阿毅的額頭。嗶。

「沒有溫度欸。」G片學長納悶著。

奈德麗露出邪惡的冷笑。

「量不出來，那就量肛門！去幫我把肛溫計拿過來！」

「是！」G片學長笑著跑開。

等一下！是量肛溫吧？量肛門是什麼意思？比賽鬆緊度還是看誰通風比較好？

「啊不是吧？量腋溫就好吧？」阿毅一臉驚恐。

「懷疑啊？」奈德麗看著他，表情好像在說：「老娘就是腐女，老娘就是要看你被捅。」

這一來不只是阿毅驚恐，所有人的屁股都自動夾緊。G片學長跑回隊伍，手裡多了一盒溫度計。

「那邊有廁所。」奈德麗頭向後方建築物一瞥。

「蛤……不能量腋溫嗎？」阿毅無奈地跟著G片學長離開大家的視線，所有人一陣訕笑。

「我這個人，最喜歡有人跟我頂嘴。」奈德麗看著我們。

看著自己的枕邊人跟一個男人走進廁所，即將把東西放進他的小穴，我真的覺得，他真是我這輩子看過最Gay命的異男，早上才說後面是處男，中午就要破處了。

我想他上輩子應該在什麼宗教組織裡殺了太多Gay。

「嘖嘖嘖……這個女人……真是可怕。」憂鬱弘在一旁小聲說。

「是啊。」

阿毅跟G片學長走回來，大家一陣起鬨。學長止不住笑意，阿毅的黑狗耳都折了下來。

「量這麼久，幾度？」柰德麗問。

「三十五點九。」G片學長回答。

「確定是肛溫嗎？」

學長點點頭。

我的腦中，浮現了黝黑比例良好的阿毅，拿溫度計插著自己那痛苦的表情。

感謝奈德麗跟列祖列宗，感謝鄭和下西洋、李自成攻占北京、朱元璋北伐滅元的努力，否則我此刻可能無法如此幸福。

晚上寢室出現兩個髮婆，放了兩張椅子在空曠的區域。

「今天要剪頭髮，這邊的人負責收錢，每個人都要剪噢。」澤澤排長在一旁監督著大家剪髮的進度，維持著秩序。

我觀察了一下，選了一排剪出來稍微厲害一點的隊伍後面。大家的後腦勺、頭頂都沒有動，只推了頭旁邊一圈，這下終於修飾了被卡車撞過的後腦勺，每個黝黑的男孩都像是從《體育会制霸》走出來的一般，頭髮果然是男人的第二生命。（不是步槍嗎？）

「哎唷？你剪這樣還不錯欸。要一起去洗澡？」小宇拿著兩罐東西跟毛巾出現在我的床位旁，那完美的皮膚、高挺的鼻子，加上現在兩旁乾淨俐落的髮型，我沒想到這男人居然還可以更帥。

「好……可以啊。」我拿起了洗全身的廉價沐浴乳。

這裡隔間很多，也沒有鴛鴦浴的習俗，我不用擔心自己出現逾矩的幻想。

浴室隔間下面是封死的，我在小宇的隔壁間，悠哉地脫掉汗衫跟內褲掛往門上。突然一陣暖風從左上方傳來，風裡傳來愉悅的氣息。

小宇把軍綠衣褲跟紅底白字的ＣＫ內褲，拋在高高的隔板上，就像最早遇到他的那一次。混合在他汗中的性味，無止境地散發著。我像看著珠寶的貴婦，盯著那件散發濃濃費洛蒙、除了麝香以外還有什麼無法言喻分泌物的內褲。

「對了飛哥，你要試試看我的沐浴乳嗎？」小宇的手高高舉起，往我這輕輕一遞，內褲竟然從隔板上滑落。

「啊！」

內褲掉下來的瞬間，我用最快的速度一手抓住。居然還是溫的。

我閉上眼。就這一次，我願化身石橋，受五百年風吹、五百年日曬、五百年雨淋。

我鼻子輕輕靠近小宇的褲襠，那是與他私處共處二十四小時的褲襠。

沒有多餘的尿騷味，只有暖濃的性感一路爬滿我的全身。不屬於自然界的味道卻如此濃烈，只有長期禁慾的男人才能做到。腦下視丘瞬間爆炸，全身酥麻的我如同置身做愛現場。

「曉飛，我內褲剛剛掉到你那了。」小宇聲音傳來，伸出一隻手。

「啊我看到了。」我一醒，趕緊把內褲沾了點地上的水，舉起給他。

「謝啦！」小宇把內褲掛回隔板。

整個鼻腔、臉部殘留著小宇的體味。

五千年。我願用五千年風吹日曬雨淋，換得一次擁抱你的機會。

「還好是要洗的。」小宇雄厚的聲音。

「喔……是啊。」

不要開什麼便利商店了，每天換下的衣服都可以拿來賣吧？

我咬牙轉開冷水往頭上一淋，這才回復了點理智。

「你有買洗衣服的肥皂喔？」小宇出現在洗手台，身上沒有味道。可能是鼻腔剛剛已經被轟炸過，我幾乎暫時失去嗅覺。

「我還有多的，不然你先用我的吧。」我把肥皂遞給他。

「好啊。」小宇笑笑。我們把搓好的衣服拿去一樓曬。

「所以明天指揮官來訪談，你會反應你想換單位嗎？」

「盡量吧，通勤來回要八九個小時，有點太誇張了。」他搖搖頭，在衣架上夾好剛剛那條內褲。

「預祝你能成功，請你喝飲料。」我往回走到飲料機前：「麥香綠茶？」

「其實，我還滿羨慕你女朋友的。」他盯住我的雙眼，點點頭，眼睛在笑。

「什麼意思？」我拿出飲料，一罐給他。

「我也不知道，這要怎麼說……」小宇皺眉思索：「你很貼心啊，還知道我喝這個。」

「記憶力好而已，反正已經快分開了。」我無奈地吸了一口。

「你是說我們，還是女友？」他笑著。

「女友啦！白癡喔！」

「哎又，沒關係，有我陪你一起啊！」小宇把飲料擱在飲水機上，笑著張開雙臂，帥氣的臉在關了燈的穿廊中，輪廓被飲料機的光線朦朧。好像童話裡我愛的那個天使，張開雙手也能變成翅膀。

「一起打光棍嗎？好爛。」我也放下飲料，一手繞過他的肩膀，一手繞過腰，停在他肌理分明的肩胛上。他雙手拍拍我的背，這安慰一點都不含糊。

我們的第二次擁抱，臉頰貼著彼此的脖子，不需要太多禮貌、不需要太多激情。

在陰暗穿廊的角落，即使隨時可以親吻彼此的脖子，卻只是靜靜地感受對方身上的體溫，盡情釋放腦中熾熱的化學物質。說好千年風吹日曬雨淋，還真的換得一個擁抱。我閉上眼睛感受心跳呼吸，此刻世上只剩我們兩人，你微笑的唇形總勾著我的心，每一秒擁抱，我每一秒想要抱緊。

好溫暖，好喜歡，好幸福。

遠方傳來腳步聲，我一驚，鬆開手。

「怎麼了？」小宇疑惑著，在一個吻的距離看著我，一手還停在我的腰際上。

什麼怎麼了。

這個擁抱對朋友來說太久了，這個距離對朋友來說太近了。

「走吧，等等要床點了。」我輕輕挪開他扶著我的手，後退一步。

「喔……」小宇的臉愣住，沒有表情。總是微笑的人，也有忘記笑的時候嗎？

回到長長的寢室床廊，到各自床前道別。阿毅依然在床上愁眉苦臉。

「你那什麼臉，還在想溫度計喔？」我爬上床，理著蚊帳。

「靠北，而且學長還說要真的插進去一下，因為那個女班長很硬。我真不懂欸，為什麼會有人想當Gay啊？」

「怎麼說？」我心想，G片學長果然很盡責。

「塞東西進去超不舒服的啊！」

「溫度計明明就很細。」我回想學長盒子裡的東西，跟筷子一樣粗而已。

「不行，那已經是我可以接受最粗的東西了，天啊我不要再想了！」阿毅拿起手機，打開「貪吃蛇」。

「哼。」我冷笑。

溫度計就最粗了，你平常上廁所是拉麵線還是拉蕎麥麵？我朋友有的整根進去還要加一指，有的還要兩隻，有的還整隻手滑進去咧。（朋友太多了！）算了，你就這輩子都不要體驗到什麼叫做前列腺高潮吧！

隔天，將級的指揮官出現，傳說中服役三十五年的男人，言語之中帶有不怒而威的氣魄，一人能抵千軍萬馬。訪談並不是想像中那樣一次一個人或是幾個人。而是所有人全部坐在一起，跟莒光日根本沒有兩樣。

「那我們一個一個來吧。」指揮官說。「張高菱？」

「有！」矮矮胖胖的眼鏡男舉手。

「你有睡眠障礙？夢遊？」

「對，我睡著會亂踹人，還會打隔壁的人。」

「你隔壁是睡誰？」

「轉診了。」

「你吃安眠藥也沒有用嗎？」

「我的安眠藥是給別人吃的。」眼鏡男說得義正詞嚴毫不心虛。

「嗯……那你再去醫院檢查一下。」

「古子祥？」指揮官唸出名字。與其說這樣是訪談，不如說是點名。

「有！」一個瘦瘦白白的小兵起身。

「你之前待過三井日本料理？」

「對！」小兵相當自信。

「你是負責哪個部分？」

「日本料理的部分！」

「喔？」

什麼意思？不然是做三井的部分嗎？

指揮官你的槍呢？說這種話不槍斃也要折斷一隻小腿吧？

西堤的部分、千葉的部分、三媽的部分？

「黃簡捷？」

「有！」一個精實的男人，不高。

「你當過健身教練？有沒有病痛？」

「手斷掉過、小腿肌少一塊、兩眼特殊視差，遮一眼視力剩0.1。」

「嗯。」

每個人的人生都化成了簡短的幾句話，家世一覽無遺。

「莊博宇？」指揮官終於叫到了這個名字。

「有！」他右後方起身。

「家裡是開水電公司的？」

「是。」

「有沒有什麼病痛？」

「沒有。」

「有沒有什麼問題？」指揮官抬頭。

我們都沒想到，訪談竟是如此隨便。在這之前，沒有人真正提出什麼問題，也沒有人敢要求什麼。

「呃……」小宇猶豫著，可是現場的氣氛一點也不像可以大問特問。

我閉上眼。加油啊……也許這是我們唯一能近一點的機會。

「沒……沒有。」小宇的聲音很虛浮。眾目睽睽之下果然很難開口。

「好。」指揮官把個人資料翻到下一頁。我們軍旅的未來，也硬生生被翻到了最後一章。

基隆四人幫中，色凱爸媽是上班族、憂鬱男爸在拖吊場工作。最令人無法置信的是大叔的家世，他爸在L報當總編、媽在E報當副總編，雖然機會是留給準備好的人，但是看來有些人出生之前就已經準備好了。

我們在寢室換運動服。

「所以還要再去別的地方待撥一次？」我問。

「人事官是這樣說的。」憂鬱弘沒有表情。「我們只是同一個指揮部下的油料庫、彈藥庫、補給庫跟運輸群。油料兵要滾油桶、彈藥兵要搬彈藥、補給兵要搬米、運輸群要開車，而我們是補給兵，好像接下來會到只有補給兵的地方。」憂鬱弘說完，露出看著蠢蛋的表情。

「好你最強！你好棒棒！」

意思是訪談過後的我們即將分道揚鑣，離開這個樹葉掃不完的地方。

中午過後，我們打包好行李，剩下二十幾人坐上卡車，到另外一個指揮部繼續撥交。在車上，我們依然像家畜搖搖晃晃。

「很難問出口吧？」我看著坐在旁邊的小宇。

「嗯，我一直在想，但是真的太難。」小宇苦笑。

沒關係，並不是身不由己就是失敗，至少每天都過得精彩。

補給庫指揮部座落在台北一個風景優美的山中，四周都是小丘陵。又是另一個滿是樹葉的地方。一下車最詫異的事，一堆年紀四十歲以上的阿姨走來走去，而且都穿著便服。

「你們看到的都是雇員，遇到就叫『大姐好』就可以了。」迎接我們的班長，戴著軟軟的帽子，臉寬寬的很像藝人小馬。

「不知道這裡的大姐是不是單身。」色凱癡癡地看著她們。

「……」

異性戀你還好嗎？皺皺的洞也六十分嗎？（我跟阿姨道歉。）

「我不是那個意思啦！」色凱發現我們的表情。

「你是怎樣？純情阿姨俏新兵？」我說。

「總裁阿姨。」憂鬱弘接著說。

「阿姨的小甜心。」

「我的野蠻阿姨。」大叔也接著。

「吼，就說不是那個意思吼。」色凱很害羞。

就是，你就是那個意思。小馬班長，這裡有槍嗎？可以射同梯嗎？

「你們會在這裡待幾天，後面就是暫住的地方，這裡有很多你們的長官，見到記得問好。」

「是！」新寢室人少了許多。

「好想退伍喔——嗷嗚——還有三百一十五天——又十四小時。」一個八字眉的男孩在床上叫著，看起來過得很痛苦。不知為何，大家幾乎都是依照原本的床友分配床位。

「天啊這個棉被，哈啾！」

「帥哥這邊這邊，我搶到下鋪了！」黑狗男孩笑著跟我招手。

哈囉恐同男，你知道你正在向一個Gay提出組隊邀請嗎？果然是沒朋友嗎？

「我叫曉飛，不是帥哥。」我放下黃埔包，從櫃子拿出充滿霉味的棉被，把衣服掛上。

「曉飛，我那裡有位子，你要跟我睡嗎？」小宇笑著，一股香味一個帥臉。大拇指往後一比。這地球這麼小這麼擠，為什麼你出現在他出現以後？

「呃……我……已經放好東西了……」我看向正在整理東西的小狗男。

我怎麼連話都說不清楚，我站在他的身邊你站在我的面前。

「喔？……你確定？」

「嗯。」

「真的不來？」

「嗯。」我不想再抱有任何希望。

小宇看著地上點點頭，抿了抿嘴轉身，看起來有點落寞。但是原諒我，拒絕你固然痛苦，但是睡在你身旁，近在咫尺卻遠在天涯的感覺，我會更痛苦。

在餐廳寫好假單。我們有七天積假，在這裡會先放三天。大家都興奮討論著一起分坐計程車轉搭火車的事。小宇依然是跟他同單位的小黑炭一起。

放假這天，憂鬱弘、色凱、大叔我們四個人，上了計程車。

「……我女朋友喔，在美國念書喔呵呵。」色凱說。

「你有女朋友嗎？」大叔問憂鬱弘。

「當兵前一個月就把我甩了。」憂鬱弘的口氣，像是冷氣開到最強。

「你呢？」色凱問我。

「也快分了。」

「那……」

「我單身。」大叔說。

最醜的貪官，感情最順利。

整輛計程車，就像是冰箱的冷凍庫，連話多的計程車阿伯都接不下話。

# 33 提分手

回到家，手機開機，滑開臉書看小俊的動態。小永政的圈內沒有很多新動態，圈外帳號也不願意讓我加好友。他的生活沒有我似乎也可以過得很好，我突然覺得這感情弄得我好累，他的態度，好像我當兵就當作我不存在。

我拿出一張紙，畫了一個表格，在上面不斷寫畫著。

寫完的時候，發現自己已經雙眼發紅。

安安。我用電腦敲小俊，手指跟話語都異常生疏。

小俊：放假了！

飛：這兩天有空出來嗎？

小俊：你會上台北嗎？

又來了，好像我上台北找你是應該的。

飛：我們是不是，暫時休息一下？

蛤？小俊「正在輸入訊息」的狀態好一陣，才擠出一句話：我做了什麼嗎？

你沒有做什麼，相反的，是你什麼都沒做。

一陣安靜的已讀。

小俊：你想分手？

我怕見到面又心軟了。如果一段感情總是要靠分手來提醒對彼此好一點，那還有什麼好眷戀的？只有在生命到了盡頭才想起要好好活著，這樣值得同情嗎？

飛：我不知道。

小俊：暫時是假的，分開才是真的吧？

飛：嗯。

小俊：隨便你。

冰冷的文字，令人不寒而慄。

拿著畫有表格的紙，我沒想到，即使心理準備已經做了好久，居然還是痛成這樣。想到小俊可能比我更痛，就覺得更痛苦。我沒辦法放著情緒不穩定的他不管。

電話響。

「你真的很機欸。」小俊的口氣掩蓋不住怒意。

「怎麼了。」

「你要怎樣又不講，誰會知道？」小俊提高了音量。

我只要你接電話的機率高一點，我只要每天能有一點自己不是單身的感覺。

「不行，你真的……什麼都你自己決定就好了啊。」小俊說。

「我承認，但是我……真的很難感受到你哪裡需要我。」我說。

我的眼淚流下，看著自己手上的那一張紙。上面寫著十五個小俊的優點，還有五十三個缺點，那是我拿來說服自己做決策的分析，雖然明知道感情不是這樣談的。

愛就像漲潮的大海，可以包容一切的缺點。可是當愛不夠用了，這些缺點就像緩緩露出的礁石，再堅固豪華的鐵達尼號也得千刀萬剮觸礁擱淺。

「你是不是喜歡上別人？」

「跟這個沒關係。」我淡淡地說：「感冒不是因為病毒入侵，而是身體差了。」與其說是喜歡上別人，倒不如說是愛的免疫系統出了問題。誘惑永遠都在我們身邊，感冒反而只是用來提醒我們應該好好休息。

我也沒有想要跟小宇在一起，這一陣子我已經盡全力離開他的周圍。但是，跟小俊的關係還是沒有任何進展。

「你還好意思講什麼道理？」

「沒辦法啊……」我看著手中那張紙。

「算了，你要怎樣就怎樣，反正每次都是你決定。」

「嗯。」電話掛斷。

沒有人變心，沒有人外遇，沒有人要出國工作，只有我累了。只有見面時候開心得不得了，一分開就音訊全無的愛情，我真的累了。紙上寫了好多為自己加油打氣的話：

「應該要讓這段感情大多時刻的心情來決定最後的結果。」

「如果愛情是食物，與其平常絕食假日吃西堤，我寧願每天吃便當，每天。」

即便如此，我的淚還是不自覺滴到了紙上，我抽了衛生紙擦拭這張紙。

在一起一年多的時光，真是開心得不得了，只是這些開心都不會再繼續。

我點開「英雄聯盟」想打一場來分分心，卻發現每個角色都有回憶。

當兵前，因為小俊喜歡玩輸出，於是我的輔助角色越練越強，即便小俊的勝率並沒有比我高。

「你要幫我擋啊！」小俊在通話那頭大喊。

「哈哈我果然超強。」小俊在通話那頭，我們一起勝利。

一次又一次，我為了救你而犧牲，沒有怨言。

「你不能這樣說，要說**我們**很強。」我在語音通話那頭，強調這兩個字。

「好啦，你也很強。」小俊說。

一次又一次，你在勝利時卻忘了我存在。

我看著紙上缺點那欄，兩個大字。

**自私**

這兩個字被我反覆圈起來，我搖搖頭讓眼淚又滴到紙上。就算我們的性契合到不行，我還是無法說服自己留下來。好像說分手的人就是壞人，但真的是這樣嗎？

點開臉書，小俊檔案的「穩定交往中」還在，而我的也沒撤。給我們一點時間，剎車也要慢慢來吧？我已經開始練習這沒有你的世界，但倒數計時的愛該怎麼繼續。

我打開交友軟體，小俊才剛看過我。我們個人檔案上面的「有男友」三個字也都在。分手，是永遠都沒辦法習慣的一件事。

這次放假如此難熬，我們好像只差見一面，好好的談一次。

「噢呵呵呵。」熟悉的笑聲，貪官的臉下午出現在台北火車站，我們坐計程車回到營區。

「你也有帶手機啊？」

「我爸叫我帶的。」我說。那是一隻智障型三星手機。

「咦？」憂鬱的陳坤也拿出一隻手機，跟我一模一樣的顏色跟款式。

「你幹嘛學我？」

「你才學我吧？」憂鬱弘跟我相視而笑。在軍營裡，我們其實沒什麼選擇。

晚上，小馬班長集合我們，檢查著我們的手機。完畢就放到運動褲後面的口袋。

前面一個小兵，拿著手機不斷摸著自己的屁股，找尋著口袋。

「我後面的口袋不見了！」

「白癡喔，在前面啦！」鄰兵指著他的胯下，原來他褲子穿反了。

「哈哈哈哈哈!!」所有人開始狂笑。

連班長都笑著，我卻只是嘴角微微上揚。我的心情還在感情的冷戰中，又或者已經在哀悼起死去的愛情。

「等等要驗尿，你們統統到廁所排隊！尿到杯子裡，這包是滴管跟試紙！」小馬班長像是想到什麼，自己笑場：

「不要直接尿在試紙上！」

「有些人還直接把滴管直接插到馬眼裡，不需要這樣！」

一陣笑聲，我仍只是微笑。

驗完尿回到寢室，我跟小宇在飲料機前擦身而過。

「嗨。」我點了個頭。

「蛤？怎麼了？」

「怎麼怎麼了？曉飛你還好嗎？」小宇一手拍拍我的肩膀。

「你看起來有點不對勁，跟女友怎麼了嗎？」

「這麼明顯嗎？」我苦笑。「我提分手了。」

「什麼？真的嗎？」小宇的笑容少了許多，但他就是天生笑臉人。「你還好嗎？」

「他不是很滿意，但是我盡力了。」

我們走到寢室外沒有人的階梯。不愧是郊區的山中，天上的星星多了許多。

「哎又，這也沒有辦法啊，她說什麼？」小宇搭上我的肩，在沒有人的室外。

「他有問我是不是喜歡上別人。」

「那……你有嗎？」

「你覺得，我有嗎？」我視線從抬頭望著星星，轉而看向小宇。微風傳來他身上淡淡的香味。他笑著看向我，月光灑在比王陽明可愛的臉上。

「我不知道啊。」

我卻沒有太多心情，欣賞這最美的風景。我低下頭，哼著我每次用來療傷的歌曲。

I was thinking about you, thinking about me（**我還在考慮著你，考慮著我**）

Thinking about us, what we gonna be（**想想我們，將會變成什麼樣**）

Open my eyes, it was only Just A Dream（**睜開雙眼，原來那只是一場夢**）

「〈Just a dream〉？」小宇的發音喉音深厚，跟著我的歌聲點頭，小聲地在旁邊唱著。

「你會合音？」我驚訝地看著他。

小宇又點點頭。

So I traveled back, down that road（**就這樣我從夢鄉的路上歸來**）

Will you come back, no one knows（**你還會回來嗎？誰知道**）

I realize, it was only Just A Dream（**我明白了，這都只是一場夢**）

「你唱的是男女對唱的版本吧？我很喜歡這首歌。」小宇繼續哼。

只要是英文歌你都會吧？

我不敢置信，他唱歌居然這麼好聽。本來已經快令我流淚的歌，硬生生變成一場磅礡的驚喜，兩個旋律的較勁。

「If you ever loved somebody put your hands up.（如果你曾經愛過誰請舉手）」我唱。

「If you ever loved somebody put your hands up.」小宇隨後跟上。

我努力地不讓自己的音被拉走，小宇卻在後頭緊跟著。「And now they're gone and you wish that you could give them everything.（而今感情已離去，還真希望當初對他們付出了全部）」

我按住左邊耳朵，用力不去聽小宇雄厚的和音，認真地用腳打拍子。

偷看一眼。

小宇閉著眼，皺著眉點著頭，專注在我們的合唱中，在我句子間的縫隙，搭上令人驚歎的轉音。要不是穿著運動服，我還以為我們在錄音。

每次都這樣，沒經過我同意就走入我的人生。

每次都這樣，讓我快要忘記我原本的旋律。

原來，兩個男生唱歌可以這麼陶醉，在盡可能不要失去自我的情況下。

「你很煩，害我沒有想哭的感覺了。」

「所以我完成任務了？」小宇帥氣地笑。

當慣了小俊的Supporter，如今突然遇到專業的，我卻如此不知所措。

原來，從來沒有誰必須當誰的輔助，沒有誰要當哥保護誰，沒有誰要當主旋律。兩個人在一起，本來就該這樣彼此保護，填滿彼此。

「哭出來不一定會比較好。」他抬頭看起了星星，我也跟著抬頭。

「夏季大三角。」我一眼認出天上最亮的直角三角形。

「什麼什麼？哪裡？」

「牛郎、織女、天津四。」我指著三個點。

「是這三個嗎？」

「你手指比著一，牛郎——織女、天津四。」我握著小宇的手，一一指著天上最亮的三顆星星。「他們中間本來有一條銀河，但是這裡光害太嚴重看不到。」

「再明確一點嗎？」小宇傻笑，還是很不懂。

於是我幾乎貼著他的臉，指著天上的星星。

「……那個十字有沒有看到，是天鵝座。」我用他的手指，指向天空大大的北十字。

「然後……北極星在後面那個……」正尋找的同時，發現小宇清澈水汪汪的眼睛，在臉頰旁定定地看著我。

「幹嘛？」我往後一退。

「沒……沒事。」小宇笑著搖搖頭。

「我在講你有沒有在聽？」我把他手放掉。

「好好好，你再說一次。」小宇舉起手指，一副心虛的樣子。

「全部？」

「真的真的，這次我會聽！」

這天晚上，不論是小俊還是小宇，兩邊都在倒數。

一個轉念，我不再煩惱。我們的生命本來就在倒數，但不能因為會死，就隨便地活著；不能因為會分開，就隨便地相處。

早上起床，我依照慣例檢查了一下睡在左邊黑狗男孩阿毅，果然還是勃起著。旁邊的夢遊男跟我隔一個走道，我不用擔心他會踢到我。

「前幾天，你們洗澡洗太久了。」小馬班長在隊伍前。「今天之後，你們都要兩個人洗一間！誰讓我看到一個人一間慢慢洗的你就知道！」

「蛤——」一陣哀嚎。

「分成兩路，一路掃落葉，一路掃廁所。」

我常常覺得大自然就是我們的敵人，「草木皆兵」原來就是這個意思。永無止境的打掃、拔雜草，廁所也比照麥當勞的規格照三餐掃。我則是被分配到地板，整條長長的走廊都是長官的伸展台，一個早上我可以喊「長官好」十五次，「大姐好」二十次。

「靠腰……我一直覺得屁股怪怪的不知道是不是痔瘡，這次放假就去看了。」午休時台台的阿毅抱怨著。

「結果怎麼樣？」

「醫生說要檢查，就拿一根鋼管插進去欸！媽的超粗。」阿毅臉部扭曲。

「什麼？真的假的啦？插你屁眼？」我故意提高音量。

喂，你不是說溫度計已經是最粗的東西了嗎？結果花錢去給鋼管插？你要不要承認你根本是上癮了。

「醫生怎麼插？」所有人從床鋪上擠過來，像是看到飼料的錦鯉。

「就……大概這麼粗的鋼棒……」黑狗阿毅比著ＯＫ的手勢，粗度大概是十元硬幣「然後就插進來，說要檢查肛門內壁……」

阿毅像是拿著棒子磨墨，緩慢地插進去，示範怎麼看肛門內部。

「哎額————」大家一陣蜷縮。

「靠，完全任由醫生檢查欸，感覺有點奇怪。」阿毅不斷回想，雙手回搓自己手臂又一副很冷的樣子。「後來醫生說沒看出什麼問題，根本是白看了。」

「啊哈哈哈哈哈!!」

「開通了啦！」

「幹，可以用了啦！」大家叫囂著。

「靠北，我不是Gay好嗎？」阿毅第一百萬次的聲明。

「說到Gay，我之前有認識一個。」一個高額頭，頭超大的小兵。「有一次我們在聊疥蟲，聽說疥蟲會吃人的雞雞超可怕的。你知道那個Gay怎麼說嗎？」

「怎麼說？」

「可以吃雞雞？這麼好喔？」高額頭演著。

「幹哈哈哈，好噁。」

嘖，那個Gay真的很不檢點，居然羨慕疥蟲……

這種事情！

根本……

根本不應該說出來啊！（喂）

「所以，你剛剛說有一種奇怪的感覺，是什麼感覺？」我追問剛剛聽到的重點。

「呃……就是，不知道為什麼，我就流出來了。」黑狗男尷尬看著我。

「什麼意思？」

「我也不知道啊，我前面那時候是軟的，結果一陣麻麻的感覺之後就有東西流出來……自己沒辦法控制欸。」

「精液嗎？」

「噓，對啦！小聲點。」黑狗男很不願意分享。

戳幾下就出來了？

什麼意思？恐同異男超會前列腺高潮？

伍長，睡隔壁的異男有幹射體質，請問單兵該如何處置？

「是儲精囊太滿嗎？」我想起那天他夢遺的畫面。

「誰知道，我單身三年了，只能打手槍啊。」他拿起手機，玩起遊戲。

「單身三年?!」我瞪大雙眼，像是看著絕種的生物。

「誰單身三年？」上鋪的八字眉又探出頭來。

「真假？你不會還是處男吧？」高額頭的小兵。

「嘿啦！」黑狗男很不耐煩的模樣。「我也不想啊！你不是嗎？」

「我喔……我上過五個！」

「幹你好強，我只有三個。」

「我……九個……」冠軍慢慢出爐。

「喔！你咧你咧？」大家不斷問著彼此的性愛次數。

「十四個。」大叔回答一聲，全場安靜。

「幹，你贏了！」

「喔喔喔喔喔！」

等一下，十四個有什麼好冠軍的？仔細一想，好像從來沒聽過姐妹在聊有過幾個性對象。我想主要應該是因為，通常沒辦法數？（掌嘴）

「太強了吧？居然十四個。」

「就，如果口交也算的話。」大叔的瞇瞇眼傻笑著，嘴邊有一片幾小時就可以長得齊全的鬍渣。

I don't fucking care.

我想起那些超愛分享約砲經驗的朋友，再看了看周遭還有沒說話的男人，我想真正的高手都深藏不露吧？而遠方的小宇，只是笑著對我搖搖頭，好像是在說「這些人都瘋了」。不過，好難想像無慾無求的小宇，有性慾的時候是什麼樣。

中午的餐廳，四台電視依然播放著洪仲丘的新聞，洪姐帶著口罩，要司法還弟弟一個清白。

「嗯……你不覺得洪姐……還滿那個嗎？」色凱嚼著菜。

「哪個？」我看著電視裡，那個哀傷的女人。

「就，滿那個的啊……」

「哪個啊？」

「奶子還滿大的。」

「……」我不可置信地看著眼前這個貪官。

什麼意思？人家在六月雪冤情，你在那邊奶子滿大。只有這種事一刻都沒有鬆懈嗎？異性戀都這樣看新聞的嗎？剛剛看的新聞，奶子滿小的，明天的天氣，奶子有C，最近的社會新聞，奶子很挺？

「我不想跟你說話。」我把鐵盤挪開一格。

「噢呵呵——幹嘛這樣。」

「欸，以前都是你幫我洗盤子，現在好像沒有這個福利了。」小宇笑笑。

「現在是最菜的新兵在洗啊，我們應該是去擦桌子吧。」我想著有什麼事情好做。

一個頭髮中分、眉清目秀像畫了眼線的長官，閃亮著鳳凰的眼尾羽毛，走起路來搖曳生姿。「你，還有你，要不要幫忙伙房洗個鍋子？」長官尖細的聲音，像太監在點枱。手指指完我跟小宇，雙手交叉回胸前，小指不忘優雅地翹起，彷彿是在說：「這個、這個、這個不要，其他幫我包起來。」

我看了一下長官胸前的標識。

士官長。

現在是？這裡不是雄壯威武的女人，就是三從四德的男人嗎？

「好！」我跟小宇對看一眼，走進伙房看到一個人辛苦清理著廚房。

「喔喔，你們可以幫我刷一下嗎？」

「OK沒問題！」我們拿起刷子。

伙房的炒菜鍋很大，直徑有一公尺以上。

「洗完水槽裡的那些，這裡有罐裝飲料你們可以拿喔。」伙房學長帶著口罩，整理包裝完一些菜，然後就不知道飄去哪裡。

「算了，總比沒事做站在旁邊好。」我刷完大鍋子，拿著小鍋子往小宇旁水槽走。廚房的地上都是油，地板幾乎滑到無法往前走，簡直是ＫＹ摔角的場地。

「喔喔……這裡也太滑，喔喔。」我一個不穩。

「欸欸你小心。」小宇也不穩地滑走過來，一手勾住我的手，一陣男性費洛蒙撲鼻。

「我可以啦。」我提著鍋子，緩慢地前進。

「真的嗎？」小宇勾著我。他的體貼溫暖著我的心，就像夏天的風吹過那麼涼爽安靜。

「欸，你到底是為什麼會香香的啊？」我終於問出長久以來的疑惑。

「什麼意思？有嗎？」小宇看著我，笑得很有神。

「有啊。」

「是有人說過啦……是衣服嗎？我自己聞不太到，你幫我看是哪裡？」小宇拉起領口，聞了幾下汗濕處。

「好吧。」我朝他胸前微濕的衣料一聞。

這裡也有，跟內褲那邊一樣近乎爆裂的催情劑。一般人的味道經過細菌發酵什麼的總會變質，而小宇卻像是剛洗完澡去運動的健康男孩，好像身上沒有細菌一般。還有一股水果的甜味，我幾乎沉醉其中。

「怎麼樣？還可以嗎？」小宇關心著。

「就……」我又拉起他腋下的布料確認：「嗯，你的汗是香的。」我放開手，作出結論。

「真的嗎？」小宇笑得很開心：「你不討厭就好了啊，我聞聞看你？」

「不好吧。」

「有什麼關係，我記得你沒味道啊。」小宇伸手要拉我的衣服。

「不用！」我慌忙閃躲。

「好好好——不要激動……」小宇雙手掌心面對我，好像是在說「I服了U。」

互相聞來聞去這種事，是路旁的狗才會做的吧？聞一聞在路邊開幹的話。

那可就……就會……

會太幸福的啊……

洗完鍋子，我們各自拿了飲料。

「謝謝你們啊，士官長說你們午休可以晚點回去，下次也要麻煩你們了。」伙房學長搬著一箱東西。

「好……好的。」

是那個身上彷彿飄著緞帶，仙女一般的士官長嗎？點公差像是貴婦買包包，超時尚的男士官長嗎？

下午掃完地，換上運動服找地方開始運動。打籃球的打籃球、跑步的跑步、耍廢的耍廢，反正就是不能待在寢室。

「曉飛，我們去跑步要不要？聽說下單位以後的標準會變嚴格喔。」小宇大拇指往後一比。

「好啊，是多嚴格。」

我們在一旁拉筋，準備跑起長長的柏油路。

「跑三趟噢！」小宇彈跳著，他腿上的肌肉不是裝飾品。

「好，Go。」我踏出起跑線。那是明明白白的一條黃線，而你手中的感情線卻那麼模糊，像是不能泄露的天機，也許是我一生都不能去的禁區。

「欸，如果……沒人要換單位，怎麼辦？」

「不行……一定要想辦法，我要跟庫長說！」小宇在我身邊跑著，一副天真的模樣。

是個上坡路，我們開始有點喘。

「班長說……跑到那條黃線……就要折返了。」我指著前方的地上。

「多跑一點啊！走啦！」小宇拉著我的手。

「這樣不好吧？被抓到怎麼辦？」

「我們就說沒看到線就好了，多跑幾步而已。」小宇臉上出現一絲叛逆的神情。

路邊野草越來越高，還堆了幾個大型容器，似乎是油庫的周邊設備。

「原來是這樣，難怪會說有危險啊。」

我們繼續跑跑跑向前跑，多跑了不知道多遠。一個轉角視野突然開闊，前方一座山坡上，一塊塊灰色長方體——這是一片墓地。

一股涼意爬上我的背脊，但我還是想往前多跑一點。

小宇搖搖頭瞪大眼，拉住我的手：「曉飛！到這吧！」

「嗯？你要回去了？」

「我們用走的回去好了，用跑的反而有點……怪怪的。」小宇拉住我的手，一身的香汗淋漓。

「真的是膽小欸，什麼啊。」

「哎又，難免的啦。」他濕濕的手心緊握我。

我轉頭看著墓地，這就是天使唯一的弱點嗎？

「你真的會怕？」

「沒有——這個不一樣吼。」他濕濕的帥臉一副不在乎的樣子，手卻緊緊跟我交扣著。感謝這裡有一塊墓地，讓小宇變得那麼可愛。

「博宇不是對男生沒興趣，這樣好嗎？」我故意叫名字。

「怎麼怎麼，你不舒服嗎？」

「不會啊。」

「那就好了嘛！」

走著走著，好像真的跟談戀愛一樣。我幾乎忘了牽手走路是什麼感覺。

跟小俊交往一年，牽手的次數比做愛還少。我們雙手交扣的時候，下體也往往相連。但那種時候，我們根本沒有在感受手指的溫度。

「所以，你還有想談戀愛嗎？」我問。

「我現在喔，很難吧！」

「為什麼？」

「我怕對方不能理解，會覺得我不夠愛。之前發生不只一次了。」

「原來是這樣啊，居然有這種煩惱……」

「要是你，你會想要一個對你沒什麼性慾的人嗎？」

「我……不知道……」我低頭看著我們交扣的手，晃啊晃。「你手好濕？」

「哎又，沒關係！」

「哈哈自己講。」我握得更緊。

笨蛋，如果是你的話，沒有性行為也沒有關係的。

直到看見遠方有個人影，我們才自動鬆了手。

我更希望的是，你攤開掌心，讓我看看那玄之又玄的祕密。結局會是握痛握碎我的心，還是割破你的掌你的心？

# 34 道別要趁早

「蛤？你不知道嗎？庫長已經到了。」憂鬱弘說。

「所以今天就要訪談了？然後我們就要下單位了嗎？」

「不然呢？」憂鬱弘看著我，像是看見三葉蟲。

果不其然，今天是訪談的日子，特別注意服裝儀容。訪談前，士官長在餐廳溫柔地踩著凌波微步，看著我們填寫資料。我又看到了那個交友狀況的調查欄位：

**有無男女朋友：□有 □無**

新訓在一起的時候也是勾「無」，現在又有什麼好猶豫的呢？我勾了後者。

小俊你說你不希望有機會出櫃，所以我在軍中的朋友欄都沒留下你的痕跡。即使我打靶時膛爆臉爛了，即使在被運送時摔下了高架橋，你都不會知道。你總是說兩個人相愛就好了，我當時也信了。可是現在發現：不被承認的愛情，以低調為終極目標的愛情，真的兩個人開心就好了嗎？這樣跟打手槍有差別嗎？

填完資料，中分的貴婦士官長，用著清晰的咬字問我們問題，然後在一旁回答小宇通勤太遠的事情。好像也沒什麼結論。

庫長，是個在國外念過書的上校。

「黃子豪？」英姿煥發的上校開始叫名字。

「有！」桃園幫的一個白淨小兵起身。

「你的資料寫什麼？我的個性喜援交朋友？」

「沒啊！」

「你這裡寫的。」上校冷冷地看著他。

「啊！寫錯字啦，是愛啦！」小兵害羞地摸頭。

「……」上校皺了皺眉。

錯字可以這樣錯嗎？

援在西元前？援我別走？

「林郁凱？」

「有！」刺青男。

「你有刺青嗎？可以看看？」上校面帶笑容。

「有。」刺青台客轉身，掀起背後的衣服，露出醜醜的惡魔刺青。

「為什麼要刺青啊？」上校問。

「因為有朋友有在做這個。」

「那你會後悔嗎？」

「後悔了。」

「為什麼？」

「因為刺的時候很痛。」

「喔……因為不能上麻藥對吧？」

這是什麼邏輯？「後悔生這個孩子了，因為生的時候很痛。」有媽媽這樣說的嗎？有些人進去的時候很痛，可是一點也不後悔啊！（這邏輯又好到哪去？）

「莊博宇。」

「有。」小宇起身，挺起胸膛。

「我有聽士官長說了，單位的問題，要看有沒有調動，有的話會盡量幫你，每個人都一樣。」庫長說了一個標準官方的回應。

「是。」小宇的聲音聽上去很有精神。我背對著他，不知道他的表情。

「如果快一點，明天可能就會有單位來接你們。」上校補了這句後，三審定讞，上校離開，我們起身把椅子整齊地推回桌子旁。小宇嘆了口氣。

我這才發現，這次你真的要離我而去。全都怪我，不該沉默時沉默，該勇敢時軟弱，我再積極一點是不是能改變什麼？

晚上的寢室，遠方的小宇像是靜了音。

只是看著，看著小黑炭一直跟你講話，你坐在床上。

只是看著，看著你聆聽別人說話的笑容，從當兵第一天就掛著。

小宇跟黑炭點頭後，起身把毛巾披上肩。

「曉飛——」雄厚的聲音，拉長音上揚。

「博宇——？」我跟著上揚。

「怎麼樣，要洗澡了嗎？」小宇走到我床邊。

「快了啦。」

「嗯——？」小宇瞪大眼站在那，等著什麼。

兩兩洗澡的規定依然存在。

我這才發現，居然沒有「以後」可以產生尷尬幻覺的機會了。

「好，走吧。」我起身。

「真的?!」小宇笑開，沒想到我會答應。「你怎麼怎麼……突然想開了唷？」

「好啊那不要。」

「走走走！」小宇走回櫃子，拿起了瓶罐。我則是拿起了牙刷，嘆口氣。

如果有一天，你知道了我超Gay，你要記得我從來沒有覬覦你。你要記得我一直都努力跟你保持距離。要記得，不要討厭我。

一進浴室就像走進了三溫暖，皮膚上分不清是汗還是水氣。搓衣服的搓衣服，刷牙的刷牙。通風很差的夏天，大家還是堅持洗熱水。

「這邊！」小宇走到其中一間門前排隊。大家同進同出，隔間走出來的也是雙雙對對。跟新訓不一樣的是，門跟隔間是完全封死的，兩個人在裡面幹嘛完全看不到。

這……根本就……

感謝劉銘傳的建設、感謝曾國藩組湘軍、感謝慈禧太后的聽政。

碰。門一聲打開，蒸氣上竄，兩個男孩手中拿著內褲跟瓶罐，像是從Motel走出來。

「曉飛？」小宇在隔間裡叫我。

「喔喔。」我走進浴室，把門鎖上。一切就像在做夢。色即是空，空即是色，受想行識亦復如是。小宇立刻脫掉上衣，露出水男孩寬闊的胸膛跟肩膀，還有雕刻刀刻出來的腹肌。已經不是第一次見到，可是在密閉空間裡，滿室彌漫著他的性味。

我也脫起衣服。鎮定。

回想大悲咒的旋律，南無喝囉怛那．哆囉夜耶．南無阿唎耶．婆盧羯帝。

「我放這邊喔。」小宇把白字黑底的ＣＫ內褲放在我眼前的小鐵籃裡，看得我臉上一陣燥熱。鐵籃有兩層，一層是放原味的，一層是放乾淨的。「嗯?你不脫嗎？」他笑。

「喔。」

我也脫下衣物。我們內褲放在了一起。

他倒三角的上半身，連接結實屁股，腰窩以下分明的兩塊翹臀，像兩塊滑鼠墊的腕靠。

小宇握著蓮蓬頭，轉過身來。我只能仰起頭，不讓視線往下。

「需要我再熱一點嗎？」小宇轉著水龍頭。

「很溫暖了。」我說著，感覺有什麼正在蓋過性慾，酸酸的。

我終於知道，那是什麼感覺。

居然是捨不得。

跟小宇面對面，額邊俐落的髮型，兩側幾近全光的頭，頂上短髮沾了水、刺刺的。一點點雙的眼皮，一點點大的眼睛，一點點黑的膚色。

在你身邊從來不需要緊張。

歸還你帽子的那一天，你毫不猶豫的抱著我。

感冒時你送的沙士、流鼻血你送來小狗的衛生紙。

我們一起坐在營站旁的樓梯上，你聽我吐苦水。

突然間，我一點都不擔心身體會失去控制了。

「博宇。」

「怎麼了？」

「你知道你很好嗎？」我說。

「怎麼了？怎麼突然這樣說？」小宇水開著，帥帥的看著我。

「要是明天誰的單位車來了，我們就要道別了欸。」

小宇把水龍頭關了，隔間突然安靜，剩下其他間沖水的聲音。

「怎麼……怎麼說得好像很嚴重一樣？」他的臉，不解地看著我。

「以後可能不會同時放假，你也會有你的學長學弟。」

「什麼什麼，當然還會一起出來啊！」

「但是可能不會像現在這樣，這麼好了。」我摸摸他刺刺短短的頭髮。

昏黃的光線下，你的臉是那樣的完美。

即使一絲不掛，但我視線沒有一絲一毫多餘的念頭。

一開始，我的確是被你的身體吸引，後來，看到的卻是你的人。

「不會的。」小宇認真地說。

「什麼？」

「不然下次你到我家洗盤子。」小宇兩手搭在我肩上。「我去你家整理房間，這個關係怎麼樣？」

「白癡喔。」想到把新訓那一套帶回家的畫面，我笑了。

「好啦好啦，祝你在新單位過得好，抱一個。」

「這……會不會太早？」我僵硬地張開手。

「哎又，道別要趁早，不然我怕真的來了，就來不及了。」小宇雙手滑過我的腰際，我們臉別過一側，下巴抵著彼此的頸肩。身體一暖。因為愛，所以愛，我們珍惜在一起的時刻。

暖暖的霧氣在四周瀰漫，小宇的體溫從胸肌、大腿、雙手傳到我身上。費洛蒙的氣味被蒸氣稀釋。光滑的脖子在我的唇邊，我們的下體貼在一起。

明明是夏天，卻分明像是在取暖，全身的皮膚一半貼著，毛細孔張著。這些關心等候，翅膀一樣的雙手，是我最幸福的所有。

博宇，好不真實。

「……曉飛？」

「怎麼了？」

小宇往後，一張濕濕的濃眉帥臉說：「好不真實喔。」

「我只是覺得好Gay。」我感受到貼在一起的軟物，陰毛沙沙摩擦的觸感。

「你也這樣覺得嗎？」

「嗯。」我瞄一眼那粉嫩平滑的唇。好像是在做夢。

「感覺好像在做夢。」小宇微笑著，眼神掃了一下我的唇。

心頭一震。

我們，是不是根本就不需要開口？

我們想的是一樣的事嗎？

不會吧？

砰砰!!身後門板敲擊聲響起。

我們鬆開雙手。

「很久內!」外面的人喊。

我看了看錶，我們洗了十五分鐘，竟然沒有任何進度。

「不好意思，我在去角質!」我朝外面大喊。

「靠北喔!哈哈。」

我才要靠北吧?

我們就這樣，失去了擁抱的理由。

「快點吧。」我擠了一坨沐浴乳搓洗起全身。

「不行，管他。」小宇堅持慢活，慢慢倒出沐浴乳。他洗澡非常悠哉，完全無視他人的催趕。洗完澡，我打開門，浴室只剩下旋轉的洗衣機。我們手上掛著濕濕的毛巾回到寢室。

我嘴角不經意的上揚。

「哎又，你在笑什麼?」小宇也笑著。

「問你啊。」

「哈。」

這個介於「哼」跟「呵」之間的「哈」，是這麼難以捉摸。我們走到各自的床位，掛起蚊帳。

這樣就夠了，我們提前道別，沒有多餘的感傷。這個晚上，我的手在筆記本上寫著什麼。不知不覺已經累積到了第二本。想起我們剛剛靠得這麼近，卻硬生生結束。這樣也好，果然只有未完的故事，才能有幸福的結局嗎？

隔天一早。

「整理好包包，到外面集合。」小馬班長在寢室喊著。外頭基隆的班長出現，不愧是距離指揮部最近的單位。

基隆四人幫，色凱、憂鬱、大叔跟我，在寢室打包好自己的家當。

「好好噢——要被領走了——」八字眉的同梯叫喊。

「我們還要在這裡待到什麼時候啊，好無聊。」有人附和。

我們拿出黃埔包，準備把棉被塞進櫃子裡，像當初來的時候一樣。

小宇站靠著櫃子，面向這裡帶著淺淺的微笑。

棉被對折，好像也輕輕把你對折。

別擔心，我一個人也會好好過的。

旁邊都是吵鬧的同梯。

「掰啦！要記得我們啊！」高額男一旁喧鬧：「女朋友從美國回來也要給我們看啊！」

「喔呵呵當然啊！」色凱笑得很爽。

小宇站在一旁，什麼都沒有說，但是昨天晚上我都知道了。

**哎又，道別要趁早，不然真的來了，就來不及了。**

一整盒的純英文標示ＯＫ繃出現在我的內務櫃上層，我拿起它直接望向小宇。

小宇只是在遠方緩慢點點頭，比了比虎口。

送東西，不喜歡當面送的習慣，真的很不好，我根本沒有機會推拖。

我的手早就好很久了，雞婆鬼。

我舉起右手的虎口，展示那個傷口。只剩下一點粉色。

我莫名奇妙一陣麻木，紅了眼眶。

「再見啦！記得打給我喔。」小宇拍拍我的背。

「好，掰啦。」我說。

時間緩慢地進行，我經過你的身邊，那熟悉的溫暖香甜。我才知道，我根本不想走。我多麼想多留下一分鐘，卻只能身不由己地邁步向前。跟著其他三個人背著大包包在外面集合處，到一個矮矮的熟男班長旁，兩兩並肩走向一輛普通的銀色轎車。

「東西確定都帶了吼？」熟男班長，脖子上一條金項鍊。

「應該。」憂鬱弘說。

沒有，我有最重要的東西放在這裡。

但是沒關係。

在廁所的探險，我們牽著手。

偽裝膏塗在彼此的臉，像是擦乾對方的淚。

在海邊，你蓋城牆，我蓋城堡。

這些回憶我都帶走了。

「嗯，帶了。」我紅著眼眶。

車子發動，冷氣風變強。

再一眼就好，一瞬間也好。

回頭向擋風玻璃外望，小宇果然站在穿廊看著我們的車。發現我在車裡回頭，他開心地揮揮手。

「等一下。」

我把手伸出車窗，比了一個「耶」。

謝謝你，我的世界因為愛過而完美。

就算你會是我新增的、最深的傷痕，我也不後悔。

# 35 新單位

「咦？你怎麼了？怎麼眼睛紅紅的？」憂鬱弘小小的臉看著我。

「喔，好像有點過敏。」

「嘖嘖，我還以為你在哭咧。」

「怎麼可能。」我看著車窗外的小山。

金頊鍊熟男班長不怎麼說話。他只是放著很多抒情歌，展示某種程度的鐵漢柔情。車子裡四面八方的音樂，傳來一個溫柔的男聲。

「這首歌好耳熟喔？」色凱說。

「就……老歌啊。」憂鬱弘接腔。

**過完了今天，就不要再見面，我害怕每天醒來想你好幾遍**

**你雙手曾在我的雙肩，感覺有那麼甜，我是那麼的依戀**

「〈斷點〉，張敬軒的。」金頊鍊班長領口上一粗三細，是上士班長。

「啊對對對!!」色凱很激動。

斷開的感情線嗎？

一陣安靜。

我們未來十個月的班長，金項鍊，沒有想理我們的意思。

「請問一下班長，以後我們要怎麼去單位啊？」

「到基隆火車站然後搭計程車，比較便宜的白牌阿伯，一趟一百二十元。」班長像是回答過一百遍似的流暢。

「嗯。」

車子越開越偏僻，有幾間汽車旅館，旁邊甚至有稻田。

「快到了。」班長說。

所有人突然認真看起這鳥不拉屎的鄉間小徑，深怕進去就出不來似的。

車開始減速，左邊一面灰色的水泥圍牆，上面有閃亮針刺的鐵絲網。一道銀色的大門，上面有兩個長方形的孔，可以直接看到哨所。

「轟轟轟轟轟。」門自動打開，不，是被人推開。一個戴著鋼盔、全副武裝的小兵，腰上掛著一根黑銀相間的電擊棒。肉壯的學長，臉卻很像嬰兒。

「班長好！」他立正敬禮。

「好。」班長回應。

我們在辦公室前被放下。

這座營區彷彿很大，好幾個學長穿著軍便服從遠方往這邊走來。整個營區裡都是我們的學長，我第一次覺得自己像是待宰的羔羊小鮮肉。（硬要加小鮮肉。）

左右都是加了鐵門的倉庫，大概有六棟。寬闊水泥地的盡頭是一座白色司令台，中間插著一支國旗。

我們一進辦公室就看到好多圍觀的班長跟學長們，我們就像G片裡即將要被玩弄的對象。大眼睛、滿臉橫肉的士官長，玩弄著手指上的兩枚金色戒指，長得跟金正恩一模一樣。

「把那根拿來！」金正恩一聲令下。一個學長遞上一根肥肥的黑色匕首，金屬探測器。還以為是按摩棒，可惡。

我們包包被翻了個底朝天，我全身口袋都翻開來，只差沒有把包皮翻開來看。

金正恩看了看大叔那本厚厚的《統計學》，一副不屑的表情。

「你以為你有很多時間看嗎？」

「哼？」他看到我也攤出一本書，叫做《有錢人想的跟你不一樣》。

「你以為看這個有用嗎？」。

現在是怎樣？到底在跩什麼？

你不知道在你的領導之下，北韓有多辛苦嗎？

「帶去放東西吧。」金正恩說完，我們被帶往前往司令台後面的寢室。一間長長的寢室，一整排的床，跟新訓中心一樣，內務櫃中間是走道，差別只在雙人雙層床沒有擠在一起，起床可以從床邊直接下床。

「來，你們就睡上鋪，名條已經幫你們貼好了。」一個單眼皮的學長，咀嚼肌讓臉顯得有點方，一副憨厚的模樣。

等一下，好像一個G片明星啊？好像是田中什麼的。

我歪頭看了看學長溫和的臉，想起了某個圖書館做愛的畫面。

中田……中田翔矢？

幹，我完全可以欸。

「你們會套嗎？」翔矢學長拿好棉被親切地帶著我們：「不會的選好床就過來，我們一起喔。」

「好。」我們拿了棉被跟棉被套去找學長。

「然後兩個人抓著四個角，這樣一拉——抖一抖。」學長微笑的臉，像是沒有任何煩惱的幼幼台葛格。「不會再來問我喔。」

我看了看他手臂上的軍階，一等兵。似乎是志願役。

「你們東西可以放這裡，沐浴乳那些也可以買個這種小籃子放起來。」翔矢學長帶我們到行李間，裡面堆滿了包包。「自己找地方放吧。」

「學長，跟你放在一起可以嗎？」我想說，但是我沒有。

咳咳，不是才跟小宇道別嗎？

「你們沐浴乳東西要收好，以免被學長拿走。」唯一的義務役學長說。他的兩眼下垂，白白嫩嫩有點肥。

這個營區是不是胖子有點多啊？每個都吃飽喝足嗎？只有一個中田翔矢在撐場面嗎？

「要晚餐了，趕快放好吧，噢對了廁所浴室在這裡。」翔矢學長指著寢室旁邊一扇門。我們走進浴室，廁所都是蹲式的。浴室隔間跟門的高度，上高至鎖骨，下只遮到膝蓋。

「這是不是有點暴露啊？」大叔看著浴室門。

「是啊，真暴露。」我說完，嘴角莫名地上揚。

來吧，什麼都好。

下部隊的十個月。

G+系列　編號B033

# G兵日記 I——新訓篇

皮卡忠◎著

責任編輯　郭正偉、邵祺邁
封面設計　ok.。

**企劃製作**　**基本書坊**
社　　長　邵祺邁
編輯顧問　喀　飛
法律顧問　維虹法律事務所　鄧傑律師
業務副理　蔡立哲
首席智庫　游格雷

**行銷宣傳**　**基本制作** GB Studio
媒體統籌　巫緒樑
藝術總監　張家偉

社　　址　100台北市中正區南昌路二段112號6樓
電　　話　02-23684670
傳　　真　02-23684654
官　　網　gbookstaiwan.blogspot.com
E-mail　pr@gbookstw.com
劃撥帳號　50142942　戶名：基本書坊

總 經 銷　紅螞蟻圖書有限公司
地　　址　114台北市內湖區舊宗路二段121巷19號
電　　話　02-27953656
傳　　真　02-27954100

2016年9月3日　初版一刷
2016年10月10日　初版二刷
定價　新台幣350元


ISBN　978-986-6474-72-9

**特別感謝**　**酷時代** Age of Queer　www.ageofqueer.com

國家圖書館出版品預行編目(CIP)資料

G兵日記. 1, 新訓篇 / 皮卡忠著. -- 初版. -- 臺北市 : 基本書坊, 2016.09

392面 ; 21*14.8公分. -- (G+系列 ; B033)

ISBN 978-986-6474-72-9(平裝)

857.7 105013396